Karin Bergrath

Tod im Anflug

Ein Gänsekrimi

Scherz

Zweite Auflage 2011
Erschienen bei Scherz, einem Verlag
der S. Fischer Verlag GmbH, Frankfurt am Main

Dieses Werk wurde vermittelt durch die Literaturagentur
Kai Gathemann, München.
Satz: Dörlemann Satz, Lemförde
Druck und Bindung: CPI – Ebner & Spiegel, Ulm
Printed in Germany

ISBN 978-3-502-11077-4

Für meine Küken –
ich bin stolz auf euch.

Prolog

Der Tod kommt auf leisen Flügeln. Das war ihm bekannt. Nie und nimmer hätte er gedacht, dass es auch ihn treffen könnte.

Schon gar nicht jetzt, auf diese Weise …

Er fühlte sich nicht wohl an diesem späten Frühlingsabend. Nicht, dass er der Völlerei gefrönt hätte, wenn er auch sonst nie einen guten Bissen ausließ. Von einem Saufgelage konnte auch keine Rede sein. Und trotzdem – irgendetwas stimmte nicht.

Rachen und Magen schmerzten, brannten regelrecht. Dass dieses Feuer in seinem Inneren nicht mit Wasser zu löschen war, das spürte er.

Ein kleiner Spaziergang würde ihm vielleicht guttun.

Zu seinem brennenden Magen kam jetzt noch ein unerträglicher Druck im Brustkorb hinzu. Mit seiner Lunge war auch etwas nicht in Ordnung. Das Atmen fiel ihm immer schwerer.

Auf zittrigen Beinen schleppte er sich an Hecken vorbei, die seinen Weg linker Hand von hübschen Campingparzellen trennten. Zu seiner Rechten hatte er trotz Dunkelheit offene Sicht über die abschüssige Böschung hinweg auf den kleinen, schwach beleuchteten

Hafen mit seinen dümpelnden Booten. Doch er würdigte sie keines Blickes. Ihm fehlte die Kraft dazu.

Ruhig und friedlich war es, wie immer um diese nächtliche Stunde. Von Zeit zu Zeit gaben aufgescheuchte Blässhühner Klicklaute von sich. Schläfrige Enten baten sogleich schnatternd um Ruhe.

Er hätte den Spaziergang genossen, wenn nur dieses Brennen und diese fürchterliche Atemnot nicht gewesen wären. Ihm wurde heiß, und sein Herz raste.

Jäh wurde eine Wohnwagentür hinter ihm aufgerissen. Streitende Stimmen schwappten in die Dunkelheit, vertrieben die wohltuende Stille. Unwillkürlich zuckte er zusammen. Das hitzige Wortgefecht endete genau so abrupt, wie es begonnen hatte – mit dem heftigen Knallen der Wohnwagentür. Einzig eine immer noch erboste Stimme entfernte sich brummend und schimpfend.

Linderung brachte ihm dieser Spaziergang nicht. Im Gegenteil, er fühlte sich immer schlechter. Er mobilisierte die kläglichen Reste seiner schwindenden Energie, um nach Hilfe zu rufen. Doch seiner Kehle entwich nur noch ein leises Krächzen.

Er begann zu schwanken, sein Blick trübte sich. Dann wurde ihm schwarz vor Augen. Dumpf schlug er auf dem Boden auf und rutschte mit dem Kopf voran ein Stück den Hang in Richtung Wasser hinunter.

Wenige Augenblicke später tat er seinen letzten Atemzug.

1

In einer ausgedehnten Schleife überflog Tom an diesem späten Nachmittag den großen, idyllischen See. Blaues Wasser so weit das Auge reichte, umrahmt von dicht bewaldeten Ufern und smaragdgrünen Lichtungen.

Tief unter sich sah er den Campingplatz mit seinen unzähligen Wohnwagen, Vorzelten und blumenverzierten Grillstellen. Auch der kleine Yachthafen mit den in der Sonne blitzenden weißen Booten war gut zu erkennen.

Hier war sein Zuhause. Hier gehörte er hin.

Langsam drosselte er das Tempo und setzte zum Landeanflug an. Er bereitete sich auf eine Wasserlandung vor, wobei er einen Pulk von Enten und anderen Wasservögeln ansteuerte, die in der Nähe des Schilfs schwammen. Je langsamer und präziser er flog, desto weicher und sicherer war die Landung. Kurz bevor er die Wasseroberfläche erreichte, veränderte er den Winkel der Flügel zum Rumpf, der Luftstrom fing sich in den Federn und bremste ihn ab. Mit gespreizten Zehen und gespannten Schwimmhäuten schlidderte er wie ein Wasserskiläufer einige Meter über den vom Wind leicht gekräuselten See, dann setzte sein Körper auf.

»Hallo Tom, da bist du ja endlich. Wir haben schon auf dich gewartet«, wurde er sogleich vielstimmig begrüßt.

Während Tom kleine Wasserperlen aus dem Gefieder schüttelte und einzelne Federn mit dem Schnabel wieder an die richtige Stelle bugsierte, suchten immer mehr Artgenossen seine Nähe.

»Ist es wahr? Stimmt es? Du hast ihn gefunden?«, fragte Barkas, das Blässhuhn, ohne jegliche Zurückhaltung. Sein weißer Schnabel und das weiße Stirnschild hoben sich kontrastreich vom schwarzen Gefieder ab.

Tom, ein junger, farbenprächtiger Ganter aus der Familie der Nilgänse, nickte. Es hatte sich also herumgesprochen – eigentlich kein Wunder, schließlich waren Gänse und Enten für ihre Schnatterhaftigkeit bekannt. Wenn eine von ihnen etwas erfuhr, wusste es zwei Minuten später der ganze See.

»Erzähl mal. Klick-Klick. Wie sah er denn aus?« Bei jedem Wort nickte Barkas ganz nach Blässhuhnart mit dem Kopf vor und zurück. Kleine Klicks zwischen den Worten verrieten seine Aufregung.

Dutzende fragende Augenpaare fixierten Tom nun und er spürte, wie seine Zufriedenheit, die er soeben noch hoch oben in der Luft empfunden hatte, langsam einem unbehaglichen Gefühl wich. Im Mittelpunkt zu stehen war nicht seine Sache. Sie alle waren neugierig, wahrscheinlich sogar sensationslüstern, und wollten Details erfahren. Doch für einen jungen Ganter wie ihn, der in der Hackordnung ganz weit unten rangierte, war diese geballte Aufmerksamkeit ziemlich ungewohnt.

»Na ja, was soll ich sagen«, antwortete er zögernd. »Es stimmt, was ihr gehört habt. Neptunus, der Reiher … ist tot.«

Ein Raunen ging über den See. Neben zahlreichen Blässhühnern, Stockenten, Grau- und Nilgänsen hatten sich auch ein paar elegante Schwäne und betroffene Reiher eingefunden. Sogar einige überaus scheue Haubentaucher unterbrachen ihre intensive Balz, um auf dem Laufenden zu bleiben. Tom schaute in die Runde, und sein Blick verharrte bei der Gruppe Reiher, die wie traurige Bestattungsunternehmer im grauen Anzug am Ufer beieinanderstanden. Sie schauten ihn erwartungsvoll an, und Tom beschloss zu sprechen. Sie hatten ein Recht darauf, zu erfahren, was er gesehen hatte, obwohl er es ihnen lieber im kleinen Kreis erzählt hätte.

»Ich habe ihn zufällig entdeckt, als ich heute Morgen zum Baden an den See kam. Da lag er … im Gras.« Tom stockte und blickte in Richtung der Reiher. »Ich bin mir nicht sicher, ob ich euch das zumuten kann«, sagte er mit belegter Stimme.

Die neugierigen Zuhörer ringsherum konnten ihre Enttäuschung kaum verbergen.

»Sprich ruhig, Tom. Wir verkraften das schon«, meldete sich Veha, der älteste Reiher, zu Wort. Die anderen

Reiher nickten, und die übrigen Zuhörer wirkten wieder zufrieden.

»Ich ging dort hinten«, Tom zeigte mit seinem Schnabel in Richtung der Bootsstege, »die Böschung zum See hinunter, als ich beinahe über ihn gestolpert wäre. Er lag mit verrenkten Gliedern da, und sein Schnabel war weit aufgerissen. Ich habe einen so weit offen stehenden Schlund noch nie gesehen.«

Für einen Moment hatten sich die stets beherrschten Reiher nicht unter Kontrolle, selbst der alte Veha nicht. Sie ließen ihre Flügel flattern und tänzelten dabei aufgeregt herum.

»Es tut mir leid«, fuhr Tom mit gedämpfter Stimme fort, »aber das war noch nicht alles. Ich habe euch noch mehr zu berichten.«

»Nur zu, Tom. Je eher wir es erfahren, desto eher haben wir es hinter uns.« Veha hatte als Erster der Reiher seine Fassung wiedergefunden.

»Er hatte eine tiefe, frische Wunde in seiner Brust.«

Einige Wasservögel schnappten nach Luft, voller Abscheu, aber auch fasziniert vom Geschehen. Sie hatten so manches erwartet – und der eine oder andere vielleicht auch erhofft –, aber nicht in diesem Ausmaß. Neugierig blickten sie Tom an.

Mit so viel wohlwollender Beachtung waren ihm seine Artgenossen bisher noch nie begegnet. Langsam gab ihm dieses Interesse mehr Sicherheit. Sie hörten ihm tatsächlich zu. Ihm, der am Tag zuvor noch gedacht hatte, er würde von niemandem, außer Gleichaltrigen, wahrgenommen. Er konnte es nicht leugnen: Diese unerwartete Aufmerksamkeit schmeichelte ihm. Mehr, als er zugeben mochte.

»Und was hast du dann gemacht?« Vri Jon, ein weiterer Reiher, der auf einem Bein bis zum Kniegelenk im seichten Wasser stand, schluckte.

Tom überlegte. Er kam nun langsam in einen Gewissenskonflikt. Denn bislang wusste niemand von seiner geheimen Leidenschaft, einer Passion, die er bereits seit einiger Zeit mit sich herumtrug und die er noch keinem seiner Artgenossen anvertraut hatte. Und selbst wenn er sich jemandem anvertraut hätte, so war die Wahrscheinlichkeit groß, dass ihn ohnehin niemand verstand. Denn wie hätte Tom erklären sollen, dass er, ein durchschnittlicher Nilganter, wie es sie millionenfach auf der Erde gab, über gewisse kriminalistische Vorkenntnisse verfügte. Ganz zu schweigen davon, dass wahrscheinlich kein Vogel etwas mit dem Begriff *kriminalistisch* anfangen konnte. Nun aber wurde er direkt gefragt und mochte den Reihern nichts vorlügen. Mittlerweile ohnehin etwas mutiger geworden, entschied er sich also für die Wahrheit.

»Ich habe ihn in Augenschein genommen«, sagte er forsch. »Eine grobe Leichenschau gemacht.«

»Du hast *was*?« Seine Hörerschaft war maßlos überrascht. Spitzes, schockiertes Geschnatter machte die Runde.

»Na, ich habe die Leiche untersucht.« Seine Artgenossen hatten ja so was von keine Ahnung! »Ich habe mir die Wunde in seiner Brust näher angesehen. Es war ein tiefes Loch und es sah so aus, als hätte jemand mit einem kräftigen Ruck einen Teil aus der Brust herausgerupft. Leider blieb mir nicht viel Zeit zur Begutachtung, denn plötzlich kam Jupp, der Hafenmeister, auf seinem Kontrollgang vorbei und entdeckte Neptunus. Er packte ihn an den Beinen – und …« Tom sah nicht nur die Reiher augenblicklich die Luft anhalten. Ahnten sie, was nun kommen würde? »… und warf ihn in einen der Abfallcontainer.«

Bestürzt schlossen die Reiher für einen kurzen Moment ihre Augen und schüttelten kaum wahrnehmbar die Köpfe.

»Aber eines weiß ich mit Sicherheit«, fuhr Tom fort, »kein Vogel liegt ohne Fremdverschulden tot mit einer blutenden Brustwunde im Morgentau. Unser Freund, Neptunus der Reiher, wurde **er---mor---det**!«

Nun herrschte langes, betretenes Schweigen. Goletta, eine große Graugans, fing sich als Erste. »Das ist gar nicht gut, das ist überhaupt nicht gut«, näselte sie.

»Die Frage ist nun: Wer bohrt Löcher in Reiher? Wer ist in der Lage, eine solche Grausamkeit zu begehen?«, piepste Barkas.

»Niemand von uns!«, schnatterten die Enten sofort im Chor.

»Wir alle, die wir hier anwesend sind, sind doch friedliebend und tun niemandem etwas zuleide. Niemandem«, betonte Vri Jon und hieb blitzschnell mit seinem langen, spitzen Schnabel harpunengleich ins Wasser. Er packte einen für ihn viel zu großen Fisch und drehte ihn mit beträchtlichem Geschick so, dass er ihn – wegen der Schuppenrichtung mit dem Kopf voran – unter großer Anstrengung herunterwürgen konnte. »Wir tun doch niemandem was«, wiederholte er mit vollem Schnabel, wobei die Schwanzflosse des Fisches noch immer zappelnd und für jedermann sichtbar in seinem Schlund steckte.

»Wir müssen herausfinden, was ihm zugestoßen ist. Sonst haben wir keine Ruhe«, regte die junge Ente Altena an, die ständig von ein paar dranggesteuerten Erpeln bestürmt wurde.

Einträchtiges Kopfnicken von allen Seiten.

Das war es.

Mit großem Geschnatter beschloss das gefiederte Volk – überraschend einstimmig –, eine Kommission zur Klärung des plötzlichen Ablebens von Reiher Neptunus zu gründen. Tom schüttelte den Kopf und gab ein paar missmutige Töne von sich. Hundert Köpfe, hundertfaches Geschnatter, hundert Meinungen – das führte zu nichts, da war er sich sicher.

Eine Gruppe Enten startete dagegen sofort begeistert zu einem Mitteilungsflug, um alle Wasservögel, die nicht an der Versammlung hatten teilnehmen können oder wollen, zu informieren. »Quak-quak, wir gründen eine Untersuchungskommission!« Nach einigen Beschallungsrunden über dem See und einem atemberaubenden Slalom zwischen Segelbootmasten hindurch landeten die selbsternannten Sprachrohre der Kommission wieder an der Abflugstelle und begannen sogleich mit der Federpflege.

»Für mich kommen nur die, die an der Mauser leiden, in Frage«, krächzte Barkas. »Ich meine die feder- und flügellosen Zweibeiner mit ihren hechelnden Vierbeinern, vor denen wir uns immer in Sicherheit bringen müssen. Neptunus' Tod kann nur ein Flügelloser verursacht haben, denen traue ich alles zu. Klick-Klick.«

»Ich habe gestern Nacht streitende Flügellose gehört«, untermauerte das scheue Haubentaucher-Mädchen Optima den Verdacht des Blässhuhns und tauchte sogleich verschämt ab.

»Die Flügellosen waren es!« Wieder erhoben sich die Kommissionsenten, die von Meldung zu Meldung mehr und mehr Zeitungsenten glichen, zu einem Informationsflug.

»Meine Brüder und Schwestern, einer von euch ist doch immer wach«, appellierte der alte Veha eindringlich. »Ihr müsst doch etwas gesehen oder gehört haben. Es ist doch Frühling.«

»Na ja, eben. Es ist Frühling. Da haben wir etwas anderes zu tun als nachts Reiher im Auge zu behalten!«, rief einer der jungen Erpel keck in die Runde. Unanständiges Geschnatter gab ihm recht.

»Meiner Meinung nach können es nur die Madenbader gewesen sein.« Ein lackschwarzer Kormoran mit grünen Augen und gelbem Schnabel schaltete sich in die Diskussion ein.

»Wen meinst du?«, wurde vielstimmig nachgefragt.

»Na, ist doch klar. Die Flügellosen, die bei Wind und Wetter immer still und steif am Ufer sitzen und meist erfolglos versuchen, Fische zu fangen. Madenbader eben! Sie sehen uns und auch die Reiher nur als Konkurrenten an. Für die sind nur tote Reiher gute Reiher«, antwortete der Kormoran.

»Hallo Rio, du bist ja auch hier!« Tom freute sich über die Anwesenheit seines Freundes, der mit weit ausgebreiteten Flügeln auf einem Ast saß und sein Gefieder im leichten Wind trocknen ließ.

»Natürlich«, sagte Rio. »Eine so schlimme Sache geht uns schließlich alle an.«

Beide kannten sich seit frühester Kükenzeit, sie waren etwa zur gleichen Zeit geschlüpft. Neidisch hatte Tom die ersten Flugversuche seines Freundes verfolgt, denn Kormorane werden sehr viel früher flügge als Gänse. Jedoch müssen Kormorane nach jedem Tauchgang ihre Flügel trocknen, da ihr Gefieder – zum besseren Tauchen – nicht wasserabweisend ist. Oft sah er Rio deshalb irgendwo wie einen Wappenadler mit weit gespreizten Flügeln sitzen und trocknen. Eine lästige Angelegenheit, um die er Rio wirklich nicht beneidete.

Während Tom noch mit seinem Kumpel sprach, kam unterschwellig Nervosität in die sowieso schon unruhige Gruppe. Einige Vögel tuschelten hinter vorgehaltenem Flügel.

»Vielleicht war es der Riffler. Der würde so was tun, da bin ich mir sicher!«, sprach ein Grünschnabel laut aus, was er nach Ansicht der Altvögel besser für sich behalten hätte.

Ehrfürchtiges Raunen sauste von Schnabel zu Schnabel. Köpfchen wurden blitzschnell eingezogen, wer konnte, tauchte ab.

Der Riffler!

Der Albtraum eines jeden Vogels schlechthin. Unzählige Geschichten gab es über ihn. Schon im Nest hörten nicht nur Entenküken und Gänsegössel schreckliche Dinge über ihn. Grausige Geschichten. Vom Riffler, der kam, um sie zu holen, wenn sie nicht vorsichtig wären …

Der kam, wenn es dunkel wurde …

Niemand hatte den Riffler je gesehen. Doch jeder hatte schon von ihm gehört. Er war ein Schatten. Ein großer, schwarzer Schatten. Allzeit bereit, einen von ihnen zu holen.

Keine Ente erhob sich dieses Mal, um die Nachricht zu verbreiten. Die Angst über die Erkenntnis, dass es vielleicht der Riffler gewesen sein könnte, saß zu tief.

Dennoch setzte allmählich wieder das übliche Palavern ein.

Fassungslos schaute Tom dem Treiben seiner Artgenossen zu. Hatte er anfangs noch geglaubt, unbändigen Tatendrang bei ihnen zu erkennen, so sah er jetzt nur einen verunsicherten Debattierclub vor sich, der nichts anderes tat, als zu schwadronieren. Er wollte keine leeren Phrasen quaken, sondern Taten schnattern lassen. Dieses andauernde »Quak-quak« ging ihm mächtig auf die Bürzeldrüse.

Außerdem glaubte Tom nicht an den Riffler, jedenfalls nicht so richtig. Tom glaubte an Fakten, an Beweise, und er kannte niemanden, der je auch nur die Spitze einer seiner Federn gesehen hatte. Jemand anderes musste daher Neptunus auf dem Gewissen haben. Aber gab es noch etwas Bedrohlicheres als den Riffler? War etwas Neues aufgetaucht, das noch dunkler und noch gefährlicher als der Riffler über den Nestern schwebte?

Mit halbem Ohr folgte Tom dem Schnattern der Kommission. Sie war sich uneins, wie nicht anders zu erwarten.

Tom dachte unterdessen an den Morgen zurück. Zu dumm, dass Jupp gekommen war und Neptunus kurzerhand entsorgt hatte, bevor er sich die Brustwunde näher hatte ansehen können. Zudem war ihm jede Möglichkeit, etwas mehr über den Zustand der Wunde – und damit vielleicht über den Verursacher –

zu erfahren, durch das Vorfahren des Müllwagens und das Leeren der Abfallcontainer zunichtegemacht worden.

Außerdem beschäftigte ihn der weit aufgerissene Schnabel des Reihers, an den er sich überdeutlich erinnerte. Hatte Neptunus mit letzter Kraft um Hilfe geschrien? Oder bedeutete der weit aufgesperrte Schnabel möglicherweise eher so etwas wie Atemnot oder Sauerstoffmangel? War er beim Fressen zu gierig gewesen? Hatte etwas Unverdauliches seine Luftröhre versperrt? Neptunus war schließlich dafür bekannt gewesen, dass er nie einen guten Bissen ausließ. Andererseits gab es da ja diese Wunde, die zu einer solchen These nun einmal partout nicht passen wollte.

Toms Gedanken kreisten unentwegt um den Hergang des Unglücks, durchdachten unzählige Möglichkeiten, wie es zum Tod des jungen Reihers gekommen sein könnte. Doch er fand keine zufriedenstellenden Antworten auf seine Fragen. Jedenfalls nicht so, nicht hier, nicht mitten auf dem See unter all diesen Schnattertanten.

»Leute, Leute, hört doch mal zu. Bitte!« Es dauerte eine Weile, bis es auf dem See etwas ruhiger wurde und Tom sprechen konnte. »Ich weiß nicht, wer unseren Freund Neptunus auf dem Gewissen hat. Aber ich glaube, wir sollten es uns mit der zu offensichtlichen Riffler-Theorie nicht so einfach machen. Wir müssen nach allen Seiten hin ermitteln. Nachher hängt vielleicht der falsche Vogel am Galgen. Davon abgesehen, bin ich nicht der Meinung, dass wir den Fall mit Palavern lösen. Ihr könnt ja so weitermachen, aber ich nicht. Mir schwebt da etwas anderes vor.«

Tom sah ungläubiges Erstaunen in den Augen seiner Artgenossen. So forsch und selbstbewusst hatten sie ihn noch nie erlebt.

»Ich werde auf eigene Faust ermitteln«, redete er rasch weiter, bevor ihn der Mut verließ und das Schnattern wieder einsetzen konnte. »Wer tatsächlich etwas tun will, kann sich mir gerne anschließen.«

Noch während er so wacker daherredete, trug der Wind die Schläge einer Kirchturmuhr über den See. Unwillkürlich zählte er mit. Viertel vor sieben. Tom horchte auf. »Oh, so spät schon. Ich muss weg«, murmelte er.

»Wie, du musst weg? Und was ist jetzt mit Neptunus?«, fragte Rio verwundert von seinem Ast herunter.

»Später, Rio. Später.«

»Versteh ich nicht«, monierte der Kormoran. »Wo willst du denn hin?«

Tom breitete seine Schwingen aus und startete mit kräftigen Flügelschlägen. »Du würdest es mir doch nicht glauben, selbst wenn ich es dir sagen würde …« Und schon hatte er abgehoben.

Denn es wurde höchste Zeit. Zeit für ein gepflegtes Abendessen. Und Zeit für eine weitere Lehrstunde in Sachen *kriminalistische Vorkenntnisse.*

2

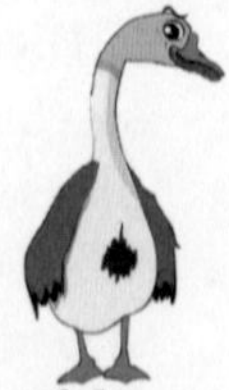

»Da bist du ja, mein kleiner Freund. Pünktlich auf die Minute. Wie immer.« Rentner Ede von Parzelle sechs strahlte über das ganze Gesicht. Vor seinem Wohnwagen stand auf einer penibel gemähten Rasenfläche ein alter, wackeliger Tisch samt Fernsehgerät. Zwei verstellbare Campingstühle mit zerschlissenen Kissen darauf versprachen ungetrübten Fernsehgenuss. Ähnlich ging es auf anderen Parzellen zu. Der Hunger brachte die Familien wieder zusammen. Geschirr und Besteck klapperten hier und dort, während Musik, Nachrichten oder der Duft von Gegrilltem in der Luft lagen.

Bevor Ede sich niederließ, nahm er eine Flasche Bier und einige Scheiben Toastbrot vom Tisch. »Die teilen wir uns jetzt, Nili. Bist sicher wieder hungrig, was?« Da er Toms richtigen Namen ja nicht kennen konnte, hatte er ihm in Anlehnung an dessen Herkunft den Namen *Nili* gegeben.

Während Nachrichtensprecherin Petra Gerster die ersten Meldungen verlas, hatte Tom bereits auf dem für ihn reservierten Stuhl Platz genommen und schnabulierte köstliches Brot. So eine Behandlung ließ er sich gefallen. Das Wichtigste vom Tage, serviert mit seiner Lieblingsspeise.

Dieses Ritual hatte sich bereits im vergangenen Jahr so eingespielt und war mit Beginn der neuen Campingsaison zu einem festen Bestandteil im Tagesablauf von Ede und Tom geworden. Abends, pünktlich um sieben, gab es Nachrichten, garniert mit kleinen Weißbrothäppchen. Bier hätte er auch haben können. Ede hatte es ihm angeboten, doch Tom hatte nach einer Kostprobe dankend abgelehnt. Seine Vorliebe galt eindeutig dem Gänsewein.

Fernsehen, das war Toms geheime Leidenschaft. Sein Interesse galt den Nachrichten aus aller Welt, genauso wie Mord und Todschlag – was oft genug beinahe ein und dasselbe war.

Niemand der Gefiederten wusste von seiner Passion. Noch nicht einmal Rio. Rio hätte ihn für verrückt erklärt, wenn er das auch nur geahnt hätte. Und da auch Toms übrige Artgenossen nicht mit spitzen Kommentaren und mitleidigen Blicken sparen würden, hielt er sich in dieser Richtung sehr bedeckt.

Erblickten ihn seine gefiederten Verwandten bei einem Flügellosen fernsehen, so fiel ihnen dies nicht weiter auf. Sie sahen Tom immer nur kauen oder etwas mit lang ausgestrecktem Hals schlucken. Irgendwie hatte er ständig etwas Schmackhaftes zwischen seinen rosafarbenen Schnabelhälften. Wie hätten sie da auf die Idee kommen können, dass er bei den Flügellosen etwas anderes tat, als sich durchzufuttern?

Dieser Campingplatz war in jeder Hinsicht ideal,

fand Tom. Es gab nicht nur Leckereien, sondern Wohnwagen, vierundvierzig an der Zahl, mit mindestens ebenso vielen Fernsehern. Dies garantierte ihm stets eine große Auswahl an Fernsehprogrammen. Jeder Camper hatte seine Vorlieben, und Tom nutzte deren Neigungen äußerst geschickt. Er kannte alle Parzellen und hatte die Bewohner und ihre Sehgewohnheiten genauestens studiert.

Platz vier, zum Beispiel, war auf den Nachrichtensender »n-tv« spezialisiert, während in Wohnwagen dreiundzwanzig meist schon vor Sonnenaufgang quietschend-schrilles Kinderprogramm lief. Nicht ganz geheuer waren ihm die Bewohner des Caravans auf Platz fünfzehn, Siggi und Katharina. Mit Vorliebe schauten sie Tiersendungen, was für Tom im krassen Gegensatz zu dem kleinen gelben Vogel stand, der eingekerkert in ihrem Vorzelt wohnte. Der kleine Kerl schielte immer neidisch auf die frei fliegenden Vögel und pfiff aus purer Verzweiflung überaus traurig nach seiner großen, für ihn unerreichbaren Liebe.

Unschlagbar aber war das Programm des Caravans auf Platz einunddreißig. *CSI*. Viele Male hatte Tom ein bequemes Plätzchen gefunden und mit Luzie und Alex diese Sendung angeschaut. In gebührendem Abstand, weil dort ein großer Kater mit dem Gehabe eines Rottweilers wohnte. Sein Name war passenderweise Tiger – und Tiger mochte es gar nicht, wenn sich plattfüßige Fremdlinge in seinem Revier bewegten.

Genau hier, auf dieser Parzelle, hatte er mit Gil Grissom vom *CSI Las Vegas* Bekanntschaft geschlossen. Grissom und sein Team führten auf sehr anschauliche Weise detektivische Spurensuche und Tatortermittlungen durch. Genau so, wie Tom es auch gerne gemacht hätte.

Seit er Gil kannte, wusste Tom, dass sich die Daktyloskopie mit den Unterschieden von Fingerabdrücken und deren Identifikation befasste, dass Luminol in Kombination mit bläulichem Licht selbst altes, weggewischtes Blut wieder sichtbar machen konnte, und in einem modernen Labor so manches nachgewiesen werden kann, von dem eine normale Gans noch nie gehört hatte. Was DNA war, wusste Tom inzwischen auch. Flügellose, zum Beispiel, waren Säcke voller DNA.

Auf Platz vierunddreißig ließ er sich dagegen so gut wie nie blicken, obwohl man gerade dort mit viel Weißbrot auf ihn wartete. Die Bewohner Elke und Karl-Heinz hörten ausschließlich Volksmusik – rein gar nichts für einen jungen Ganter, der Crime-Dokus und Krimis schätzte.

Ganz besonders liebte er aber neben *CSI* die Kult-Serie *Magnum* mit seinem Namensvetter Tom Selleck, die er bei Ede kennengelernt hatte. Knifflige Kriminalfälle auf so obercoole Art zu lösen, wie nur *Magnum* das konnte, das war sein ganz geheimer Wunsch. Noch geheimer als die Tatsache, dass er bei den Flügellosen Fernsehen schaute.

»Na, Nili, möchtest du noch ein Stückchen?«, unterbrach Ede seine abschweifenden Gedanken.

Nur zu gerne ergriff er mit seinem Schnabel das ihm dargebotene Stück Brot. Bei Ede fühlte er sich wohl. Rundum.

Der untersetzte Rentner mit dem grauen Rauschebart war im letzten Jahr eines Tages mit seinem alten Caravan auf dem Campingplatz aufgetaucht und geblieben. Nach einigen Wochen sprach Ede ihn an. Er erzählte zunächst Belangloses, übers Wetter und so, und Tom hörte ihm zu, wenn er Zeit hatte – also keine wichtige Fernsehsendung auf ihn wartete.

Irgendwann ergab es sich dann, dass Ede an einem warmen Abend samt Fernseher vor seinem Wohnwagen saß und eine der nur noch selten ausgestrahlten Folgen von *Magnum* schaute. Neugierig hatte sich Tom hinzugesellt und mitgeschaut. Das von Ede angebotene Weißbrot verscheuchte ihn auch nicht gerade. Seit diesem Abend liebte er *Magnum*.

Von da an trafen sie sich regelmäßig und sahen fern. Ede kommentierte die Nachrichtenlage und Tom schnatterte seine Meinung dazu, nur, dass Ede ihn nicht verstand. Tom merkte das an seinen falschen Antworten. Die einfach gehaltene Sprache und Gestik der Flügellosen war nun wirklich nicht schwer zu verstehen – für keinen Vogel. Andersherum hatten die Flügellosen reichliche Schwierigkeiten, die Worte der Gefiederten zu verstehen.

Nach und nach lernte Tom Ede immer besser kennen. Wusste, dass er eigentlich Eduard hieß, kein Weibchen und kaum Freunde hatte, dass er sich durch Gefälligkeitsarbeiten auf dem Campingplatz seine recht bescheidene Rente aufbesserte und dass seine Wohnwagentür immer offen stand, auch bei Nacht. Und wenn Tom sich zu ihm gesellte, schwadronierte er wie eine ganze Gänsekolonie, viel zu schnell und meist alles auf einmal, als ob er befürchtete, nicht alles loszuwerden. Tom wusste auch, warum das so war, Ede hatte es ihm einmal nebenbei erzählt: Er hatte viele Jahre im Gefängnis gesessen, weshalb, hatte er jedoch nicht verraten. Kein Wunder, dass ihm deshalb Gesellschaft lieb war – und Tom leistete ihm gerne Gesellschaft.

Nicht zu Unrecht konnte Ede daher annehmen, in Tom jemanden gefunden zu haben, der ihn tatsächlich verstand.

3

Wie war Neptunus tatsächlich zu Tode gekommen? Was hatte alles in welcher Reihenfolge geschehen müssen, um ihn am Fuße der Böschung landen zu lassen? Und wer, verdammt, hatte ein solches Loch in seine Brust gebohrt?

Üblicherweise startete ein Vogeltag nicht mit derartigen kriminalistischen Fragen. Natürlich nicht. Ein normaler Vogeltag begann ganz anders.

Schon die ersten Sonnenstrahlen weckten das gefiederte Volk. Nicht ein Revierinhaber ließ es sich nehmen, kaum dass er die Augen öffnete, jedem Rivalen ein: *Dieser Platz ist besetzt! Such dir was anderes, sonst bekommst du es mit mir zu tun!,* entgegenzuschmettern. Tom wusste: Flügellose hielten das fälschlicherweise für Gesang beziehungsweise für einen Morgengruß.

Tom begann diesen Tag mit ausgiebigem Baden und Bürzeln. Als Junggeselle musste er weder Revier noch Nest verteidigen und auch keine kleinen hungrigen Mägen füllen. Er konnte sich seine Zeit frei einteilen – und das tat er auch. Seine Bäder, oft etliche am Tag, waren mehr als ausgedehnt. Hierzu suchte er sich stets eine ruhige, wenig besuchte Stelle auf dem See. Viele

Male schaufelte er sich mit Kopf und Schnabel Wasser über den Rücken und schüttelte sich anschließend genüsslich.

Bei dieser wohltuenden Beschäftigung konnte er besonders gut nachdenken, hatte er festgestellt. Vor allem in kriminalistischer Hinsicht.

Hatte sich Neptunus jemanden zum Feind gemacht? Aber was konnte Neptunus, der eigentlich noch ein Grünschnabel mit Eierschalen hinter den Ohren gewesen war, schon Bösartiges getan haben? Oder war er einfach nur zum falschen Zeitpunkt am falschen Ort gewesen? Hatte er etwas gesehen, was nicht für seine Augen bestimmt war? Sollte er deshalb den Schnabel halten – und das gleich für immer?

Einen Kampf hatte es offensichtlich nicht gegeben, denn sonst hätte Tom haufenweise Federn in Neptunus' Umgebung bemerken müssen. Schließlich hätte bei einer Auseinandersetzung nicht nur Neptunus Federn lassen müssen, sondern auch sein Gegner. Möglicherweise auch Fell, denn spitze Reiherschnäbel waren eine glänzende Verteidigungswaffe.

Reiherschnäbel sind … gute Waffen, sinnierte Tom. Seine Gedanken kreisten wie in einer Zentrifuge. Reiherschnäbel sind …

Dann ging ihm ein Licht auf.

Reiherschnäbel sind … an Reihern dran! Dass er da nicht gleich drauf gekommen war. Reiherschnäbel sind an Reihern dran. An Familienmitgliedern. Am alten

Veha, an Vri Jon und all den anderen Reihern, die Tom nicht namentlich kannte. Mord in der Verwandtschaft kam in den besten Familien vor. Das wusste Tom von Grissom und *Magnum*. Warum sollte die Familie der vornehmen Reiher da eine Ausnahme machen?

Ich muss sie befragen, beschloss er, hatte dabei jedoch ein beunruhigendes Gefühl im Bauch. Denn hatten die Reiher nichts mit Neptunus' Tod zu tun, war es bei all ihrer aufrichtigen Trauer eine Zumutung, sie offen des Mordes zu verdächtigen. Er würde sie mit seinem Verdacht tief kränken, sich anschließend tausendmal für seine unsensiblen Fragen entschuldigen und sich eiligst davonmachen müssen. Aber damit wären seine Fragen nicht aus der Welt geschafft.

Was aber, wenn einer von ihnen doch der Mörder war? Oder alle zusammen? Schlimmstenfalls würden sie auf ihn einhacken, ihn mundtot machen. Ihn verschwinden lassen.

Ganz gleich, wie Tom die Sache anging. Er selbst kam da auf keinen Fall unbeschadet heraus.

Bei schönstem Frühlingswetter, das nicht nur Gefiederten, sondern auch Flügellosen nach dem langen Winter wieder pulsierendes Leben einhauchte, flog Tom mit gleichmäßigem Flügelschlag das kilometerlange grüne Ufer des Sees und den Fluss, der ihn speiste, ab. Keine Reiher zu entdecken. Alle wie vom Erdboden verschwunden.

Sie haben sich aufgemacht, sich aus dem Staub gemacht, dachte er, doch just in diesem Moment entdeckte er sie. Ein kleines Grüppchen Graureiher stand an einem schilfigen Seeufer in der wärmenden Sonne. Mit ausgestreckten Hälsen standen sie wie steinerne Wächter da, die langen Beine bis zu den Knien im noch kalten Wasser. Dabei stierten sie schweigend und mit stoßbereiten Schnäbeln auf den See.

Unschlüssig flog Tom eine kleine Schleife. Doch kneifen galt nicht, er musste runter. Nervös und kribbelig verringerte er zu schnell seine Flughöhe. Verflixt, vor lauter Herzklopfen gelang ihm die einfache Landung auf dem See nicht. Mit einem lauten *Platsch* wasserte er neben den Graureihern.

»He! Was soll denn das? Mit der Aktion hast du jetzt alle Fische verscheucht. Ist dir das klar?«, raunzte ihn ein stattlicher Reiher an. Es war Vri Jon.

Kein guter Anfang für eine Befragung mit heiklem Hintergrund.

»Tut mir leid. Ich kenn mich mit Fischfang nicht so gut aus«, entschuldigte sich Tom. Fahrig paddelte er hin und her, achtete aber sorgfältig auf größtmögliche Distanz zu den langen Reiherschnäbeln.

»Ja, ja, schon gut. Los, verzieh dich und lass uns in Ruhe. Jetzt müssen wir wieder von vorne anfangen.« Vri Jon und die anderen Reiher tänzelten ein wenig, schüttelten sich einmal gut durch und erstarrten wieder zu Säulen. Der nächste unachtsame Fisch würde kommen.

»Entschuldigung, aber …«, begann Tom und wurde sofort unterbrochen.

»Was denn noch?«, fiel ihm Vri Jon ins Wort. Hungrig und ohne Fisch in Sicht war mit ihm nicht gut auszukommen. Dann schien ihm etwas zu dämmern. »Hast du etwa Neptunus' Mörder gefunden?«, fragte er interessiert.

»Nein, aber ich bin dabei«, beeilte sich Tom zu sagen und konnte gerade noch ein ängstliches Aufflattern seiner Flügel – und damit ein erneutes Verscheuchen der Fische – unterdrücken. Um keinen Preis wollte er Vri Jon noch mehr reizen.

»Und was willst du dann hier?«

»Ich habe noch einige Fragen«, sagte Tom fest. Er konnte jetzt nicht klein beigeben. Er war nun schon bis hierher gekommen, und eine zweite Befragung würde er nach diesem Erlebnis nicht mehr wagen. Es hieß also: Jetzt oder nie.

»Was sollen denn das für Fragen sein?« Vri Jon blickte Tom misstrauisch von oben herab an.

»Lass gut sein, Vri Jon.« Der alte Veha schaltete sich nun ein. »Er kann doch nichts für deinen Hunger.«

»Und ob er das kann. Hätte er nicht so eine schlampige Landung hingelegt, dann hätte ich jetzt was im Magen«, maulte Vri Jon.

»Was möchtest du wissen, Tom?«, fragte Veha entgegenkommend, ohne weiter auf Vri Jon einzugehen.

»Tja, ich wollte euch fragen, wo ihr ward, als Neptunus starb.« Die Antwort auf Vehas Frage war alles andere als diplomatisch – aber jetzt gab es kein Zurück mehr.

»Ich fasse es nicht. Dieses kleine Gänsefüßchen will wissen, wo wir waren? Weiß der nicht, wer wir sind?« Vri Jons lange schwarze Schopffedern wippten mehr als verdächtig auf und ab.

Tom zog den Kopf ein. Es war fast so schlimm, wie er befürchtet hatte. Einige der umstehenden Reiher streckten sich nun ebenfalls, wölbten ihre weißen Brustschilde vor und signalisierten damit ihren Schulterschluss mit Vri Jon.

»Er ist der Einzige, dem etwas an der Aufklärung von Neptunus' Tod liegt. Haltet euch also zurück, Freunde. Du vor allem, Vri Jon.« Veha schaute seine Verwandten einen nach dem anderen eindringlich an. »Also, Tom, du willst wissen, wo wir waren, als Neptunus starb. So, so. Warum?«

»Das ist so üblich, reine Routine. Man beginnt immer bei der Familie.«

»Aha, Routine. Bei der Familie. Und warum?«

»Weil zum einen die Familie viel über das Opfer und die Lebensumstände sagen kann, ebenso über Freunde und Feinde. Und zum anderen … weil es auch in einer Familie nicht immer harmonisch und friedlich zugeht. Streit, Eifersucht, Habgier – es gibt viele Gründe, jemanden zu töten.«

Bevor die Reiher empört auf Toms Antwort reagieren konnten, sprach er schnell weiter und lenkte die Befragung in eine andere Richtung.

»Was könnt ihr mir über Neptunus erzählen? Ich würde ihn gerne besser kennenlernen, wissen, was er mochte, wen er kannte, liebte oder mit wem er stritt. Je mehr ich erfahre, umso besser kann ich mir ein Bild von ihm machen.«

»Neptunus«, begann Veha bedächtig, »war ein Jungvogel aus dem letzten Jahr. Er hat den ersten Winter einigermaßen gut überstanden. Bei der Jagd war er ein richtiger Einzelgänger, wie bei uns Reihern üblich. Er liebte Fisch jeglicher Art, auch wenn Frösche und Mäuse einfacher für ihn zu fangen waren. Er war ein guter Reiher, jeder mochte ihn. Bei Fremden war er zurückhaltend und bei Freunden gesellig, ja, so sind wir Reiher nun einmal: Einzelgänger und doch gesellig.«

»Und mit wem hatte er Streit? Auch wenn ich mich wiederhole, aber Streit kommt in der besten Familie vor«, sagte Tom keck.

»Das ist eine Unverschämtheit, Veha, dass dieser kleine Hänfling so von uns spricht. Weiß der denn wirklich nicht, wen er hier vor sich hat?« Ein weiterer Reiher war jetzt aufgebracht. Gerade noch hatte er auf einem Bein im Wasser gestanden und so getan, als sei er aus Stein.

»Azimut – ruhig!« Dann wandte sich Veha wieder

Tom zu. »Worüber hätten wir uns denn streiten sollen, Tom? Wir sind friedliebend, das haben wir doch schon gesagt.«

»Streitet ihr nie?« Tom wunderte sich. Gänse waren nicht nur gesellig und schnatterhaft, *Gans*, das wusste jeder Gefiederte, war auch ein Synonym für Streit, für Auseinandersetzung, für Wortgefechte. »In jeder guten Familie gibt es doch mal Streit. Also bei uns, da geht schon mal ganz schön die Post ab.«

»Nein, niemals«, sagte Veha. »Wir haben Ehre, verstehst du? Wir achten einander – und gehen uns aus dem Weg, wenn es sein muss. Wir streiten nicht. Zwar gibt es in unseren Brutkolonien schon mal kleinere Geplänkel um Nistmaterial, das muss ich wohl zugeben. Aber das ist alles ganz harmlos.«

»Was ist mit Eifersucht? Wegen eines Weibchens?« Tom ließ nicht locker und fragte einen Punkt nach dem anderen ab.

»Du bist ein Ganter, du verstehst das nicht. Gänse leben ihr Leben lang mit nur einem einzigen Partner. Aber wir haben jedes Jahr eine Neue. Kriegen wir unsere Auserwählte nicht in diesem Jahr, dann eben im nächsten. Was soll's. Eifersüchtig? Wo wir jedes Jahr die volle Auswahl haben?« Azimut hatte sich erneut zu Wort gemeldet und fand bei allen Reihern volle Zustimmung.

»Wie sieht's aus mit Habgier? Vielleicht hatte Neptunus ja etwas, das jemand anderes haben wollte.«

»Was sollte das gewesen sein?«, fragte Azimut. »Einen Fisch vielleicht? Hier gibt es genug Fische. Und außerdem: Fisch vergammelt, wie lange hätte er ihn wohl behalten können. Sonst gibt es hier nichts, was ein Reiher haben möchte.«

»Habgier scheidet aus, Tom«, sagte Veha. »Hier hat jeder alles, oder alle haben gar nichts. Wir können nichts mitnehmen, jedenfalls nicht mehr als in unseren kleinen Kehlsack passt – wir sind ja schließlich keine Pelikane.«

»Es tut mir leid, dass ich euch so unangenehme Fragen stelle, aber ich muss nach allen Seiten hin ermitteln. Dazu gehört auch die Familie, versteht ihr?«

»Tom«, sagte Veha ruhig und gelassen, »ich gebe dir mein Ehrenwort, niemand aus unserer Familie hat Neptunus auf dem Gewissen. Wir alle vermissen ihn sehr. Achtzig Prozent unserer Jungen sterben bereits im ersten Jahr. Und nur fünf von hundert Küken werden vier Jahre alt. Meinst du, wir legen es auch noch darauf an, uns selbst zu dezimieren?«

Veha ließ seine Worte wirken, dann sprach er weiter: »Und hätte, was wirklich ungewöhnlich wäre, tatsächlich jemand aus unserer Familie etwas mit Neptunus' Tod zu tun, hätten wir das schon geklärt. Unter uns. Du verstehst?«

»Ich danke euch für eure Auskünfte. Es tut mir leid, wenn es sich so angehört hat, als ob ich einen von euch verdächtigt hätte.« Tom fühlte sich erleichtert und unbehaglich zugleich. Von den Langschnäbeln war es niemand gewesen. Das war eine gute Nachricht.

Andererseits bedeutete es aber auch, dass die Ermittlungsarbeit nun erst so richtig losging.

4

Ede lächelte und kraulte sich zufrieden den Bart, als er Tom fast lautlos einfliegen sah. Kaum war das Läuten der Kirchenglocken verklungen, erschien er auf der Bildfläche. Pünktlich. Wie immer.

Der Rentner hatte bereits alles für die gemeinsame Fernsehzeit vorbereitet. Der Abendhimmel war blank geputzt, das TV-Gerät platziert. Tisch und Stühle standen an ihrem Platz, und auch die Kissen waren aufgeschlagen. Auf dem Tisch thronte eine gekühlte Flasche Bier, daneben stapelten sich frisches Toastbrot und trockene Kuchenreste zu einem kleinen Turm.

»Keine Sekunde zu spät, Nili, wie machst du das nur?«, begrüßte Ede den Ganter frohgelaunt. »Nimm Platz.«

Ede griff nach Toast, Kuchen und Bier und ließ sich neben Tom in seinen Campingstuhl plumpsen. »Hier, bedien dich«, sagte er und hielt Tom ein großes Stück Weißbrot hin, während im Fernseher bereits die ersten Nachrichten verlesen wurden.

Nur zu gerne schnappte Tom zu. Die Befragung der Reiher hatte ihm einiges abverlangt. Er war erschöpft und gleichzeitig aufgekratzt; sich auf die Nachrichten konzentrieren, das konnte er an diesem Abend nicht. Zu viel schwirrte ihm durch den Kopf.

»Du bist aber schweigsam heute. So kenne ich dich ja gar nicht«, sagte Ede, als er ihm ein weiteres Stück Brot reichte. Ein besorgter Unterton lag in seiner Stimme.

Tom antwortete nicht. Es hatte nicht viel Zweck, Ede von seinem Besuch bei den Reihern zu erzählen. Auch wenn sie sich ja inzwischen schon ganz gut kannten, der Flügellose verstand ihn immer noch nicht. Ede würde ihm vermutlich zuhören, doch eine echte Hilfe wäre er ihm nicht.

»Ich habe übrigens schon in das Fernsehprogramm von heute Abend geschaut«, legte Ede gleich aufmunternd nach. »Da habe ich einen Leckerbissen für uns entdeckt. Heute um neun gibt's wieder *Magnum*, die ganze Staffel wird wiederholt. Das haben wir doch gesehen, als wir das erste Mal zusammen vorm Fernseher saßen, erinnerst du dich? Mensch, was habe ich diese Serie geliebt. Die lief schon, als ich noch jung war. *Magnum* …«

Dieses eine Wort riss Tom aus seinen Gedanken. Was hatte Ede da gerade gesagt? *Magnum* lief heute Abend? Aufgeregt schnatterte er drauflos und flatterte so zappelig auf seinem Stuhl, dass er fast damit umkippte. »*Magnum*? Klar, erinnere ich mich. Den habe ich bei dir gesehen, Ede. Verdammt cooler Typ.«

Das erste Mal, so schien es, signalisierte Tom seinem Freund Ede, dass er ihn verstanden hatte. »Du hast mich verstanden, nicht wahr? *Magnum* …« Ede strahlte vor Stolz. Die Gans hatte ihn verstanden. Das erste Mal. »*Magnum*«, wiederholte er, um Toms Reaktion erneut zu testen.

Wieder schnatterte Tom und flatterte wie wild mit den Flügeln. »Natürlich habe ich dich verstanden. *Magnum* wird wiederholt. Und du schaust die Serie genau so gerne wie ich.«

»Bist ein schlaues Bürschchen, Nili. Hast ein Wort gelernt. *Magnum*. Du verstehst es. Ich habe keine Ahnung wieso, aber du verstehst es.« Amüsiert und stolz schüttelte Ede den Kopf. Eine Gans, die etwas mit *Magnum* anfangen konnte. Ausgerechnet auf diesem Campingplatz, ausgerechnet bei ihm.

Ede hatte auch Tom verstanden. Endlich. Das hatte ja ganz schön lange gedauert. Wie konnte Tom Ede nun noch begreiflich machen, dass er nicht nur einzelne Worte verstand, sondern alles?

»Guten Abend, Nachbar. Darf ich kurz stören?«, meldete sich eine Stimme hinter ihnen und lenkte Tom von seinen Gedanken ab.

Verwundert schauten sich Ede und Tom um.

»Ich bin der Karl-Heinz … wir kennen uns vom Sehen. Kannst mich ruhig Karl nennen.« Etwas verlegen grinsend kam Karl-Heinz, ein bauchlastiger Mann mit dickem Schnäuzer, auf Ede und Tom zu. Er war der Volksmusik-Fan von Platz vierunddreißig, wusste Tom.

Ede nickte. »Ach ja, richtig, wir sind uns doch schon häufiger am Kiosk begegnet. Komm, setz dich zu uns, Karl. Magst du ein Bier?« Er stand auf und bot dem neuen Gast seinen Stuhl an. Er selbst ging in den Wohnwagen und kam mit zwei gekühlten Flaschen Bier und einem Klappstuhl für sich wieder heraus.

»Prost!«

Nach einem kräftigen Schluck schaute Karl-Heinz auf Tom. »So was habe ich auch noch nie gesehen. Eine Gans, die auf einem Stuhl sitzt und so tut, als ob sie fernsieht.«

»Nili ist auch etwas ganz Besonderes. Glaub es mir.«

»Wenn du es sagst. Aber deshalb bin ich nicht gekommen. Ich hab gesehen, wie du an deinem Wohnwagen gearbeitet hast, an der Heizung, wenn ich das richtig gesehen habe. Ich habe gehört, du kennst dich damit aus?«

»Ich kann mir helfen«, antwortete Ede bescheiden.

»Bei uns, also bei Elke und mir, wird es nicht warm. In unserem Wohnwagen stimmt irgendetwas nicht mit der Gasheizung. Kann sein, dass sie zu wenig Gas bekommt. Sie zündet nicht richtig, glaub ich jedenfalls. Elke ist schon ganz miesepetrig und will wieder nach Hause, wenn wir nicht bald richtig heizen können. Ist ja auch noch frisch abends.«

Ede überlegte. »Ist die Gasflasche voll und der Druck in Ordnung?«

Karl-Heinz nickte und nahm noch einen Schluck aus seiner Bierflasche.

»Hast du mal nach den Batterien für die Zündung geguckt? Wenn die leer sind, kannst du so viel Gas in der Flasche haben, wie du willst.«

»Auch das habe ich schon gemacht. Muss irgendetwas anderes sein.«

Ede dachte nach und wiegte dabei seinen Kopf hin und her. »Dann sollten wir mal nachsehen. Damit deine Elke wieder Ruhe gibt. Die Nachrichten sind sowieso gerade zu Ende.«

Die beiden Männer erhoben sich von den Stühlen. Auch Tom hüpfte von seinem Sitzplatz und verabschiedete sich mit leisem Geschnatter. Er wollte rüber zu Luzie und Alex, da begann gleich *CSI*. Aber zuvor musste er noch nachsehen, ob die Luft rein und Tiger nicht in der Nähe war. Pünktlich zu *Magnum* würde er dann wieder hier sein.

»Schau mal, Ede, die Gans geht auch«, staunte Karl-Heinz nicht schlecht.

»Die geht immer, wenn die Nachrichten zu Ende sind.«

Karl-Heinz schüttelte verständnislos den Kopf. Eine Gans, die von einem Klappstuhl aus fernsah und nach den Nachrichten wieder ging, das war zu hoch für ihn.

5

Im gemütlichen Watschelschritt schlenderte Tom den Hauptweg des Campingplatzes entlang rüber zu Luzie und Alex. Dabei vergaß er nicht, aufmerksam nach Tiger Ausschau zu halten. Vogelgezwitscher und Kinderlachen lagen in der Luft. Tom liebte es, zu dieser Tageszeit auf dem Platz zu sein. Die meisten Flügellosen saßen bereits um einen Tisch vor ihrem Feriendomizil und aßen zu Abend, auch wenn sie wegen der abendlichen Frische zu langen Hosen und Pullovern greifen mussten. Nichts war mehr vom lebendigen Treiben des Tages zu merken. Kinderfahrräder und Kettcars parkten vor den Wohnwagen, und Schippen, Eimer und Luftmatratzen bildeten bunte Tupfer auf den Rasenflächen.

Nicht ohne Grund drehte Tom eine große Runde. Er wusste genau: Hier warteten Leckereien auf ihn. Denn gerade die kleinen Flügellosen teilten gerne ihre Mahlzeit mit ihm. Oft brauchte er sich ihnen nur etwas zu nähern, ein kurzes *Hallo* zu schnattern, und schon flogen Brotbröckchen, kleingerupfte Salatblätter oder Gemüse vor seine Füße auf den Rasen.

Wo konnte das Leben einer Gans prachtvoller sein?

Gäbe es da nicht Tiger, hier wäre das reinste Gänseparadies.

Tiger … Der Kater hatte ihn schon häufig aus dem Dickicht heraus attackiert und oft genug hatte Tom nur knapp den Abflug geschafft. Wollte Tom also in Ruhe *CSI* sehen, musste er absolut sicher sein, dass Tiger nicht in der Nähe war. Für einen Moment blieb er bei der verwitweten Lotte stehen. Vom Rasen ihres Wohnwagens aus hatte er einen guten Blick auf Tigers Territorium und die benachbarten Parzellen.

Auch Lottes Gras war so penibel gemäht wie Edes und glich fast einem englischen Rasen. Lotte hatte einen Bubikopf, war etwa Mitte fünfzig und Besitzerin eines kleinen, häufig kläffenden Dackels namens Balu. Offenbar machte sie mit dem gerade einen Abendspaziergang, denn es war niemand zu sehen und zu hören. So konnte Tom in Ruhe Tigers Heim beobachten.

Obwohl der Wohnwagen von Luzie und Alex bereits einer der größten auf dem Campingplatz war, erweiterte ein komfortables Vorzelt mit großen Fenstern die Wohnfläche. Auf einer mit Waschbetonsteinen ausgelegten Fläche standen eine Teakgarnitur bestehend aus Tisch und Stühlen sowie ein einsatzbereiter Grill. Blumenkübel mit prächtig gedeihenden Petunien rundeten das Kleinod ab.

Die blonde Luzie deckte gerade den Tisch fürs Abendessen. Tom ließ seine Augen schweifen. Tiger war nirgends zu sehen, seine chromglänzende Wasserschüssel stand ganz allein neben dem Zelteingang.

Dafür entdeckte Tom eine Gestalt, die etwas abseits hinter ein paar Büschen stand.

Der mit elegantem Anzug und schwarzem Hut bekleidete Flügellose gab sich alle Mühe, so zu tun, als wartete er auf jemanden, doch Tom hatte seine Absicht rasch durchschaut. Er observierte Luzie. Wer wartete schon mit Hut und Anzug auf einem Campingplatz, wo schlabbrige Ripp-Unterhemden, Badeshorts und Adiletten zum guten Ton gehörten?

Neugierig blickte Tom von Luzie zu dem Flügellosen und wieder zurück. Warum interessierte er sich für sie? Was führte er im Schilde? Wollte er etwa auch *CSI* sehen??

Noch während Tom über diese Fragen nachdachte, setzte sich der Flügellose in Bewegung, ging direkt auf Luzie zu und sprach sie an. Vorwitzig, wie Tom nun einmal war, marschierte er schnurstracks auf Luzies Grundstück zu und spitzte seine Ohren. Von Tiger war ja zum Glück nicht ein Schnurrhaar zu sehen.

»Du schon wieder, Charlie. Was willst du denn hier?«, hörte Tom Luzie sagen, die gegen die eintretende Dämmerung zwei stimmungsvolle Windlichter anzündete. Sie schien nicht gerade erfreut, ihren Besuch zu sehen.

»Ich wollte nur mal schauen, wie's dir geht, Luzie. Du weißt, mein Angebot steht noch immer.« Der Flügellose nahm seinen Hut ab und strich mit der Hand verlegen über seine Glatze. Er war ein echter Hüne – Tom schätzte ihn auf etwas mehr als zwei Reiher groß – und wirkte ziemlich durchtrainiert. Sein Jackett spannte über dem muskulösen Brustkorb. Auf beiden Seiten trug er goldene Ohrringe, die im Abendlicht glänzten.

»Charlie, Charlie, du alter Charmeur. Aus uns beiden wird nichts. Das habe ich dir doch schon gesagt.« Luzies Stimme war glockenhell und klang amüsiert.

»Du hast etwas Besseres verdient als diesen Schaumschläger.« Charlie machte einen Schritt auf Luzie zu und streckte die Hand aus, doch Luzie entwand sich ihm geschickt.

»Charlie, ich bin eine verheiratete Frau! Ich liebe meinen Alex. Ich habe ihm geschworen: *Bis dass der Tod uns scheidet*. Und so soll es auch sein.«

»Du machst einen großen Fehler, Luzie. Alex ist nichts für dich, lass es dir gesagt sein. Bei mir hättest du es viel besser. Ich würde dich auf Händen tragen.«

»Das besprichst du lieber mal mit Alex, meinst du nicht?« Luzie flirtete mit Charlie, war aber offensichtlich nicht an ihm interessiert.

»Wer soll etwas mit mir besprechen?«, fragte Alex und streckte gut gelaunt den Kopf zum Vorzelt hinaus. Als er den Gast jedoch erkannte, wechselte seine Gesichtsfarbe. »Oh, Charlie, du schon wieder. Immer wenn ich dich sehe, bekomme ich Bauchschmerzen.« Seine gute Stimmung war dahin.

»Tja, wie das nur kommt? Ich soll dich grüßen, Alex. Vom Professor«, sagte Charlie in betont freundlichem Plauderton.

Tom entging nicht, dass Alex zusammenzuckte, während er aus der Tür des Vorzelts trat. Er hatte kurze rote Haare, war um die fünfzig und damit etwa zehn Jahre älter als seine attraktive Frau. »Das ist aber nett, dass er mich grüßen lässt.«

»Ja, das ist es«, säuselte Charlie. »Er denkt viel an dich und hat mich deshalb gebeten, mal nach dir zu sehen. Er möchte wissen, wie es dir gesundheitlich so geht und ob deine Geschäfte gut laufen. Er interessiert sich wirklich für dich, Alex.« Während Charlie redete, sah er Alex direkt in die Augen und spielte dabei demonstrativ mit seinen Händen. Tom hörte die Gelenke knacken.

Alex räusperte sich und wechselte unsicher von einem Bein aufs andere, wie ein kleiner Junge, der dringend zur Toilette musste. »Ja, ja, der Professor.«

»Alex, was ist mit diesem Professor? Bist du bei ihm in Behandlung? Bist du krank?« Luzie war der seltsamen Unterhaltung bis dahin schweigend gefolgt. Als Alex nicht gleich antwortete, verdüsterte sich ihre Miene. Tom konnte förmlich spüren, wie sie eins und eins zusammenzählte. »Dieser angebliche Professor … ist eine Frau, habe ich recht, Alex? – Alex. Antworte!«

Doch Alex schwieg beharrlich und kratzte sich an der Nase.

»Charlie, wer ist dieser Professor? Kann mich mal einer aufklären?« Aufgebracht wandte sich Luzie an den großgewachsenen Gast.

»Oh, da halte ich mich raus, Luzie. Mach das mal mit deinem Mann aus. Ich wünsche euch beiden jedenfalls eine gute Unterhaltung. Genügend Gesprächsstoff habt ihr ja nun, nicht wahr?« Charlie setzte seinen Hut wieder auf, allerdings nicht ohne vorher noch einmal mit der flachen Hand über seinen Kopf zu wischen. Ein Ohrring blitzte in der Abendsonne auf, als er sich noch einmal umdrehte. »Ach, Alex, ich richte dem Professor aus, dass du gleich morgen erscheinst. Das wirst du doch, oder?« Er lüpfte seinen Hut noch einmal freundlich in Richtung Luzie, verließ die Parzelle und schlenderte auf den Ausgang des Campingplatzes zu.

»Alex, was hat das zu bedeuten?«, hakte Luzie nach, kaum dass Charlie das Grundstück verlassen hatte.

»Lass mich in Ruhe, ich muss telefonieren«, raunzte Alex barsch und verschwand ohne weitere Erklärung türknallend im Wohnwagen.

So hatte Tom Alex noch nie erlebt, nicht bei einem einzigen gemeinsamen Fernsehabend. Sonst schien er sich mit Luzie doch immer gut zu verstehen. Aber der seltsame Auftritt von Charlie hatte da offenbar irgendwas ins Rollen gebracht. Auf jeden Fall hatte Tom keine Erklärung für Alex' Verhalten, offenbar genauso wenig wie Luzie. Die stand nämlich wie versteinert auf dem Rasen und fixierte das Vorzelt, durch das Alex gerade eben verschwunden war.

»Was war denn das, Luzie?«, schnatterte Tom drauflos.

»Oh, meine Kleine, da bist du ja wieder. Ich habe dich gar nicht kommen sehen. Willst bestimmt dein Brot abholen, stimmt's?« Luzie, die ihn aus unerfindlichen Gründen für eine Gans hielt, schüttelte ihre blonden Locken und deutete mit dem Kopf Richtung Wohnwagen. »Wenn der Herr jetzt unbedingt telefonieren muss, dann essen wir beide eben zu Abend. Eine Schnitte Brot gefällig?«

»... ich will, dass du deinen verdammten Arsch jetzt hierherbewegst. Ist das endlich klar? Sonst ...«, dröhnte Alex' Stimme laut vernehmlich aus dem Wageninneren. Dann wurde es wieder leise, und man konnte nichts mehr verstehen.

Luzie und Tom schauten sich verwundert an. »Na, der hat mir einiges zu erklären, das kannst du mir glauben. Wenn der Mistkerl mich tatsächlich betrügt, dann kann er was erleben! Dem mach ich die Hölle heiß.«

Tom wartete geduldig auf das nächste Stückchen Brot, als er Hafenmeister Jupp den Weg entlangkommen sah. Bei dem einen oder anderen Wohnwagen blieb er kurz stehen und wechselte ein paar Worte mit den Gästen. Nach kurzer Zeit erreichte er auch Parzelle einunddreißig.

»Guten Abend, Frau Breetz. Ist Ihr Mann da?«

»Hallo, Jupp. Ja, der ist da. Was wollen Sie denn von ihm? Kann ich Ihnen nicht auch helfen?«, fragte Luzie.

»Nein, das ist sehr freundlich von Ihnen, aber das muss ich schon mit Ihrem Mann selbst besprechen«, lehnte Jupp ihr Angebot ab.

Tom kannte Jupp schon seit langem. Der Hafenmeister war etwa Anfang fünfzig und hatte ein freundliches, vom Wetter gegerbtes Gesicht. Oft sah Tom ihn seine Arbeit auf dem Campingplatz verrichten, im Hafen nach dem Rechten sehen oder an der Bunkerstation, der Tankstelle für Boote, Kraftstoff verkaufen.

»Na, dann sage ich ihm mal Bescheid. Aber er hat gerade ziemlich schlechte Laune. Besser, Sie kommen morgen noch mal.«

»Nein, nein. Ich belästige ihn nicht lange. Das geht schon.«

»Auf Ihre Verantwortung«, sagte Luzie und ging zum Caravan. »Alex, Jupp ist da. Er möchte dich sprechen.«

Aus dem Wohnwagen drang ein unwirsches Knurren, dann erschien Alex im Vorzelt. Er nickte Jupp zu, nuschelte nur ein knappes »Ich komm gleich« und verschwand wieder im Wohnwagen.

»Sagen Sie, haben Sie vielleicht unseren Kater gesehen?«, wandte sich Luzie an Jupp. »Sie wissen schon, Tiger, dieser große mit dem rötlichen Fell. Der ist jetzt schon seit zwei Tagen nicht mehr aufgetaucht. So lange ist der sonst nie weg.«

Aha, Tiger war also auf Wanderschaft. Sehr gut, dachte Tom, einem gemütlichen Fernsehabend stand demnach nichts mehr im Wege. Ob Luzie und Alex sich bis dahin wieder vertrugen, war da eher unwichtig.

»Nein, tut mir leid. Ich habe ihn nicht gesehen. Aber ich werde die Augen offen halten, versprochen«, meinte Jupp.

»Danke …« Mehr konnte Luzie nicht sagen, denn hinter ihr war Alex aufgetaucht, und ohne weitere Worte zu verlieren verließen er und Jupp das Grundstück.

»Männer!«, murrte Luzie und sah Tom an. »Jetzt sind wir wieder alleine, du und ich. Gut, dann machen wir zwei uns eben einen schönen Fernsehabend. Mach's dir doch schon mal bequem.«

6

Das frühmorgendliche Bad war fast beendet und Toms Gedanken kreisten, wie konnte es anders sein, um seinen Fall. Obwohl es nun schon zwei Sonnenaufgänge her war, dass er Neptunus gefunden hatte, konnte er immer noch keine Ermittlungsergebnisse vorweisen.

Vielleicht kam er ohne Unterstützung doch nicht weiter. Aber von einer Untersuchungskommission konnte keine Rede mehr sein. Nachdem Tom verkündet hatte, dass er die Ermittlungen übernehmen werde, hatten die anderen Gefiederten die Verantwortung nur zu gerne komplett an ihn abgegeben. Kein Wunder, schließlich war Frühling – und damit Brutzeit. Ob Balz, Nestbau oder Brut, alles war wichtiger, als den ominösen Todesfall irgendeines Reihers aufzuklären.

Auch Tom hätte in diesem Jahr das erste Mal eine Familie gründen können. Hätte – wenn er ein ganz normaler Ganter gewesen wäre. Einer, der keine Vorliebe für Krimis und Nachrichten hatte; einer, der ein Nest bauen und nicht einen realen Mord lösen wollte. Die Damenwelt, so fand Tom, die hatte noch Zeit.

Während Tom über Unterstützung nachdachte, fiel ihm wieder ein, dass das wilde Geschnatter vorgestern alles andere als hilfreich gewesen war. Keiner hatte irgendetwas Sinnvolles beigesteuert. Dabei, und das hatte Tom von Gil Grissom gelernt, gab es erfahrungsgemäß immer mindestens einen Zeugen. Einer war immer wach und sah etwas, das nicht für seine Augen bestimmt war. Einer immer.

Moment, hatte Optima, das süße Haubentaucher-Fräulein, nicht etwas von streitenden Flügellosen erzählt, bevor sie abgetaucht war? Sie war also wach gewesen, vielleicht hatte sie ja noch mehr bemerkt. Dass er da nicht gleich dran gedacht hatte! Optima, sie galt es zu finden. Was keine leichte Sache werden würde, wo sie doch so oft auf Tauchstation war.

»Hey, weg da. Mach die Landebahn frei, die ist mir zugeteilt.« Etwas großes Schwarzes schlug aus heiterem Himmel direkt neben Tom auf dem Wasser auf, verursachte reichlich Wellen und tauchte unter.

Wenige Augenblicke später tauchte es wieder auf. Rio, mit einem großen Fisch im Schnabel. Der glitschige Fisch wehrte sich heftig und versuchte sich vergeblich aus der gelben Zange zu befreien, die ihn mit einem kleinen Haken am oberen Schnabelende fixierte.

»Hätte ich mir denken können, dass du das bist, Rio. Was machst du denn so früh hier?«

»Isch wol … mpf … frgn … mb … du … fe … brst«, war alles, was Tom verstehen konnte und Rio während des Schluckens herausbekam. Dann hatte der Fisch endlich ausgezappelt. Schwer beladen erhob sich Rio aus dem Wasser und flog auf den Ast eines blätterlosen, toten Baumes, wo er seine Flügel spreizte. Kleine Rinnsale bildeten sich und tropften aus dem Gefieder auf das Holz.

»Ich wollte mal fragen, ob du Hilfe brauchst. Du hattest recht, der Quark-Club bringt es nicht. Quark-Quark«, äffte Rio die Enten nach. Sein ausgebeulter Kropf zeigte derweil überdeutlich, wo sich sein Fang gerade befand.

»Du willst mir helfen? Wie?« Tom war skeptisch.

»Na, du hast doch gesagt, man könne dich unterstützen. Und ich wäre multifunktional einsetzbar, wenn du verstehst. Erkundigungen einholen, beobachten und so weiter. Ruf einfach nach Rio und ich bin startbereit.«

»Ich könnte deine Hilfe tatsächlich bei meinen Ermittlungen brauchen«, freute sich Tom. »Momentan bin ich auf der Suche nach Optima, der Haubentaucherin. Hast du sie vielleicht irgendwo gesehen?«

»Hm, die kleine Süße von der Versammlung?«

»Genau die.«

»Du willst endlich ein Date, richtig?«

»Rio! Kein Date. Sie ist eine Zeugin. Sie weiß was«, wiegelte Tom ab.

»Du traust dich wieder nicht, stimmt's? Brauchst einen Vorwand, um sie anzusprechen. *Ermittlungen*, dass ich nicht krächze.« Rios grüne Augen funkelten verschmitzt.

Er hatte einen wunden Punkt getroffen, denn tatsächlich hatte sich Tom unsterblich in die bildhübsche Optima verbliebt. Doch genau hier lag sein Problem. Wie sagte man als unerfahrener Nilganter einer erfahrenen Haubentaucherin, dass man sie toll fand? Und wie würde sie reagieren?

»Na gut. Dann suchst *du* sie eben und sprichst mit ihr«, sagte Tom.

»Kann ich machen. Aber nicht sofort.«

»Nur zu. Du brauchst keine Rücksicht auf mich zu nehmen, Rio. Es macht mir nichts aus.«

»Tom, ich kann jetzt wirklich nicht.«

»Wieso?« Tom verstand nicht. Warum sträubte sich Rio?

»Ich bin nicht startklar. Ich habe eine Störung im Antrieb.«

»Wie? Was? Störung?«

»Tom, das habe ich dir doch schon ein paarmal erklärt. Ich kann jetzt noch nicht starten. Ich war doch gerade erst tauchen, mein Gefieder ist noch nass!«

»Also bleibt doch wieder alles an mir hängen«, stöhnte Tom und breitete die Flügel aus. »Gib mir Bescheid, wenn du wieder *startklar* bist. Vielleicht habe ich dann ja eine neue Aufgabe für dich.« Er rannte platschend einige Schritte übers Wasser – und weg war er.

Seit einer Stunde flog Tom nun schon am Ufer des Sees entlang. Die warmen Sonnenstrahlen der letzten Tage hatten die Vegetation wuchern lassen. Wilde Narzissen und Schlüsselblumen hatten sich durch den Boden gekämpft und ihre Blütenkelche geöffnet. Der bisher lichte Uferbewuchs gedieh prächtig und bot den Wasservögeln bereits gute Deckung. Tom wollte eine zweite Runde drehen, denn noch immer hatte er Optima nicht gefunden. Zwar hatten ihm andere Haubentaucher immer mal wieder Tipps gegeben, wo sie sich gerade aufhalten könnte, doch er hatte sie trotzdem noch nicht entdeckt. Wahrscheinlich war sie auf Futtersuche und deshalb meist unter Wasser.

Gerade flog er an der Stelle vorbei, an der er Rio zurückgelassen hatte – und traute seinen Augen nicht. Da saß sein Freund immer noch auf dem Ast und unterhielt sich angeregt mit einem Haubentaucher-Mädchen. Optima! Sofort verringerte Tom die Flughöhe und landete ziemlich plump direkt neben ihr auf der Wasseroberfläche.

»Hey Tom, schau mal, wer mich gefunden hat!«, begrüßte ihn Rio.

Optima war von nahem noch schöner, als Tom sie in Erinnerung hatte. Er musste an Rios Neckerei von vorhin denken und bekam nun doch tatsächlich vor lauter Aufregung keinen Ton mehr heraus.

»Rio hat mir erzählt, dass du mich suchst. Wir haben auf dich gewartet, Tom«, flötete dieses engelsgleiche Wesen ihm nun entgegen.

Doch Tom reagierte nicht. Er konnte nicht. Was war es noch gleich, warum er nach ihr suchte? Da war doch was gewesen. Leere breitete sich in seinem Kopf aus. Alles, jede Idee, jeder Gedanke – aufgesogen von einem großen schwarzen Loch.

»Tom? Hallo! To-hom!« Rio amüsierte sich. Wie paralysiert starrte sein Freund Löcher in die schöne Haubentaucherin. Es bestand kein Zweifel: Tom schien gerade Frühlingsgefühle zu entwickeln. Und Rio konnte ihn nur zu gut verstehen. Optima war ein tolles Weibchen. So eines würde auch er nicht vom Ast stupsen.

»Rio hat gesagt, ich sei eine wichtige Zeugin«, säuselte die schöne Optima vor ihm. »Er meinte, du willst wissen, was ich in jener Nacht, als Neptunus umkam, gesehen oder gehört habe.«

Tom nickte nur. Mehr war einfach nicht drin.

»Mein Kollege hier ist im Moment nicht ganz auf der Höhe, Optima. Flattert ziemlich flach, würde ich sagen«, entschuldigte Rio Toms Sprachlosigkeit. »Weißt du, Tom und ich sind im Grunde ein Team. Er unterstützt mich – ein wenig. Erzähl *mir* doch einfach, was du in der besagten Nacht mitbekommen hast.«

Tom war immer noch zu abgelenkt von Optimas Anblick, um Einspruch dagegen zu erheben, dass sein Kumpel aufs mieseste die Ermittlungen an sich riss.

»Also gut«, begann Optima. »In der Nacht, in der Neptunus starb, wollte ich die Nacht im Hafenbecken verbringen. Ich hatte vorher dort getaucht und war zu müde, um mir ein anderes Plätzchen zu suchen. Nachdem ich bereits ein Weilchen geschlafen hatte, wurde ich plötzlich von lauten Flügellosen aufgeschreckt. Sie stritten sich ziemlich heftig. Also zog ich mich zurück, um wieder Ruhe zu finden. Andere Vögel haben sich ebenfalls gestört gefühlt und daraufhin auch einen ruhigeren Platz gesucht, trotz der Dunkelheit. Nur ein Rabe und eine nervenstarke Graugans sind in der Nähe geblieben.«

»Aha«, sagte Rio. Mehr nicht. Eine lange Pause entstand. Rio fielen keine Fragen mehr ein, die er hätte stellen können. Was wusste er schon, wie man eine Zeugenbefragung durchführte. Er war schließlich nicht Tom.

»Die Flügellosen – hast du sie gesehen? Könntest du sie beschreiben oder vielleicht sogar wiedererkennen?«, durchbrach Tom die Stille. Endlich hatte er sich wieder ein wenig gefangen.

»Leider nicht. Der Streit fand ja oben auf dem Campingplatz statt.«

»Bist du dir sicher?«, fragte Tom.

»Ganz sicher. Die Stimmen waren zu weit entfernt, als dass sie von einem der Boote hätten stammen können. Und außer den Campingwagen dort oben haben die Flügellosen hier doch weit und breit keine Kolonien oder Nistplätze.«

»Da hast du recht, Optima«, pflichtete ihr Rio schnabelnickend bei.

»Konntest du denn verstehen, was die Flügellosen gesagt haben?«, hakte Tom nach.

»Ich habe leider nur ein paar Worte verstanden. Ich weiß nicht, ob dir das was nützt.«

»Alles ist wichtig, Optima. An was erinnerst du dich denn?«

»Ich glaube, sie haben sich über Vögel und vierbeinige Stalltiere gestritten. *Pute* und *dumme Gans* schrie das Männchen und vom Weibchen kamen *sturer Bock* und *alter Hornochse.*«

Tom war wenig erstaunt. Solche Titulierungen kamen in jedem zweiten Krimi vor. »Und ein Rabe und eine Graugans waren auch dort? Weißt du, wie sie heißen?«, fragte er.

»Was will denn dieser plumpe Vogel von dir, Optima, mein Schatz? Hat er dich angemacht? Soll ich ihm eine Lektion erteilen?« Von hinten hatte sich unbemerkt ein Haubentauchermännchen angeschlichen und richtete jetzt seinen spitzen Schnabel kampfeslustig auf Tom. Der kräftige Kerl sah ganz und gar nicht danach aus, als wäre er zu Späßen aufgelegt. Jede Faser in Toms Körper war schlagartig bis zum Bersten gespannt – und von Rio war auf einmal weit und breit nichts mehr zu sehen.

»Sollux, das ist jetzt wirklich nicht nötig. Tom wollte nur was wissen, und ich konnte ihm behilflich sein.« Verlegen ordnete Optima mit dem Schnabel einige Rückenfedern.

»Stimmt, so war es«, pflichtete Tom ihr hastig bei. Der Typ hatte wirklich einen verdammt spitzen Schnabel und Tom überhaupt keine Lust, sich mit ihm anzulegen. Hatte er gerade richtig gehört? Hatte Sollux Optima *mein Schatz* genannt? Ein ihm bisher unbekanntes Gefühl breitete sich in Tom aus. Noch nie hatte er so gefühlt. Adrenalin schoss durch seinen Kreislauf und wirbelte ihn kräftig durcheinander. Zum ersten Mal in seinem Leben verspürte er Eifersucht.

Und genauso ging es wohl auch Sollux. »Zisch ab, Kleiner, du störst«, fauchte er in Toms Richtung.

»Aber … aber …«, versuchte Tom zögerlich einzuwenden. Doch ein kurzer Blick von Sollux ließ ihn sofort wieder verstummen. Er war nun mal kein Draufgänger, keiner, der sich todesmutig auf Nebenbuhler stürzte. Und von Rio war noch immer nichts zu sehen. Typisch, wenn man seinen Kumpel mal brauchte, war er nicht da.

Da der junge Ganter offenbar genügend eingeschüchtert war, balzte Sollux Optima nun heftig an. Er ließ sich von Toms Anwesenheit nicht im Geringsten stören, und Optima machte bei dem Hochzeitstanz auch gleich mit. Köpfchen links, Köpfchen rechts, Köpfchen schütteln.

»Ich brauche noch die Namen, Optima. Der Rabe und die Graugans, wie hießen die?«, nahm Tom all seinen Mut zusammen.

Optima unterbrach ihren Tanz und wandte sich unter Sollux' misstrauischem Blick Tom zu. »Den Raben kenne ich nicht. Aber die Graugans, das war Amulet«, antwortete sie gerade noch, bevor sie mit einem leisen Plopp abtauchte. Sollux schoss sofort hinterher.

»Ist er weg?«, hörte Tom kurz darauf eine ihm wohlbekannte Stimme leise fragen. »Mit dem ist gar nicht gut Fische fangen. Der ist bekannt für seinen spitzen Schnabel. Höchst treffsicher, erzählt man sich.« Rio schüttelte sich und unzählige Wassertröpfchen rieselten aus seinem Gefieder.

»Sag mal, Rio, kennst du Amulet, eine Graugans?«, fragte Tom, der allmählich wieder klar denken konnte. »Sie ist eine weitere Zeugin.«

Rio schüttelte den Kopf, und wieder regneten kleine Tröpfchen auf die Wasseroberfläche.

»Die müssen wir suchen. Du übernimmst das Nordufer und ich das Südufer. Los!« Endlich hatte Tom eine neue Spur, endlich konnte er wieder tätig werden – und sich dabei vom Sollux-Schock ablenken.

»Grundsätzlich kein Problem, aber …«, wandte Rio ein.

»Was, aber?« Tom war ungehalten. Dann ging ihm ein Licht auf. »Nicht schon wieder, Rio«, sagte er frustriert.

Mit einigen schwerfälligen Flügelschlägen schaffte Rio es wieder auf seinen Ast und breitete die Flügel aus – zum Trocknen.

7

»TOTER IM MÜLL! TOTER IM MÜLL!«

Tom war gerade auf dem Weg zum Südufer, um Amulet zu suchen, als eine neue Meldung verkündet wurde.

Immer wieder rauschten die Zeitungsenten wie die rasende Druckmaschine eines Boulevardverlags über den See hinweg. Sie schrien ihre Schlagzeile förmlich in großen Lettern hinaus in den wolkenlosen Tag.

Die Gefiederten wurden häufig mit Meldungen bombardiert. Meistens registrierte Tom die aufdringlich verbreiteten Informationen gar nicht mehr – in dieser Hinsicht hatte er abgeschaltet. Doch der jetzt lautstark hinausgequakten Nachricht schenkte er sofort Beachtung.

»TOTER IM MÜLL! TOTER IM MÜLL!«

Das war ja interessant. Der Tod war im Leben der Gefiederten zwar etwas Stinknormales – andauernd starb irgendwer, meist jemand, den man nicht kannte. Aber Neptunus war ja auch im Müll gelandet, und insofern gab es hier eine hochinteressante Parallele.

Wer mochte nun wohl im Müllcontainer liegen? War der Tote wie Neptunus von Jupp dort hineingeworfen worden? Es konnte kein kleines Vögelchen sein, das dort gefunden worden war. Das hätte man zwischen all den Müllsäcken nur schwer sehen können. Es musste schon etwas Größeres sein. Wieder ein Reiher? Wieder ein Mord?

Das musste sofort überprüft werden. Wie immer brachten die Zeitungsenten nur die Hauptüberschrift. Einen Untertitel, geschweige denn ein wenig Hintergrundinformation als kurze Notiz – Fehlanzeige. Noch nicht einmal der Name des Verblichenen wurde bekanntgegeben.

Bereits aus der Ferne konnte Tom einen Pulk um die korrekt angegebene Fundstelle sehen. Unzählige neugierige Enten reckten und streckten sich, um einen Blick über die hohen Containerwände werfen zu können. Ein paar Haubentaucher, die kaum je einen Fuß aufs Land setzten, fragten vom See aus piepsend an, was denn dort zu sehen sei. Das aufgeregte Geschnatter und Gepiepe glich einem Jahrmarkt. Jeder wollte etwas erfahren oder mitteilen.

Überraschenderweise hatte sich auch eine große Anzahl von Flügellosen eingefunden. Ob sie dieses eine Mal tatsächlich das Geschnatter der Zeitungsenten verstanden hatten?

Tom ließ sich auf dem flachen Dach des Hafenmeistergebäudes nieder, wo sich bereits etliche andere Vögel eingefunden hatten. Von hier oben hatte man nicht nur eine gute Sicht auf den bunt belebten Campingplatz, sondern auch auf den See, wo bereits die ersten Boote bei leichter Brise segelten. Und wer stand dort gleich in der ersten Reihe – Rio! Aha, wenn es was zu Gaffen gab, waren seine Federn also ganz schnell wieder trocken.

»Na, Rio, lass mal sehen«, begrüßte Tom seinen Freund und zwängte sich zwischen einigen Dohlen, Lach- und Silbermöwen hindurch. Gleich neben Rio hatte Tom einen guten Blick nach unten auf die Müllcontainer. Und was er darin sah, verblüffte ihn. Im Container lag tatsächlich ein Toter, aber kein Gefiederter, sondern ein Flügelloser – und zwar niemand anderes als Alex, der Mann von Luzie!

Tom erkannte ihn auf den ersten Blick, auch wenn er nun ein wenig anders aussah als sonst. Alex lag in einer Ecke des riesigen Containers, mit dem Rücken halb an die Wand gelehnt. Auf den ersten Blick hätte man meinen können, er würde einen Rausch ausschlafen. Friedlich war sein Gesichtsausdruck allerdings nicht. Die Augen blickten starr ins Leere, und der Mund war weit aufgerissen, so weit es für einen Flügellosen eben möglich war.

Wie bei Neptunus, ging es Tom durch den Kopf. Im Unterschied zu Neptunus hatte Alex allerdings kein Loch in der Brust. Dafür hatte er einen genauso rosa leuchtenden Rachen, fiel Tom auf.

»Wird er jetzt ein Kormoran oder wenigstens eine Gans, Tom? Hat er es endlich geschafft? Wird er jetzt einer von uns?«, unterbrach Rio Toms Gedanken.

»Ich weiß es nicht, Rio. Zu einem Vogel wird man nur, wenn man ein untadeliges Leben geführt hat – jedenfalls soweit ich das weiß«, gab Tom zurück. Konzentriert versuchte er, sich ein Bild vom Fundort des Toten zu machen und sich die Auffindesituation einzuprägen. So nah war auch er noch nie einem toten Flügellosen gewesen.

»Neptunus bleibt bestimmt ein Vogel. Er war noch so jung. Etwas so Schlimmes, das ihm den Verbleib in der gefiederten Welt unmöglich machen würde, kann er in seinem kurzen Leben nicht getan haben.« Rio plapperte immer weiter. »Stell dir doch nur mal vor, einer von uns müsste zurück in die Welt der Flügellosen. Kannst du dir das vorstellen? Alles zu Fuß machen, sich jahrelang mit der eigenen Brut rumschlagen – oder in Monotonehe leben zu müssen … Das wär nichts für mich.« Rio redete und redete, ohne zu merken, dass Tom sich bereits in Gedanken mit der Ermittlung herumschlug.

»Das heißt Monogamie, Rio. Ich weiß gar nicht, was du willst – wir Gänse und auch Schwäne leben ebenfalls monogam«, korrigierte Tom seinen Freund und widmete sich wieder dem Toten. War dieser Fundort auch der Tatort?

»Wie langweilig.« Rio schüttelte sich. Obwohl er genau wie Tom bisher ohne praktische Erfahrungen in Bezug auf das andere Geschlecht war, schwelgte er bereits gerne in der Theorie. »Also ich werde jedenfalls mein Bestes tun, um nicht als Flügelloser wieder auf die Welt kommen zu müssen. Es ist doch für alle Lebewesen erstrebenswert, ein Vogel zu werden, selbst wenn man in Monotonehe leben muss wie ihr.«

Tom ignorierte Rios Geschwätz von den Vorzügen der Zeitabschnittspartnerschaft und sah sich weiterhin den Körper im Müll genau an. Immer mehr Flügellose versammelten sich unterdessen um den Container und wollten einen Blick auf die Leiche erhaschen.

»Bitte machen Sie Platz!«, rief plötzlich ein junger Flügelloser in dunkelblauer Uniform, den Tom sogleich als Polizisten identifizierte. Nun kam Bewegung in die Menge und sie teilte sich, so dass mehrere Polizisten auf den Container zusteuern konnten.

»Gehen Sie bitte weiter nach hinten! Ein paar Meter noch!«

Ein anderer Polizist half jetzt dem jungen Kollegen dabei, den Fundort mit rotweißem Flatterband abzusperren und so ihre neugierigen Artgenossen auf Abstand zu halten. Nur widerwillig wichen die Zuschauer zurück. Unter den Schaulustigen erkannte Tom einige vertraute Gesichter. Siggi und Katharina machten genau so lange Hälse wie Lotte und ihr Dackel. Auch Ede war da, genauso wie Jupp und Rentner Karl-Heinz, dessen Ehefrau Elke nun endlich wieder im Warmen sitzen konnte. Nur Luzie konnte Tom nirgendwo entdecken, die stand wohl unter Schock und hatte sich zurückgezogen, mutmaßte Tom.

Aufmerksam beobachtete er, was die Polizisten dort unter ihm trieben. Einer stand am Flatterband und hielt die Schaulustigen davon ab, näher heranzurücken, während zwei weitere die Umstehenden befragten und sich deren Antworten notierten.

Noch ein Grund, warum es besser war, kein Flügelloser zu sein, dachte Tom. Ob bei *CSI*, *Magnum* oder sonstigen Krimis, ständig machten sich die Ermittler Notizen und mussten anschließend in zahllosen Überstunden endlose Berichte und Protokolle schreiben. Zum Glück musste er das nicht.

Weitere Polizisten trafen am Fundort ein. Männchen in Zivil. Wie beim *Tatort*, freute sich Tom. Das waren richtige Kommissare – nun wurde es interessant.

Doch bevor diese ihre Arbeit aufnehmen konnten, wurde die Leiche von einem Gerichtsmediziner untersucht. Ständig wurde fotografiert. Das Klicken der Auslöser und das folgende Blitzlichtgewitter waren zu viel für einige übernervöse Vögel, die hastig davonflogen. Es wurden Fotos vom Fundort, der Leiche in allen Details und auch von den Umstehenden geschossen. Die äußere Besichtigung des Körpers erfolgte noch im Container, dann wurde er herausgehoben.

»Das war jetzt die grobe Leichenschau und nun wird er zum Gerichtsmedizinischen Institut gebracht«, kommentierte Tom das Geschehen.

»Sag mal, woher weißt du so was eigentlich, Tom?«, fragte Rio unvermittelt. »Woher kennst du solche

Ausdrücke? *Grobe Leichenschau, Gerichtsmedizinisches Institut?* Und wieso kannst du eigentlich so gut Zeugen befragen, so wie vorhin Optima? Das ist doch nicht normal für eine Gans.«

»Ähm, ich habe … studiert«, stammelte Tom verlegen. Rio hatte sich also Gedanken gemacht und war auf eine Ungereimtheit gestoßen.

»Studiert?«, argwöhnte Rio.

»Fernstudium – im wahrsten Sinne des Wortes.«

»Was meinst du damit? Ich verstehe gar nichts, Tom.«

»Ist doch egal, ich kann's eben.« Tom wollte auf keinen Fall näher auf dieses Thema eingehen. »Und jetzt los, hier ist die Vorstellung ohnehin beendet«, lenkte er schnell ab. »Wir müssen Amulet finden!«

8

Dröhnendes alarmiertes Geschnatter empfing die Neuankömmlinge und argwöhnische Blicke klebten an ihnen. Die brütenden Vögel fühlten sich enorm durch ihre Anwesenheit gestört. Unbehaglich setzten die Freunde einen Schritt vor den anderen.

»An der Trauerweide links im Schilf«, sagte Rio und achtete darauf, keinem Nest zu nahe zu treten.

Bevor Tom bei den Müllcontainern aufgetaucht war, hatte Rio dort ein Graugänsepaar nach Amulet gefragt – und es hatte ihm tatsächlich eine Wegbeschreibung zu ihrem Nistplatz geben können. Der ewig trocknende Kormoran war also doch zu was nutze, stellte Tom zufrieden fest.

Die meisten werdenden Eltern streckten ihnen ihre grapschenden und zischenden Schnäbel entgegen. Im Eiltempo watschelten Tom und Rio über sumpfigen Boden an ihnen vorbei.

»Amulet?«, fragte Tom die erste Graugans, die er im Schilf auf einem Nest sitzend antraf.

»Nächstes Nest«, antwortete die nur knapp und deutete mit dem Kopf auf ein Nest nur ein paar Meter neben ihr.

Amulet war gerade aufgestanden und bedeckte ihr

Gelege mit wärmenden Daunen. Ihr Ganter hielt Wache und beäugte die Fremden misstrauisch. Rasch nahm er eine drohende Haltung ein, während Tom sein Anliegen vortrug und Amulet um eine Zeugenaussage bat.

»Dafür habe ich jetzt gar keine Zeit. Ich habe nämlich Hunger. Meine Verwandten und ich treffen uns auf ein Häppchen Kräuter auf dem Polderfeld. Gleich geht's los.«

»Bitte, Amulet. Wir brauchen dringend deine Aussage. Neptunus' Mörder läuft noch immer frei herum.«

Amulet seufzte. »Also gut«, näselte sie ganz nach Gänseart, »was genau wollt ihr denn wissen?«

»Erzähl uns bitte alles, was du in jener Nacht beobachtet hast.«

»Es war ja schon recht dunkel. Das Hafengelände wurde nur vom Leuchtturm und von ein paar Lampen erhellt. Alles war ruhig, bis sich plötzlich eine Wohnwagentür öffnete und lauter Streit ausbrach. Es wurde sehr, sehr ungemütlich und einige Vögel suchten trotz der Dunkelheit nach einem neuen Schlafplatz. Aber zu diesem Zeitpunkt hatte ich ihn bereits oben auf dem Gehweg entdeckt. Er ging sehr langsam und torkelte.« Amulet unterbrach ihre Aussage und gab sich der Federpflege hin. Sie legte einige losgelöste Daunen vorsichtig auf ihr Gelege und bugsierte sie auf den Eiern immer wieder an eine bessere Stelle.

»Und dann?«, fragte Tom ungeduldig.

»Dann fiel der Reiher plötzlich wie ein Brett um und rutschte mit dem Kopf voran ein Stück den Hang hinunter. Mir blieb fast der Atem stehen, als ich ihn so stürzen und rutschen sah. Ich wusste ja nicht, was ihm zugestoßen war. Bin schließlich kein Vogeldoktor.«

»Wenn du das alles gesehen hast – warum hast du dich dann nicht gleich gemeldet? Schon seit zwei Tagen suchen wir nach Zeugen«, raunzte Rio Amulet an. Sie musste doch von ihrer Ermittlungsarbeit etwas mitbekommen haben.

»Konnte ich wissen, dass das so wichtig ist? Immer wieder sterben Vögel – und nie fragt jemand danach. Konnte ich ahnen, dass es in diesem Fall anders ist? Außerdem: Ich bin mit der Brut beschäftigt. Da kann ich nicht so einfach mein Nest verlassen – schon gar nicht für so etwas Absonderliches wie eine *Zeugenaussage.*«

»Wieso das Nest verlassen? Das hättest du doch deinem Ganter überlassen können. Ein paar Stunden auf den Eiern, das hätte er doch wohl geschafft. Arbeitsteilung nennt man das bei uns.« Rio ließ nicht locker. Kormorane waren es gewohnt, sich beim Brüten abzuwechseln.

»Ein Ganter und brüten?? Nein, nein, mein Kleiner, das Brüten übernehmen wir Graugänse lieber selbst. Ganter beschützen und begleiten ihre Gänse bei Brutpausen, sie selbst brüten aber nicht.«

Bevor Rio noch etwas darauf antworten konnte, lenkte Tom die Befragung wieder in die richtige Bahn. »Was ist denn passiert, nachdem Neptunus den Hang hinuntergerutscht war? Hast du noch mehr beobachtet?«

»Dann ist nichts mehr passiert. Er blieb liegen und rührte sich nicht mehr.«

»Könnten die streitenden Flügellosen etwas mit seinem Tod zu tun haben?«, hakte Tom nach und hielt Amulet so von einem erneut aufkommenden Drang nach Federpflege ab. »Könnten die ihm die Wunde zugefügt haben?«

»Die Flügellosen? Nein. Die haben nichts gemacht, die blieben in ihrer Kolonie. Soviel ich sehen konnte, ging das Weibchen nach dem Streit wieder in ihr Nest und knallte die Tür hinter sich zu. Das Männchen hat geschimpft wie ein Rohrspatz und wild mit seinen Flügelstummeln herumgefuchtelt. Es ist schließlich aber abgezogen, und dann herrschte endlich wieder Stille.«

»Und von wo aus hast du das alles beobachtet?«, fragte Tom. Das war eine Kontrollfrage.

»Ich habe mich auf der gegenüberliegenden Seite des Hafens am Leuchtturm aufgehalten. Von dort hat man einen guten Überblick. Man kann alles sehen, ohne selbst gesehen zu werden. Kein schlechter Platz.«

»Und wieso warst du dort?«, fragte Rio etwas schärfer als beabsichtigt. »Für eine Zeugenaussage kannst du nicht von deinem Nest. Aber abends im Hafen rumstromern, das kannst du.«

Gar nicht schlecht, dachte Tom. Der Bursche machte sich.

»Hast nicht so viel Ahnung von Gänsen im Allgemeinen und Weibchen im Besonderen, nicht wahr Kleiner, sonst würdest du nicht so respektlos daherreden«, antwortete Amulet süffisant. »Ich erkläre es dir mal langsam, damit auch du das verstehst. Graugänse legen in der Regel bis zu 15 Eier. Und erst wenn das letzte Ei gelegt ist, beginnt eine Gans mit dem Brüten. Erst dann. Und an jenem Abend, wie soll ich sagen, da fühlte ich einfach, ich würde noch ein oder zwei Eier legen. Und so habe ich die verbleibende Zeit genutzt, mich noch ein wenig herumzutreiben. So einfach ist das.«

Betreten schauten Rio und Tom sich an. Rio hatte nur ausgesprochen, was auch Tom gedacht hatte.

»Entschuldigung«, nuschelte Rio verlegen.

»Ja, ja, ist schon gut. Immer das Gleiche mit euch Grünschnäbeln. So, jetzt muss ich aber. Die Eier kühlen sonst zu sehr aus.«

»Und darüber hinaus hast du also nichts bemerkt?«, fragte Tom. »War kein anderer Vogel in der Nähe? Optima hat was von einem Raben erzählt.«

»Jetzt, wo du ihn erwähnst – stimmt, da war noch ein Rabe.«

»Hat er was gesagt? Oder getan?«

»Nein, er hat nur den Reiher beobachtet. Nicht eine Sekunde hat er ihn aus den Augen gelassen. Gerade so, als warte er auf eine warme Mahlzeit, Raben mögen ja Aas. Ehrlich gesagt wurde mir das alles dann doch zu unheimlich, und ich habe mich auf den Rückweg zu meinem Nest gemacht. Bei diesem Raben wollte ich auf gar keinen Fall in der Nähe bleiben. So, jetzt muss ich aber wirklich los.«

Noch bevor Tom und Rio etwas sagen konnten, trat Amulet aus dem Schilf auf die freie Wiesenfläche hinaus und flatterte mit den Flügeln. Auch ihr Ganter schien starten zu wollen und nahm bereits Anlauf.

»Amulet, wie hieß denn der Rabe. Kanntest du ihn?«, rief Tom aufgeregt. Zum zweiten Mal musste er heute einer Vogeldame auf den letzten Drücker einen Namen entlocken. Er musste dringend an seiner Befragungstechnik feilen, bei *Magnum* lief das alles ein bisschen glatter.

Der Ganter war bereits losgeflogen und auch Amulet war nun schon ein paar Meter weiter weg und kurz davor abzuheben.

»Der Name, Amulet, der Name!«, schrien Tom und Rio im Chor. »Der Name!«

»Sucht nach dem Riffler. Es war der Riffler«, rief Amulet gerade noch rechtzeitig, bevor sie vollends in der Luft war und keine Zeit mehr für weitere Gedanken an tote Reiher und ermittelnde Nilgänse oder Kormorane hatte.

»Der Riffler?!«, sagte Tom mit belegter Stimme und sah Rio entgeistert an.

Der Riffler war ein Rabe?

»Guano!«

9

»Hast du schon gehört, Nili, da hat man hier auf dem Campingplatz doch tatsächlich eine Leiche gefunden.« Ede schüttelte verständnislos den Kopf. »Hier auf dem Gelände, kannst du dir das vorstellen?«

Ede begann das Gespräch, kaum dass Tom auf seinem Campingstuhl saß, denn wieder einmal war es Zeit für das aktuelle Tagesgeschehen. Geschäftig schaltete der Rentner den Fernseher an und griff nach den bereitliegenden Brotscheiben sowie seiner obligatorischen Flasche Nachrichten-Bier.

»Klar kann ich mir das vorstellen, sogar mehr als das. Ich habe den toten Alex ja mit eigenen Augen gesehen, ich saß schließlich in der ersten Reihe. Dich habe ich übrigens auch gesehen – dich, Karl-Heinz und viele andere«, antwortete Tom zwischen zwei Brotstückchen.

»Du hättest dabei sein sollen, Nili, das hättest du sehen müssen. Er lag in einem der Müllcontainer, und überall war Polizei. In der Realität ist das schon etwas anderes als im Fernsehen.« Ede schüttelte sich.

Da war es wieder, das Problem. Ede schwadronierte, stellte Fragen und verstand dann Toms Antworten nicht. So machte ein Gespräch keinen Sinn. Wann lernte Ede endlich wenigstens ein paar Quaksequenzen?

Gedankenverloren strich Ede über seinen weißen Bart und verfolgte die beginnende Nachrichtensendung. Auf dem Campinggelände war mittlerweile wieder Ruhe eingekehrt, nur der Wind führte feines Kinderlachen und Möwengeschrei mit sich. Die Polizisten und die Spurensicherung waren wieder abgezogen, lediglich ein einsames Absperrband um den Container erinnerte noch an ihre Arbeit. Der Geruch von Grillfleisch zog wie so oft in den letzten Tagen in langen Duftschwaden über das Gelände. Unbewusst schnüffelte Ede mit sehnsüchtigem Blick und seufzte. Tom wusste, dass Ede für solche Leckereien meist nicht das nötige Kleingeld hatte und deshalb nur ganz selten grillte.

»Wie der wohl in den Container gekommen ist? Was meinst du, Nili?«

»Nun, ich hätte da schon eine Theorie, aber …«, begann Tom seine Ausführungen, wohlwissend, dass Ede mit seiner Antwort eh nichts anfangen konnte. Doch noch bevor er eine weitere Silbe quaken konnte, fiel ihm eine fremde Stimme ins Wort.

»Guten Abend. Ich bin der Bernd, Bernd Stegner. Darf ich mal kurz stören?«

Ede schaute seinen Besucher verwundert an. Schon wieder wurde er von einem Camper beim Nachrichtenschauen gestört, so wie gestern von Karl-Heinz. Misstrauisch beäugte er den forsch auftretenden Mann mittleren Alters. »Ja? – Bitte?«

»Sie sind doch Ede, nicht wahr? Der, der die Wohnwagenheizungen im Griff hat, stimmt's? So hat es mir jedenfalls Karl-Heinz erzählt.« Bernd Stegner trat näher.

»Oh – ja, die Heizungen. Ich weiß ja nicht, was Karl Ihnen erzählt hat, also ich bin jedenfalls kein Fachmann«, stammelte Ede bescheiden. Mühsam stand er von seinem Campingstuhl auf und streckte sich ein wenig.

»Es geht um die Gasdruckprobe. Die ist wieder fällig. Ich habe selbst keine Zeit, um alles gründlich durchzuchecken. Deshalb wollte ich fragen, ob Sie das für mich erledigen könnten. Karl-Heinz hat Sie mir wärmstens empfohlen.«

Ede schien mit sich zu hadern, man konnte es ihm ansehen. Dann schüttelte er schließlich den Kopf. »Das wird nicht gehen. Tut mir leid.«

»Wieso? Warum? Sie müssen es nicht umsonst machen. Ich zahle natürlich. Keine Frage.« Bernd griff automatisch zum Portemonnaie.

»Lass stecken, darum geht es nicht. Ich habe keine Zeit. Es sind zwar noch Ferien, aber für einige Camper ist der Urlaub schon wieder zu Ende und in deren Abwesenheit kümmere ich mich um ihre Wohnwagen, ihren Rasen und so. Damit bin ich vollauf beschäftigt.«

»Aber so eine Kontrolle dauert doch nicht lange.« Bernd ließ nicht locker.

»Nein, nein, die Kontrolle nicht. Wenn aber etwas

ausgetauscht werden muss, dann dauert's schon. Und ich habe noch nie erlebt, dass nicht mindestens ein Teil ausgetauscht werden muss.«

»Kommen Sie, Ede, für guten Service lege ich auch noch ein braunes Scheinchen drauf, was meinen Sie?«

Immer noch haderte Ede mit sich selbst. Angestrengt dachte er nach und bewegte seinen Kopf dabei hin und her. Endlich rang er sich durch. »Okay, ich mache es. Irgendwie muss es dann halt gehen.«

»Prima. Wusste ich es doch, Sie sind ein Spieler. Wenn Sie so gut arbeiten, wie Sie pokern, hat Karl-Heinz nicht zu viel versprochen. Wann sehen wir uns? Morgen Vormittag? Nachmittags geht nicht, da habe ich bereits einen Termin.«

»In Ordnung. Morgen Vormittag.« Glücklich schien Ede mit dieser Zusatzarbeit nicht zu sein, so kam es Tom jedenfalls vor.

Barbara Hahlweg hatte soeben die Nachrichten beendet, nun kam nur noch das Wetter – und diese unnützen Informationen brauchte ein Wasservogel wie Tom nun wirklich nicht. Zeit also zu gehen. Er hüpfte von seinem Klappstuhl, quakte »Auf Wiedersehen« und watschelte los.

»Tschüss, Nili«, rief Ede ihm hinterher.

»Tja, dann will ich auch nicht weiter stören und mich der Gans mal anschließen«, sagte Bernd mit einem spöttischen Blick in Richtung Tom. »Also bis morgen, Ede.«

Dieser Tag hatte es ganz schön in sich gehabt, dachte Tom, während er in Richtung See ging. Zuerst die Befragung Optimas, dann Alex im Müll und gleich im Anschluss Amulets Zeugenaussage mit dem beängstigenden Ergebnis, dass er nun auch noch den Riffler suchen musste. Ausgerechnet den! Aber jetzt wollte Tom diesen aufregenden Tag erst einmal mit einem wohligen Bad ausklingen lassen.

Auf dem Campingplatz und dem daran anschließenden Hafengelände machte sich abendliche Gemütlichkeit breit. Vereinzelte Nachzügler kehrten gemächlich mit ihren Booten in den schützenden Hafen zurück. Hundebesitzer führten nach den *heute*-Nachrichten ihre Vierbeiner aus, andere Flügellose unternahmen paarweise einen kleinen Spaziergang. Je weiter er sich vom Zentrum des Campingplatzes entfernte, umso mehr Hunde begegneten ihm mit ihren Herrchen. Auch Lotte, die Tom im Gespräch mit Hafenmeister Jupp sah, führte ihren Dackel aus. Balu kläffte wie immer. Zum Glück war er angeleint und stand ohnehin weit genug entfernt, um gefährlich werden zu können.

Wo steckte eigentlich Tiger, kam es Tom in den Sinn. Denn der war noch mal ein ganz anderes Kaliber als Balu. Sogar Luzie schien ihn zu vermissen und hatte ja auch schon Jupp nach ihm gefragt. Nicht, dass Tom der Kater fehlte, ganz und gar nicht – aber es war dennoch seltsam, zumal nun sein Herrchen Alex tot war.

Ob Tigers Verschwinden etwas mit Neptunus' Tod

zu tun hatte? Tom wusste es nicht, was er allerdings mit Sicherheit wusste, war, dass es keine offensichtlichen Spuren an dem Reiher gegeben hatte, die auf einen Kampf mit einem Kater schließen ließen. Außerdem standen Amulets Beobachtungen dem entgegen. Neptunus' einzige Verletzung war das Loch in seiner Brust gewesen. Es gab keine tiefen, parallel verlaufenden Krallenspuren, keine ausgerissenen Federn, an denen noch Hautfetzen klebten. Solche Anzeichen für einen Kampf hätte Tom selbst bei nur flüchtiger Betrachtung nicht übersehen. Die Wunde musste Neptunus demnach zugefügt worden sein, nachdem er umgekippt war. Also doch der Riffler?

Tief in Gedanken versunken watschelte Tom den Weg entlang und schaute weder links noch rechts. Möglicherweise war es auch alles ganz anders. Es war zum Beispiel durchaus möglich, dass sich Tiger und Neptunus bei der Futtersuche auf dem Campingplatz begegnet waren. Verfressen waren schließlich beide. Würde ein Kater wie Tiger einen jungen Reiher gnadenlos vertreiben, wenn es ums Futter ging? Und ob er das tun würde! Futterneid zwischen einem Reiher und einem Kater – vielleicht ein bisschen weit hergeholt. Oder auch nicht, vor allem, wenn es das Richtige zu fressen gab. Wie etwa Fisch. Den mochten Katzen und Reiher. Vielleicht hatte Tiger Neptunus beim Vertreiben von einer ergiebigen Futterstelle einen derartigen Schock versetzt, dass dieser auf wackligen Beinen zum See getaumelt und schließlich umgekippt war: Herzinfarkt. Und Tiger hielt sich nun aus Reue versteckt – wer wusste schon, was in den Köpfen von Katern vor sich ging.

»Balu! Balu! Komm hier her!«, drang es wie durch Watte an Toms Ohr. »Hier, bei Fuß!« Lotte rief mit heller Stimme nach ihrem Dackel. Erst das immer lauter und bestimmter werdende Rufen holte Tom aus seinen Gedanken in die Realität zurück. Etwas Schnelles, Dunkles kam auf ihn zugerannt.

»Balu! Aus jetzt. Schluss. Hierher!« Lotte hastete hinter ihrem Hund her und versuchte die Leine zu erreichen, die Balu seit seiner Flucht hinter sich herzog. Keine Chance. So kurz und krumm seine Beinchen waren, so schnell war er auch.

Tom reagierte wie sonst auch. Sofort öffnete er seine Flügel mit dem Geräusch eines sich öffnenden Regenschirms und wedelte damit. Damit hatte er bei Hunden noch immer Erfolg gehabt. Doch Balu war kein Hund, sondern ein Dackel. Der ließ sich nicht so leicht ins Bockshorn jagen. Wer Dachse jagte, ließ sich von ein paar im Wind flatternden Federn nicht verschrecken. Er hatte Tom fest im Visier.

Auch Jupp hatte sich inzwischen auf die Jagd nach Balu gemacht und versuchte, ihm mit langen Schritten den Weg abzuschneiden. Die Verfolgungsjagd wurde mit großem Interesse und einer Portion Schadenfreude beobachtet. Viele Hundebesitzer waren einfach nur froh, dass es nicht ihr Hund war, der sich so frech selbständig gemacht hatte und nun auf eine Gans zujagte.

Doch das nutzte Tom nichts. Er brauchte einen Plan B. Noch nie hatte er einen Plan B gebraucht, er hatte gar keinen Plan B. Ihm blieb nur die Hoffnung, Lotte und Jupp fingen den Ausreißer ein, oder … die Flucht.

Flink wendete er auf der kleinen hinteren Zehe und machte mit schnellen Watschelschritten Tempo. Mit noch immer geöffneten Flügeln versuchte er, davonzufliegen, doch der Anlauf war zu kurz, die nächste Hecke einfach zu nah. Tom blieb nur eines: Flügel einziehen und ab durch die Hecke!

Hinter ihm jaulte und kläffte Balu ziemlich verärgert. Lotte hatte ihn wohl doch noch eingefangen. Mit klopfendem Herzen hockte Tom zwischen den Heckenbüschen und erholte sich von der Attacke. Er rang noch immer um Fassung, als sich seine Nackenfedern plötzlich aufstellten.

Sein Unterbewusstsein hatte bereits erkannt, was seine Augen noch ungläubig anstarrten. Blitzende, messerscharfe weiße Zähne in einem weit aufgerissenen Maul.

Blitzende Zähne in Tigers Maul.

In Tigers totem Maul.

10

Kaum lugte die Sonne über den Horizont, machte Tom sich auf den Weg zum Campingplatz und steuerte Luzies Parzelle an. In der Nacht hatte es geregnet. Die aufgehende Sonne verwandelte die feuchte Wiese in einen glitzernden Perlengarten. Doch für ein solches Naturschauspiel hatte Tom keine Zeit. Binnen kurzem würden hier die Kommissare auftauchen, das war so sicher wie der Vogelzug im Winter. Luzies Befragung wollte er sich auf keinen Fall entgehen lassen. Und da nur der frühe Vogel den Wurm fängt, schlich Tom schon auf den feuchten Rasenflächen um ihren Wohnwagen herum, noch bevor der erste Kaffeeduft über den Campingplatz zog.

Die Wartezeit nutzte er, um zarte Gräser zu zupfen und seinen Fall noch einmal zu überdenken. Nun war also auch noch Tiger tot. Was unterschied die drei Leichen, und was verband sie? Alle drei wurden auf dem Campingplatz gefunden, doch die Fundorte lagen recht weit auseinander. Und nur Neptunus hatte eine Wunde, Alex' und Tigers Körper waren unversehrt.

Die deutlichste Verbindung waren ihre offen stehenden Futterluken. Atemnot? Hilferuf? Beides war möglich. Eine letzte, merkwürdige Gemeinsamkeit war die helle Farbe ihrer Rachenschleimhäute.

Moment, die Farbe … natürlich! Dass er daran nicht früher gedacht hatte! Diese rosa Färbung wies laut Gil Grissom eindeutig auf eine Vergiftung hin.

Vergiftet.

Ein Giftmischer – hier auf dem Campingplatz?! Vielleicht hatten ja alle das Gleiche gegessen. Allerdings hatte Alex noch einen ganzen Tag länger gelebt als Neptunus. Wann genau Tiger gestorben war, ließ sich nicht genau bestimmen, aber dem Zustand und Geruch nach zu urteilen, war er sicher schon zwei bis drei Tage tot. Der Kater hatte eigenartig gerochen, ganz ähnlich wie Neptunus. Ob das das Gift war?

Toms Gedanken wurden unversehens unterbrochen, als er die Kommissare vom Vortag wie erwartet auf Luzies Vorzelt zusteuern sah.

Schnell tarnte er sich als hungrige Gans und zupfte weiter an den Grashalmen herum. So ahnte niemand von seiner eigentlichen Mission, seinem Lauschangriff.

Die beiden Kommissare klopften an die Plastikwand des Wohnwagens und riefen nach Luzie Breetz, die auch gleich im Vorzelt erschien und die Männer hereinbat. Mit Ohren, die jeden Elefanten stolz gemacht hätten, verfolgte Tom das Gespräch im Inneren des Caravans.

»Nochmals mein Beileid, Frau Breetz«, sagte eine tiefe, rauchige Stimme mitfühlend. Sie gehörte dem untersetzten, dunkelhaarigen Kommissar, wie Tom sich gemerkt hatte. »Wir sprachen gestern ja schon einmal ganz kurz miteinander. Geht es Ihnen heute etwas besser?«

Luzie schniefte. Ihre Antwort war leise und schwach. »Ja, ein bisschen. Der Arzt war hier und hat mir etwas zur Beruhigung gegeben. Danke, dass Sie ihm Bescheid gegeben haben.«

»Keine Ursache. Sind Sie nun in der Lage, uns ein paar Fragen zu beantworten?«

Da Luzies Antwort nicht zu hören war, nahm Tom an, dass sie genickt hatte, denn der Kommissar sprach taktvoll weiter.

»Unsere Befürchtungen haben sich leider bestätigt. Ihr Mann ist keines natürlichen Todes gestorben, er wurde ermordet. Leider ist das alles, was wir bisher aus der Gerichtsmedizin in Erfahrung bringen konnten … die haben viel zu tun dort«, entschuldigte sich der Kommissar. Luzies Schniefen verstärkte sich augenblicklich.

»Das ist doch klar wie Froschlaich«, schnatterte Tom leise und dachte an das Gift, von dem die Ermittler bisher wohl noch nichts wussten. Gleichzeitig wurde ihm eines mit erschreckender Deutlichkeit bewusst: Diese Kommissare brauchten dringend Hilfe. Seine Hilfe.

»Mein Kollege hier, Kriminaloberkommissar Peter Hump, und ich sind mit den Ermittlungen betraut«, erklärte die rauchige Stimme weiter.

»Kommissar Reiners – wer hat das getan?«, unterbrach Luzie den Ermittler mit gebrochener Stimme.

»Wir wissen es nicht. Noch nicht. Aber ich verspreche Ihnen, wir werden alles tun, was in unserer Macht steht, um den Mörder Ihres Mannes hinter Gitter zu bringen.«

»Haben Sie vielleicht eine Idee, wer Ihrem Mann Übles wollte, Frau Breetz? Hatte Ihr Mann irgendwelche Feinde?« Die melodische Stimme von Kommissar Hump übernahm jetzt die Befragung.

»Nein, nicht, dass ich wüsste.« Luzies Stimme war nach wie vor kraftlos, und um kein Wort der Befragung zu verpassen, watschelte Tom kurzerhand in das Vorzelt. Vor Tigers plötzlichen Attacken brauchte er sich nun ja nicht mehr zu fürchten.

»Hat er sich in den letzten Tagen anders benommen als sonst? Ist Ihnen irgendeine Veränderung an ihm aufgefallen?«

»Nein, eigentlich nicht. Er war wie immer.«

»Wo waren Sie zur Tatzeit, also am Sonntagabend zwischen einundzwanzig und dreiundzwanzig Uhr?«

»Sie fragen mich nach meinem Alibi? Mich, seine Ehefrau?« Luzie schien irritiert.

»Reine Routine«, beruhigte sie Reiners. »Wir beginnen immer bei der Familie. Das ist so üblich. Die Angehörigen können in der Regel das meiste zur Lösung eines Falles beitragen, denn sie kannten das Opfer am besten und können nähere Angaben zu seiner Lebensweise machen. Helfen Sie uns, die letzten Stunden Ihres Mannes zu rekonstruieren.«

»Wenn ich ihn doch nur nicht alleine gelassen hätte …« Luzie weinte leise und schniefte heftig.

»Wie meinen Sie das, Frau Breetz?« Hump horchte auf.

»Alex und ich waren im Hafenrestaurant essen. Er hatte mich eingeladen, als Wiedergutmachung sozusagen«, sagte Luzie mit tränenerstickter Stimme.

»Wieso das? Was war denn passiert?«

»Es war eigentlich ein harmonischer Tag, wie immer. Bis dieser Charlie bei uns am Wohnwagen auftauchte. Nicht dass der viel gesagt hätte. Doch als Alex ihn sah, zuckte er zusammen und wurde kreidebleich.«

»Und wie heißt dieser Charlie mit richtigem Namen?«

»Soweit ich weiß, Karl Müller. Er hatte irgendwie geschäftlich mit Alex zu tun«, antwortete Luzie und berichtete den Kommissaren stockend von Charlies Besuch. »Ich hatte die ganze Zeit über ein komisches Gefühl, und so wie der redete, dachte ich automatisch an eine geheime Botschaft.«

»Was meinen Sie damit, Frau Breetz?«

»Nun, ich wollte wissen, ob Alex krank sei – Charlie sprach nämlich von einem Professor, der wissen wollte, wie es Alex gesundheitlich ginge und der Grüße ausrichten ließ. Aber weder Alex noch Charlie hatten Lust, mir zu antworten. Also zählte ich eins und eins zusammen. Für mich stand ziemlich schnell fest: Dieser Professor ist eine Frau. Alex hat eine Affäre.«

»Hatten Sie denn Grund zu dieser Annahme?«, hakte Hump nach.

»Wissen Sie, Alex hat mich immer wie eine Königin behandelt. Und bis zu diesem Moment hätte ich geschworen, er wäre mir immer treu gewesen. Doch diese Situation, wie soll ich sie beschreiben? Die Andeutungen, Alex wurde blass, Charlie ließ seine Finger knacken … Das war alles in allem mehr als seltsam.«

»Und dann … wie ging es dann weiter? Haben Sie Ihren Mann zur Rede gestellt?«

»Natürlich. Das heißt, ich habe es versucht, aber er blockte ab. Das war für mich dann schon fast eine Bestätigung. Statt mir zu antworten hat er sich mit seiner schlechten Laune im Wohnwagen verschanzt.« Luzie schien sich wieder etwas gefangen zu haben und erzählte nun nicht mehr ganz so zittrig.

»Er ist Ihnen also ausgewichen?«

»Ja, das war wie eine Flucht.«

»Und dann?«

»Dann hat er telefoniert und wurde auch einmal recht laut. Keine Ahnung, was er dann gemacht hat, ich wurde abgelenkt. Zuerst kam eine Gans, die ihre Brotration abholen wollte, und anschließend war der Hafenmeister hier. Alex ist dann mit ihm verschwunden.«

Tom nickte still. Ja, so weit konnte er Luzies Angaben bestätigen. Gespannt lauschte er weiter.

»Aha. Warum? Kam das öfter vor?«

»Nein, öfter nicht. Allerdings schaut Jupp regelmäßig

hier auf dem Campingplatz vorbei. Er will wissen, ob alles in Ordnung ist. Und die beiden kannten sich natürlich gut, wir sind ja schon so lange hier auf dem Platz.«

»Wissen Sie, wo die beiden hin wollten?«

»Keine Ahnung. Alles, was mit dem Wohnwagen zu tun hat, hat Alex gemacht. Vielleicht wollte er den Platz wechseln, näher zum See, wegen der schöneren Aussicht und mich damit überraschen. Ich weiß es nicht. Wirklich nicht.«

»Um welche Zeit sind die beiden denn fortgegangen?«, schaltete sich Reiners wieder in die Befragung ein.

»Das muss so gegen zwanzig Uhr gewesen sein. Ich hatte den Tisch gedeckt und wollte eigentlich mit Alex zu Abend essen. Doch daraus wurde nichts.«

»Später hat er Sie ins Hafenrestaurant eingeladen?«

»Ja, das war so gegen einundzwanzig Uhr. Das weiß ich genau, denn meine Krimiserie war gerade zu Ende, als er plötzlich wieder vor mir stand. Er war richtig gut gelaunt und hat mich zum Essen eingeladen. Er wolle mir alles erklären, alles sei nur halb so wild.«

»Sie sind also mit ihm ins Hafenrestaurant, obwohl Sie gerade zu Abend gegessen hatten?«

»Ich hatte zwar den Tisch gedeckt, aber nach Charlies Besuch war mir der Appetit vergangen. Die Einzige, die an diesem Abend Hunger hatte, war diese verfressene, nimmersatte Gans. Die hat fast das halbe Paket Toastbrot verputzt – und meine Finger beinah noch mit dazu.«

Verfressen? Ich? Tom war entsetzt. Was erzählte Luzie denn da? Das war eine glatte Falschaussage. Was konnte er schon für seinen Hunger? So ein halbes Toastbrot, das war doch eigentlich nur ein Appetithappen. Aber was Alex anging, stimmte ihre Aussage. Er war tatsächlich zurückgekommen, als Tom sich gerade auf den Weg zu seiner Verabredung mit Ede und *Magnum* machte.

»Sie sind also gemeinsam zum Restaurant gegangen, haben dort gegessen, und wie ging es dann weiter?«, fuhr Hump mit der Befragung fort.

»Kerzenlicht, ein Gläschen Wein. Das Essen war sehr gut. Alex hat meine Hände genommen und mir versichert, dass er keine Affäre habe. Er liebe nur mich, hat er gesagt. Der Professor sei jemand, der mit ihm ins Geschäft kommen wolle. Das alles sei rein geschäftlich. Und dann sagte er, ich solle mein hübsches Köpfchen nicht mit solchen Dingen belasten.«

»Und das haben Sie ihm alles geglaubt?« Hump war skeptisch.

»Ja. Bis Charlie wieder auftauchte.«

»Er kam noch einmal? Ins Restaurant? Was wollte er denn?«, fragte Hump verblüfft.

»Was weiß ich? Wir waren gerade beim Nachtisch, da baute er sich vor unserem Tisch auf, schaute auf Alex hinunter und sagte etwas von einem Termin bei diesem Professor, den Alex auf jeden Fall einhalten müsste. Dann ist er wieder gegangen.«

»Und wie hat Alex diese Situation erklärt?«

»Er wurde wieder blass und sagte was von Magendrücken. Da habe ich mir Sorgen gemacht. Magenprobleme hatte Alex nur, wenn er großen Stress hatte. Der Abend war jedenfalls gelaufen, wir sind gegangen.«

»Um welche Uhrzeit war das?«

»Vielleicht zweiundzwanzig Uhr dreißig. Es kann aber auch eine Viertelstunde früher oder später gewesen sein. Alex ging es nicht gut. Da habe ich nicht auf die Uhr geschaut.«

»Sie sind also mit Ihrem Mann zurück zum Wohnwagen. Was ist dann passiert?«

»Ich bin alleine zum Wohnwagen zurück«, korrigierte Luzie den jungen Ermittler.

»Alleine? Ihrem Mann ging es nicht gut, und Sie gehen alleine zu ihrem Wohnwagen zurück?« In Humps Stimme schwang Argwohn.

»Alex hatte sich wieder beruhigt. Er hatte frische Luft geschnappt, einige Male gut durchgeatmet und meinte dann, es ginge schon wieder. Er wollte noch einen kleinen Spaziergang machen. Natürlich wollte ich ihn begleiten, aber das wollte er nicht. Ich solle ihn nicht so bemuttern, er sei schließlich kein kleines Kind mehr. Am Hafenmeistergebäude, in der Nähe der Container haben wir uns getrennt.« Luzie machte eine kurze Pause und setzte dann hinzu: »Wenn ich das alles geahnt hätte, ich hätte ihn nie und nimmer alleine gelassen. Das müssen Sie mir glauben.«

Für einen Moment herrschte Schweigen im Wohnwagen. Nur Luzies Schniefen war wieder zu hören.

»Eine letzte Frage noch, Frau Breetz, dann haben Sie es überstanden. Ist Ihnen irgendjemand auf dem Weg zum Hafenmeistergebäude oder zu Ihrem Wohnwagen begegnet oder irgendetwas aufgefallen?«

»Nein. Es war ja schon spät. Da war niemand.«

»Gut, dann hätten wir das«, übernahm Reiners wieder das Gespräch. »Im Moment haben wir keine weiteren Fragen. Wir möchten Sie nun bitten, den Wohnwagen mit uns zu verlassen, Frau Breetz. Gleich wird die Spurensicherung hier sein und sich den Wohnwagen einmal etwas näher anschauen. Bis die Kollegen fertig sind, können Sie gerne bei uns oder im Restaurant warten.«

»Die Spurensicherung? Bei mir? Alex wurde doch im Container …« Luzie verstand nicht.

»Reine Routine. Wir ermitteln in alle Richtungen. Möglicherweise finden wir hier Hinweise, Unterlagen oder Sonstiges, was uns auf die Spur des Täters bringt. Wenn Sie nichts mit dem Tod Ihres Mannes zu tun haben, ist dies allenfalls eine kleine Unannehmlichkeit. Bitte haben Sie Verständnis für diese Maßnahme.«

Die Kommissare schickten sich an zu gehen, und Tom watschelte rasch, so leise er konnte, aus dem Vorzelt. Schnell ein paar Schritte über den Rasen, dann war er verschwunden.

11

»Tut das gut«, brummte Kriminalhauptkommissar Konrad Reiners. Mit einer duftenden Tasse Kaffee in der Hand setzte er sich neben seinen Partner auf eine Bank vor dem Gebäude des Hafenmeisters. Ein allseits beliebter Platz mit schöner Aussicht. Reiners beobachtete ein prächtiges Segelboot beim Verlassen des Hafens, Fock- und Großsegel waren bereits gehisst. Während der Kapitän das Ruder auf Kurs hielt, sammelte seine Frau an Deck die Fender ein und steckte sie in ihre Körbe. Mit nur wenig Wind machte der Segler Fahrt.

Einen noch schöneren Blick hatte der Hafenmeister vom Obergeschoss des zweistöckigen Gebäudes aus. Zur einen Seite über die kleine Bucht mit Hafen, Bunkerstation und Restaurant, und zur anderen Seite mit Blick auf Campingplatz, Kiosk und Waschräume. Von dort oben entging ihm nichts. Zwei leerstehende Räume im Untergeschoss waren ab sofort zur provisorischen Dienststelle der Kommissare eingerichtet worden. Das war einfacher, als alle Camper und Bootseigner aufs Revier in die nächste Kreisstadt zu bestellen.

»Fast wie Urlaub, was Konrad?« Peter Hump saß mit lang ausgestreckten Beinen auf der Bank und ließ seinen Blick schweifen. Es war früher Nachmittag, der

Himmel nur leicht bewölkt und endlich hatten sie Zeit für eine kleine Pause, die erste an diesem Tag.

Nicht nur die Ermittler erfreuten sich an dem warmen Frühlingstag. Etliche Enten sonnten sich schläfrig am Ufer. Eine einzelne Nilgans zupfte unweit der Bänke an kurzen Grashalmen. Nachdem Luzie am Morgen verhört worden war, hatte Tom zunächst in einigem Abstand auf die Leute von der Spurensicherung gewartet, doch niemand war gekommen. Also hatte er sich auf die Suche nach Amulets ominösem Raben namens Riffler gemacht und andere Vögel befragt, ob sie ihm in dieser Angelegenheit weiterhelfen könnten. Doch niemand wusste etwas Konkretes über diesen geheimnisvollen Vogel zu erzählen, es gab lediglich Gerüchte und unheimliche Mutmaßungen, die Toms Furcht vor dem Riffler nur noch steigerten. Bereits gestern Nacht hatte er einen Albtraum deswegen gehabt. Nicht nur ein Reiher und eine Katze waren vergiftet worden, sondern auch ein Mensch. Kam da eigentlich noch ein Vogel als Täter in Betracht? Um die Mittagszeit herum wollte Tom noch einmal sehen, was sich auf dem Campingplatz tat, und hatte Rio gebeten, ebenfalls Nachforschungen nach dem Riffler anzustellen. Immerhin hatte Rio in punkto Ermittlungsarbeit schnell dazugelernt – wenn er nicht gerade trocknete, konnte man auf ihn zählen.

»Und, wie weit bist du?«, fragte Reiners und rollte die Ärmel seines Hemdes hoch, das seinen Bauch stramm umspannte. Die Sonne wärmte ganz ordentlich. Mit Appetit biss er in ein üppig belegtes Baguette, das er am Kiosk gekauft hatte. Langsam kam Tom näher.

»Von den vierundvierzig Wohnwagen sind die meisten besetzt, schließlich sind noch Ferien. Aber es sind nicht nur viele Familien mit Kindern hier, sondern auch noch Rentner und Wochenendurlauber.« Hump angelte einen Block aus seiner Hemdtasche und blätterte darin. »Du glaubst gar nicht, wie mitteilsam manche Menschen sein können. Man merkt, dass sie Urlaub und viel Zeit haben, um ihre Nachbarschaft genau zu beobachten. Knatsch und Tratsch, wohin ich auch gekommen bin. Der reinste Hühnerstall.«

Tom nickte. Da hatte der junge Kommissar vollkommen recht. Die Flügellosen hier unterschieden sich in dieser Hinsicht kaum von seinen Artgenossen, die auf dem Land lebten. Auch die hatten sich gegenseitig ständig im Blick und ihrem Gegacker war keine Ente gewachsen. Und das wollte schon etwas heißen.

»Peter, nur das Wichtigste. Bitte.« Wieder biss Reiners in sein Baguette und schnippte anschließend einige Krümel auf die Wiese. Tom hatte das natürlich gesehen. Selbst Krümel ließ er sich nicht entgehen. Eilig watschelte er näher, bevor noch jemand anderes auf die gleiche Idee käme. Mit wohligem Geschnatter durchstöberte er die Grasfläche nach den kleinen Köstlichkeiten und ließ dabei den Kommissar nicht aus den Augen. Möglicherweise hätte der ja bald keinen Hunger mehr und wüsste dann nicht, wohin mit den Resten. Das wäre dann genau der Moment, wo er bereitstehen und den Kommissar von der schwierigen Überlegung befreien würde.

»Das Wichtigste, sicher, was sonst«, begann Hump. »Also, das Ehepaar Breetz ist meist den ganzen Sommer über hier, schon seit Jahren. Er war eher ein windiger Typ. Keiner wusste so genau, was er machte, jeder reimte sich irgendetwas zusammen: Lebemann, Unterweltler, irgendetwas in dieser Richtung. Sie dagegen scheint ruhig und nett, Kategorie brave Hausfrau. Man vermutet oder spekuliert, man deutet an und will anschließend nichts gesagt haben. Da gibt es hier auf dem Campingplatz keinen Unterschied zu unseren üblichen Fällen. Der Wohnwagen auf der Nachbarparzelle rechts ist seit Wochen nicht besetzt und steht zum Verkauf. Die Besitzer des Caravans auf der anderen Seite sind noch im Langzeiturlaub auf Mallorca und kommen erst in ein paar Wochen wieder. Also ist zurzeit niemand hier, der einen direkten Einblick in ihr Leben hat.«

»So ist das nun mal. Alles andere wäre auch zu einfach«, konstatierte Reiners. »Aber wir werden auch so herausfinden, womit Breetz sein Geld verdient hat. Was ist mit diesem Charlie?«

»Der wurde von verschiedenen Campern gesehen und eindeutig beschrieben. Er muss das erste Mal hier gewesen sein, denn niemand hat diesen auffälligen Typen je zuvor gesehen.«

»Er taucht gleich zweimal an ein und demselben Tag hier auf und übt Druck auf Alex Breetz aus – und der ist dann kurz darauf tot. Das ist unser Mann, Peter, das liegt auf der Hand. Und dann dieser ominöse Professor. Dass das kein echter Akademiker ist, ist ja wohl auch klar. Ich rufe mal unsere Kollegen vom Drogendezernat an, ob die was mit dem Namen anfangen können. Aber noch mal zurück zu diesem Karl Müller: Jemand muss Breetz und ihn doch schon vorher einmal zusammen gesehen haben. Hak da noch mal nach, ja?!«

Reiners steckte sich das letzte kleine Stück Baguette in den Mund und strich zufrieden über seinen runden Bauch. Tom war enttäuscht. Da verputzte der doch das ganze Brot, ohne ihm etwas abzugeben! Reiners' misstrauischer Blick war Tom auch nicht entgangen. Natürlich hatte er gesehen, wie argwöhnisch der Kommissar ihn jedes Mal musterte, bevor er hastig in sein Mittagessen biss. Er hatte Angst um sein Brot. Warum nur??

»Das mache ich. Ich hake da noch mal nach. Aber wie ich schon sagte, es sind eine Menge Wohnwagen – und ich bin noch nicht durch. Vielleicht ergibt sich bei der nächsten Befragungsrunde etwas.« Hump schwieg einen Moment und dachte nach. »Was hältst du von ihr?«

»Von der Witwe? Ich weiß nicht. Es ist noch zu früh, etwas zu sagen. Im Prinzip ist jeder hier verdächtig. Sie natürlich besonders, sie ist die Ehefrau.«

»Nur weil sie seine Frau ist, muss sie ihn nicht zwangsläufig umgebracht haben. Wir sollten uns auf Karl Müller konzentrieren. Und dann gibt es da noch den Hafenmeister, der Breetz abgeholt hat.« Hump senkte die Stimme. »Irgendetwas stimmt da doch auch nicht.« Mit einer lässigen Bewegung stellte er seine inzwischen leere Tasse auf dem Boden ab.

Tom kam näher und reckte seinen Hals zur Tasse.

»Guck mal Konrad, die Gans. Erst spekuliert sie mit großen Augen ziemlich dreist auf dein Brot und nun kontrolliert sie auch noch meine Kaffeetasse. Distanz scheint die nicht zu kennen.«

»Du hast recht, das mit dem Hafenmeister klang merkwürdig«, sagte Reiners, ohne auf Humps Bemerkung einzugehen, »aber dieser Charlie scheint der Schlüssel zu sein. Während du vorhin die Befragungen gemacht hast, habe ich übrigens recherchiert: Karl Müllers gibt's wie Sand am Meer, die mit Vornamen Karl-Heinz nicht zu vergessen. Im Zentralcomputer ist jedenfalls niemand, auf den seine Beschreibung passt. Das LKA kümmert sich darum. Der Typ kann doch nicht einfach hier auftauchen und sich dann wieder in Luft auflösen.«

»Also, wenn er kein Verdächtiger ist, wer dann?«

Wieder einmal war Tom froh, kein Flügelloser zu

sein. Intrigen, Drohungen, Totschlag – so etwas gab es nur bei ihnen. Genau wie Lügen und Falschaussagen. Beim gefiederten Volk wurde nur Tacheles gezwitschert. Wahre Sachverhalte und ungeschönte Tatbestände wurden zwar weit weniger diplomatisch vermittelt, was aber das Zusammenleben ungemein erleichterte. Auch wenn man deswegen schon einmal ein paar Federn lassen musste. Aber jeder wusste immer gleich, woran er war.

Ein Handy klingelte. »Reiners.« Tom hob den Kopf und wartete gespannt auf die Worte des Kommissars. »Los komm, Peter. Die Arbeit ruft. Die SpuSi ist in Breetz' Wohnwagen und hat einen verdächtigen Computer-Chip gefunden.«

»Hallo, da seid ihr ja. Und Verstärkung habt ihr auch gleich mitgebracht.« Alfred Ritter, Leiter des Erkennungsdienstes, begrüßte seine Kollegen gut gelaunt und deutete auf Tom, der langsam hinter den Kommissaren hergewatschelt war. Sie waren dem geteerten Hauptweg gefolgt, der sich zwischen den Wohnwagenparzellen hindurchschlängelte, und schließlich vor Luzies Wohnwagen angelangt.

»Die lässt uns schon eine ganze Weile nicht mehr aus den Augen. Entweder ist sie immer noch hungrig und spekuliert auf Konrads nächste Mahlzeit oder sie belauscht uns. Wer weiß das bei einer Gans schon so genau«, antwortete Hump lächelnd. »Jedenfalls scheint sie ganz interessiert.«

»Natürlich«, schnatterte Tom. »Mehr als ihr ahnt.«

Sein Blick wanderte zu Luzies Wohnwagen. Dort war man schon bei der Arbeit. Dem Erkennungsdienst bei der Spurensicherung aus solcher Nähe einmal auf die Wattestäbchen schauen zu können, war schon ein einmaliger Glücksfall und um ein vielfaches aufregender als die TV-Arbeiten des *CSI*. Großzügig umspannte rotweißes Flatterband mit der Aufschrift *Polizeiabsperrung* die Parzelle. Dahinter hielten sich seltsam anmutende Flügellose auf. Zwei Kriminaltechniker in weißen Ganzkörperoveralls suchten akribisch jeden Zentimeter des Bodens ab. Ein weiterer krabbelte derweil wie eine Küchenschabe im Wohnwagen herum und streckte seine Fühler in Form von Pinzetten und Wattestäbchen nach Verwertbarem aus. Jedes Fundstück, und war es noch so winzig, wurde in einem Sicherungstütchen für die Laboruntersuchung konserviert.

Ohne lange nachzudenken, beschloss Tom mitzumachen. Schließlich wusste er im Gegensatz zu den Flügellosen genau, wonach er suchen musste. Nach Gift. Auch wenn er Luzie den Mord an Alex nicht zutraute – irgendwo musste er schließlich mit der Suche beginnen.

Einem Suchraster folgend beschnäbelte Tom Gräser, Blumen und Grillplatz. Außenstehende sahen natürlich wieder nur eine Futter suchende Gans. Das zur Spurenerhaltung gespannte Band war ohnehin nicht für Vögel gedacht und stellte auch kein Hindernis für ihn dar. Wenn es also feine Giftspuren auf diesem Platz gab, seine Schnabelbohne würde sie finden.

Allmählich näherte er sich dem Wohnwagen und stieß dabei auf den offen stehenden Metallkoffer eines Kriminaltechnikers. Tom begutachtete ihn gewissenhaft. Das hier war alles neu für ihn und deshalb hochinteressant. Natürlich auch der Inhalt des Koffers. In Gummihalterungen und Fächern waren dort neben Pinzetten, Skalpellen und einer Lupe auch Klebeband, Einwegspritzen und Wattestäbchen mit passendem Transportkarton sauber angeordnet.

»He, hau ab da! Mach, dass du fortkommst«, blaffte ihn einer der Spurensucher an, kam ungehalten auf ihn zu und wedelte mit seinen Flügelstummeln. Tom rückte ein Stück vom Koffer ab. Er hatte gesehen, was er sehen wollte, und der grantige Kriminaltechniker beruhigte sich wieder.

»Ihr müsst nach Gift suchen«, schnatterte Tom hilfsbereit. Also, diese ziellos suchenden Flügellosen brauchten wirklich seine Hilfe. Aber es verstand ihn ja mal wieder keiner.

Klappernde Geräusche aus dem Wohnwageninneren ließen ihn aufhorchen. Die Tür des Caravans stand offen, und Tom warf durch das Vorzelt hindurch einen Blick hinein. Ohne lange zu überlegen, ging er auf die Tür zu und erklomm mit einem kurzen Flügelschlag den kleinen Schemel, der als Stufe diente.

Hier herrschte Chaos pur. Gerade wurde dort das Innerste nach außen gekehrt. Adhäsionspulver war großzügig mit einem dicken Pinsel auf sämtlichen Oberflächen aufgebracht worden, verteilte sich darauf wie schwarzer Schnee und brachte zutage, wie wenig hier doch geputzt wurde. Fingerabdrücke, wohin das Auge auch blickte. Die Inhalte verschiedener Staufächer verteilten sich stapelweise bis ins Vorzelt. Luzie würde gar nicht erfreut sein, wenn sie das sah. Intensiv schnuppernd steckte Tom seine Nase durch die Türe. Von Gift war nicht ein Olf zu riechen.

»Du verdammtes Viech. Erst trampelst du durch mögliche Spuren und jetzt machst du mit deinem Geflatter auch noch andere Hinweise zunichte! Hau ab und verschwinde endlich!«

Der Spurensicherer hatte ihn offenbar im Auge behalten und verscheuchte ihn nun mit einem wild entschlossenen Blick, der mehr sagte als tausend Worte. Also machte Tom kehrt und floh hinter die Absperrung in Richtung der Kommissare, bevor der Ermittler die stumme Drohung in seinen Augen wahr werden ließ. Die beiden Kommissare standen derweil immer noch mit dem Leiter der Durchsuchung zusammen und besprachen sich.

»Hier haben nur Kriminalisten und Forensiker Zutritt. Könnt ihr da nicht mal mit aufpassen?!«, rief der verärgerte Spurensucher den Ermittlern zu. Doch Reiners winkte ab.

»Außer dem Chip habt ihr also bisher noch nichts gefunden, Alfred?«, fragte er und hielt ein kleines Tütchen mit einem blauen Plastikteil zwischen zwei Fingern.

»Wir sind ja noch nicht fertig. Wir lassen es euch wissen, wenn wir was Neues haben.«

»Gib den Chip doch bitte schon ins Labor, ich will wissen, was da drauf ist. Wenn der Breetz so einen Chip unter eine Schublade klebt, muss er wichtig sein.«

»Klar, machen wir. Das Labor kann euch anrufen, sobald sie damit fertig sind.«

Die Kommissare verabschiedeten sich und machten sich auf den Weg zurück zum Büro. Tom juckte es in den Federspitzen, seine Ermittlungen sofort wieder aufzunehmen. Doch der weiß gekleidete Spurensucher beobachtete ihn noch immer.

Da muss ich wohl noch mal wiederkommen, dachte Tom und beschloss, sich jetzt erst einmal auf die Suche nach etwas Essbarem zu machen. Ermittlungsarbeit machte hungrig.

12

Dass kriminalistische Arbeit solchen Hunger verursachen könnte, hatte Tom nicht gewusst. Er konnte sich nicht erinnern, Gil Grissom jemals etwas essen gesehen zu haben, und auch *Magnum* genehmigte sich nur in Ausnahmefällen mal ein Fläschchen Bier.

Wo nehmen die nur die Kraft her?, fragte sich Tom, nachdem er Luzies Wohnwagen den Rücken zugekehrt hatte. Eigentlich hätte er sich jetzt sofort wieder auf die Suche nach dem Riffler machen und Rio fragen müssen, ob der etwas über den Raben herausgefunden hatte, aber er war einfach zu hungrig. Also steuerte er auf den ersten Caravan zu, aus dem Kinderlachen zu hören war. Tom schätzte Kinder. Sie wussten, wie man Gänse glücklich macht. Und Kinder bestimmten jetzt seinen Weg durch die Ferienkolonie. Im Zick-Zack-Kurs watschelte er über kurz gemähte Rasenflächen und sauber gekehrte Wege, an Rollern, Kettcars und Spielzeug vorbei, von einer fütternden Hand zur nächsten. Manche Eltern hatten sogar eigens Tütchen für die Kinder bereitgestellt, gefüllt mit Leckereien für Gänse und Enten.

Hier lebt man wahrlich wie im Paradies, dachte er wohlig, *besonders jetzt, da Tiger nicht mehr da ist.*

Das erste unbändige Hungergefühl hatte mittlerweile ein wenig nachgelassen, und Tom beobachtete das bunte Treiben um sich herum. Dabei entdeckte er in einiger Entfernung Ede und Karl-Heinz vor Bernd Stegners mobilem Heim. Freudig steuerte er auf sie zu. Bisher war er noch nie Gast bei Bernd gewesen, da der weder mit Brot lockte noch viel Fernsehen schaute. Lediglich seine üppige Blumenwiese, die einzige ungemähte, wilde Wiese auf dem ganzen Campingplatz, hätte Tom interessieren können – aber nur bei Stromausfall und Toastbrot-Flaute.

Sein Blick fiel wieder auf die drei Männer. Bernd und Karl-Heinz unterhielten sich, während Ede Werkzeuge und Materialien von der bunt blühenden Wildwiese sammelte und in zwei Eimern zusammentrug.

Stimmt ja, dachte Tom. *Ede wartet heute Bernds Heizung.*

Gut gelaunt watschelte er auf die Flügellosen zu, die gerade den Wohnwagen überprüften, und noch einen letzten Blick in den Gasflaschenkasten auf der Deichsel und unter den Wagen warfen. Gleich darauf verabschiedeten sich Ede und Karl-Heinz von Bernd und machten sich auf den Heimweg, ohne ihn zu bemerken. Enttäuscht, dass er Ede verpasst hatte, beschloss Tom, den beiden Handwerkern zu folgen. Nach getaner Arbeit, das hatte er schon vor langer Zeit herausgefunden, wurde bei den Flügellosen meist ausgiebig gefuttert. Bernd räumte indes auf. Das Handy am Ohr, räumte er mit der freien Hand den noch gedeckten Camping-Mittagstisch ab. Zum Schluss entsorgte er restliche Brotkrumen auf seiner Wiese und verzog sich dann ins Innere des Wohnwagens.

Gab es denn so was? Bernd in Spendierhosen!

Damit ihm niemand zuvorkam, jagte Tom unter Zuhilfenahme seiner Flügel auf die unverhoffte nächste Mahlzeit zu. Futterneider gab es schließlich genug. Vor allem musste er auf die dreisten und allgegenwärtigen Möwen achten. Diese verfressenen Biester stürzten sich von hoch oben auf alles, was auch nur annähernd nach Futter aussah; meist noch, bevor er selbst am Ziel war. Oft genug hatte er das Rennen gegen sie verloren, und das wollte er nun auf jeden Fall vermeiden. Schließlich hatte er sich ja schon vorhin im Duell gegen den Kommissar geschlagen geben müssen.

Glücklich, den Möwen zuvorgekommen zu sein, durchforstete seine empfindliche Schnabelspitze den weichen, saftigen Teppich aus Kräutern und Blüten, in dem die Krumen versunken waren. Seinen Besuch bei Ede verschob er.

»Nun glaub es mir doch. Wenn ich es doch sage. Alles ist gut!« Bernds Stimme drang gedämpft zu Tom herüber, der seinen Schnabel wie eine gierige Staubsaugerdüse zwischen den Grashalmen und Blumenstängeln hin und her schob.

Er horchte auf. Die teilbare Wohnwagentür war nur zur Hälfte geschlossen. Selbst wenn er gewollt hätte,

hätte er es nicht verhindern können, Bernds Telefonat mit anzuhören. *Wenn es nicht für andere Ohren gedacht ist, darf er auch nicht so laut reden,* legitimierte Tom seine Neugier, der ureigenen Berufskrankheit aller Detektive und Kommissare.

»Ich habe alles im Griff. Ruhig bleiben – das ist das Geheimnis. Verstehst du? Niemand wird merken, dass ich etwas abgezweigt habe.«

Das war ja interessant. Tom futterte fleißig weiter und sperrte dabei die Lauscher auf. Nach einer kleinen Pause hörte Tom ihn wieder sprechen.

»Meine Güte, alles ist paletti. Du brauchst dir keine Sorgen zu machen.«

…

»Also gut, pass auf, ich erzähl dir mal was, ja? Hör gut zu.«

…

»Nein, keine Geschichte. Die Wahrheit. Ehrenwort. Habe ich dich jemals angelogen?«

…

»Ich will dir ja nur klarmachen, mit wem du es hier zu tun hast. Also: Vor langer Zeit habe ich mal eine Bank überfallen und bin davongekommen. Was sagst du jetzt?«

…

»Da fragst du noch? Na klar – mit der Beute.«

…

»Knast? Ich? Sehe ich etwa so aus? Mein Kumpel ist

damals in den Bau gegangen. Die Bullen wissen bis heute nicht, dass ich der zweite Mann war.«

…

»Ach der. Tja, hat Pech gehabt. Fünfzehn Jahre hat er gekriegt. Ein paar Jährchen hat er wohl noch.«

…

»Ich wollte dir nur damit verdeutlichen, dass du dich auf mich verlassen kannst. Ich weiß, was ich tue. Kannst ja gleich mal vorbeikommen, dann erzähl ich dir die ganze Geschichte. Aber pass auf, dass dich niemand sieht. Hier ist viel Polizei auf dem Platz …«

…

»Ja, ist ja gut, bis gleich.«

Bernd hatte aufgelegt, und Tom kam aus dem Staunen nicht mehr heraus. Erst erzählte Bernd, dass er irgendwas »abgezweigt« hätte, und dann brüstete er sich auch noch mit einem Banküberfall. Der Typ war ja kriminell! Und bald schon würde ein weiterer Krimineller hier auftauchen, denn etwas anderes konnte Bernds unbekannter Telefonpartner ja wohl nicht sein.

Tom spürte, wie ihn die Aufregung packte, er wollte jetzt unbedingt wissen, mit wem Bernd telefoniert hatte, und sehen, wer hier auftauchen würde. Jemand vom Campingplatz? Oder ein Unbekannter? Vielleicht sogar Charlie? Wenn einer zu einem Bankräuber wie Bernd passte, dann war es eindeutig Charlie, da biss die Maus keinen Faden ab. Ob beide etwas mit Alex' Tod zu tun hatten? Gemeinsam vielleicht sogar den Plan geschmiedet hatten, Alex zu vergiften? So könnte es gewesen sein, schließlich hatte Luzie ausgesagt, dass Charlie im Restaurant gewesen war. Die beiden brauchten dann nichts weiter zu tun, als abzuwarten, möglichst unter Zeugen, schon hatten sie ein wasserdichtes Alibi.

Doch wie passten Neptunus und Tiger ins Bild? Warum waren sie gestorben? Waren sie unbeabsichtigt zu Opfern geworden und zufällig über vergiftete Happen gestolpert? Oder waren sie etwa Versuchskaninchen, die Alex' Mörder benutzt hatte, um an der richtigen Dosierung des Giftes zu arbeiten?

Während Tom noch grübelte, sah er Jupp über den Hauptweg direkt auf Bernds Wohnwagen zusteuern. Der Hafenmeister marschierte über die kleine Wiese, ohne Tom zu beachten, und klopfte an den Caravan. Wieso kam *der* jetzt – und nicht Charlie, wie erwartet?

»Ich hatte ja gesagt, dass ich vorbeikomme«, sagte Jupp, nachdem Bernd auf sein Klopfen hin an der Wohnwagentür erschien. »Wir müssen wirklich reden.«

Gespannt harrte Tom auf seinem Platz auf der Wiese aus und zupfte nur zur Beruhigung seiner angespannten Nerven an der einen oder anderen Blüte. Der Appetit war ihm mittlerweile vergangen. Würde er nun alles über den Banküberfall erfahren?

»Mir ist es egal, was du am Telefon gesagt hast, Bernd. Es muss endlich etwas geschehen. Ich kann dir keine freie Hand mehr lassen. Ich sehe ja, wohin das führt. Ärger ist hier vorprogrammiert.«

Bernd war inzwischen aus dem Wohnwagen gestiegen, und die zwei Flügellosen standen sich nun gegenüber. Auge in Auge taxierten sich die beiden, die Hände in Hüfthöhe wie zwei Cowboys in einem alten Western, kurz bevor die tödlichen Schüsse fallen.

»Ich habe dir doch gesagt, dass alles okay ist. Du kriegst die Kohle ja bald«, versuchte Bernd Jupp zu beschwichtigen.

»Das sagst du jetzt schon seit Wochen, aber die Pacht steht immer noch aus. Das gleiche Theater wie letztes Jahr!«

»Du nervst Jupp, ehrlich.«

»Du reagierst ja nicht! Und wie das hier wieder aussieht, den Rasen hast du immer noch nicht gemäht, und das Unkraut kann sich fröhlich bei den Nachbarn ausbreiten. Das ist das letzte Mal, Bernd. Sonst muss ich andere Saiten aufziehen. Ich lasse mir von dir nicht länger auf der Nase herumtanzen. Mir wird schon etwas einfallen, glaub es mir.« Wütend drohte Jupp mit einer Faust.

»Was soll dir schon einfallen? Wenn du Streit willst, den kannst du haben!« Bernd machte einen Schritt nach vorn und baute sich angriffslustig direkt vor dem schmächtigeren Jupp auf. Der war offenbar kurz davor zuzuschlagen.

Tom duckte sich tiefer zwischen Klee und Gras und blieb ganz still. Obwohl er instinktiv flüchten wollte, zwang er sich zu bleiben, um nur ja nichts zu verpassen.

»Na, na, na. Unter zivilisierten Männern regelt man so etwas doch anders, oder?«, mischte sich eine freundliche, aber doch bestimmte Frauenstimme in den Streit ein.

Lotte.

Von allen unbemerkt, war sie näher gekommen und setzte mit ihren Worten dem lautstarken Streit erst einmal ein Ende. Balu, den sie auf dem Arm hielt, bellte zum ersten Mal nicht. Anscheinend war er über den Streit mindestens genauso erstaunt wie Tom. Die beiden Männer trennten sich langsam voneinander, warfen sich dabei aber weiterhin böse Blicke zu. Schließlich ergriff Lotte Jupps Arm, hakte sich bei ihm unter, und die zwei verließen ohne ein weiteres Wort Bernds Parzelle. Der schaute beiden zähneknirschend hinterher. Man konnte ihm ansehen, dass er immer noch wütend war und darauf brannte, seinen Zorn abreagieren zu können.

Da entdeckte er Tom. Ärgerlich stampfte er mit dem Fuß auf und wollte auf den Ganter los, doch Tom hatte sich bereits aus seiner Ecke geschlichen, nahm auf dem Weg Anlauf und flog so eilig davon, dass er in der Kurve beinahe Luzie mit dem Flügel gestreift hätte. Es wurde sowieso Zeit für ihn, seine Suche nach dem Riffler fortzusetzen.

13

Diese Stimme – sie verfolgte ihn.

»*Ich …*«, flüsterte sie und Tom spitzte die Ohren.

»*Ich habe …*«, hörte Tom wispern.

»*Ich habe dich …*«, sagte sie in die Stille, und Tom hielt die Luft an.

»*Ich habe dich gesucht.*«

Nichts war zu sehen, alles war schwarz. Noch bevor Tom »Wer?« denken konnte, erhob sich die gedämpfte Stimme erneut.

»*Und nun habe ich dich gefunden.*«

Das war der Punkt, an dem er auch letzte Nacht aufgeplustert und völlig außer sich aus seinem Albtraum erwacht war. Wieder hatte ihm diese unheimliche Stimme zugesetzt. Seit Amulet Rifflers Namen ins Spiel gebracht hatte, geisterte der unbekannte Rabe in allen möglichen furchterregenden Varianten durch Toms Kopf, vor allem im Schlaf. Tom hatte am Nachmittag gemeinsam mit Rio seine anstrengende Suche nach dem Riffler fortgesetzt – ohne Erfolg. Anschließend hatte er bei Ede Brot gefuttert und die *heute*-Nachrichten geschaut, doch er hatte vor Erschöpfung nicht viel mitbekommen, außer dass Petra Gerster wieder einmal eine neue Frisur gehabt hatte. Sofort danach hatte er sich dann einen Platz für die Nacht gesucht und war ziemlich schnell eingeschlafen.

Gerädert schaute er sich um. Soweit er erkennen konnte, saß er immer noch auf demselben Ast, den er zur Nachtruhe aufgesucht hatte. Nilgänse sind die einzigen Gänse, die nicht nur auf Bäumen brüten, sondern sich mit ihren Schwimmfüßen auch an Ästen festhalten können. Um ihn herum war es stockduster und es herrschte Totenstille.

»Ich habe dich gesucht«, sagte plötzlich eine Stimme hinter ihm, und fast wäre Tom vom Baum gefallen, so sehr zuckte er zusammen. Das war die Stimme, die Stimme aus seinen Albträumen.

»Und nun habe ich dich gefunden.«

Tom antwortete nicht. Spielten jetzt seine Sinne verrückt? Heftig schüttelte er den Kopf, sein Hinterteil schlingerte so unkontrollierbar wie der Kopf eines Wackeldackels bei Kopfsteinpflaster.

»Du bist doch Tom, oder? Der Tom, der nach mir sucht«, kam es aus der Finsternis.

»Suche ich jemanden?«, antwortete Tom mit leisem Stimmchen. Er hatte Mühe zu sprechen.

»Nun, wenn man den ganzen See abfliegt, sämtliche Rabenvögel und sogar Amseln nach dem Riffler befragt, dann ist man eindeutig auf der Suche.«

Der Riffler! Er ist hier! Diese Erkenntnis versetzte Tom einen ordentlichen Schreck. Ästeknacken, ein leises Krächzen, und plötzlich saß ein großer, stattlicher

Kolkrabe neben ihm und musterte ihn interessiert. Fahles Mondlicht suchte seinen Weg durch die Äste und ließ die Kontur des Raben aufscheinen.

»Hast Angst, was?«, fragte der Rabe mit einem leichten Anflug von Belustigung.

Tom räusperte sich, er hatte eine Heidenangst. »Angst nicht gerade. Aber Respekt«, schwindelte er.

»Nun, dann erzähl mir doch mal, warum du ausgerechnet nach mir suchst – niemand sucht den Riffler freiwillig.«

»Du bist … tatsächlich der Riffler?«, stammelte Tom, obwohl die Frage wirklich überflüssig war. Er fühlte es – bis in die kleinste Federspitze, denn die Angst schnürte ihm immer noch fast die Kehle zu.

Der Rabe antwortete mit einem einfachen Kopfnicken.

»Also, grundlos suche ich dich wirklich nicht, da hast du recht«, antwortete Tom mutig und beäugte den Raben eingehend. Nur unwesentlich kleiner als Tom, war der Riffler nicht nur für einen Rabenvogel von beeindruckender Statur. Das konnte Tom trotz der Dunkelheit gut erkennen.

»Dann mal heraus mit der Sprache: Warum suchst du mich?«

»Ich, äh«, Tom räusperte sich erneut, »führe Ermittlungen wegen eines toten Reihers durch. Vor vier Sonnenaufgängen wurde Neptunus getötet, und Zeugen haben dich in seiner Nähe gesehen.«

»Die Graugans, ja? Hat ihren Schnabel nicht halten können. Das hätte ich mir eigentlich denken können«, knurrte der Riffler.

»Du warst also tatsächlich dort? Bitte, erzähl mir, was du an jenem Abend beobachtet hast.« Obwohl Toms Anspannung langsam nachließ, wackelte sein Hinterteil immer wieder. Nervosität hatte er schon immer schlecht verbergen können.

»Ich habe den Reiher an jenem Abend von meinem Ansitz aus auf den Campingplatz einschweben sehen. Er kannte sich aus, wusste, dass es dort immer etwas zu holen gibt. Es dauerte nicht lange, da fand er eine Tüte in den Müllcontainern. Mit seinem langen Schnabel stocherte er gierig darin herum und fischte schließlich kleine Bröckchen heraus.«

»Er hat also gefressen.«

»Genau. Deshalb dachte ich, zeig dem Kleinen mal, was eine Harke ist und vertreibe ihn. Was ihm schmeckt, schmeckt auch dir. Doch gerade als ich auf ihn zufliegen wollte, sprang ein großer Kater aus dem Dickicht auf den Rand des Containers. Er machte einen Buckel, fauchte böse und schlug mit seinen Krallen nach ihm.«

»Tiger!«, sagte Tom. Seine Überlegungen waren also richtig gewesen. Neptunus und Tiger waren sich tatsächlich begegnet. »Was geschah dann?«

»Nachdem der Reiher Reißaus genommen hatte, machte sich der Kater selbst über die Tüte her, und ich konnte meinen Mitternachtssnack abschreiben. Ich suchte mir einen neuen Ansitz und flog auf den kleinen Leuchtturm, gleich beim Hafen. Diese Gans trieb sich da schon rum. Aber sie blieb nicht lange. Von dort aus sah ich den Reiher dann später wieder. Er stakste oben auf dem Deich herum, zwischen Campingplatz und Hafen. Er torkelte, machte kleine Schritte – ganz anders als noch zuvor. Und kurz darauf fiel er um wie ein abgesägter Baum und rutschte Schnabel voran den Hang hinunter.«

»Du bist sicher hin und hast ihn dir angesehen, wolltest wissen, was mit ihm los sei, und ob du ihm helfen könntest, richtig?« Tom war in seinem Element. Der Riffler war gesprächig, und er hatte die richtigen Fragen.

»Ich helfen? Wo denkst du hin? Er war tot. Das war mir sofort klar.«

»Du bist also nicht zu ihm hin? Hast ihn einfach da liegen lassen?« Tom war entrüstet. Das passte zum Bild des Rifflers.

»Natürlich bin ich zu ihm hin. Hätte ich mir eine warme Mahlzeit entgehen lassen sollen?«

»Warme Mahlzeit? Was meinst du denn damit?«, fragte Tom naiv.

»Nun – auch Reiher schmecken.« Ein genüssliches Schmatzen entwich Rifflers Schnabel.

»Igitt!«, rutschte es Tom heraus.

»Stimmt. Dieser Reiher schmeckte wirklich nicht. Kaum hatte ich ein Loch in ihn gepickt und ein wenig von ihm genascht – es war wirklich nicht viel –, wurde mir unglaublich übel. Von den Bauchschmerzen ganz zu schweigen. Und meine Kehle brannte wie Feuer, kaum dass ich geschluckt hatte.«

Tom war fassungslos. Der Riffler war ja noch schlimmer als sein Ruf. Er fraß sogar junge Reiher. Vorsichtshalber rutschte Tom auf seinem Ast ein wenig ab von seinem unheimlichen Nachbarn und hoffte bloß, dass ihm Gänse noch schlechter schmeckten als vergiftete Reiher.

»Du hast ihm also das Loch in der Brust zugefügt?«, fragte er mit belegter Stimme.

»Korrekt. Anders geht es nicht.«

»Was geht nicht anders?«

»Es gibt keine andere Möglichkeit, als Löcher in tote Körper zu picken, um an die Innereien zu gelangen. Ganz besonders, wenn sie noch warm sind. Ein warmes Abendessen, das habe ich nicht so oft, weißt du.«

Tom war angewidert und brachte keinen Ton heraus.

»Wenn ich jedoch gewusst hätte, wie der schmeckt, hätte ich es gelassen. Noch nie war mir so übel. Jedenfalls war ich nicht der Einzige, dem es an diesem Abend nicht so gut ging.«

»Wen meinst du denn noch?«, fragte Tom tonlos. In seinem Kopf hackte gerade ein Rabe ständig auf einem wehrlosen Reiher herum.

»Na, den Kater. Der war auf ein Dickicht zugeschlichen, kaum dass der Reiher den Abflug gemacht hatte.

Und dabei miaute und jammerte er kläglich. Danach habe ich ihn nie wieder gesehen.«

Er war es nicht, dachte Tom. Rifflers Zeugenaussage war einfach zu glaubhaft. Auf jede Frage hatte er eine schlüssige Antwort. Er hatte sich weder gewunden noch geweigert, eine Auskunft zu geben, nicht einmal als er zugeben musste, das Loch in Neptunus' Brust verursacht zu haben. Abgesehen davon waren Rabenvögel viel zu schlau, um ein Opfer zu fressen, das sie selbst vergiftet hatten. Und Gift war im Spiel, das war jetzt ein für alle Mal klar. Der Riffler hatte es ja gerade eben, wenn auch unbewusst, bestätigt: Das Brennen im Hals, die Übelkeit und auch die Schmerzen, die er bei Tiger und sich selbst beschrieben hatte, passten genau zu den rosa Schleimhautverfärbungen.

Das Ganze musste sich deshalb folgendermaßen abgespielt haben, kombinierte Tom: Jemand hatte Alex vergiften wollen, doch der Anschlag war fehlgeschlagen, weshalb die Essensreste in der Tüte entsorgt worden waren. Die Tode von Neptunus und Tiger waren also lediglich sogenannte »Kollateralschäden«, wie die Flügellosen das so zynisch formulieren. Am übernächsten Abend war der Giftanschlag auf Alex dann erfolgreich nachgeholt worden.

»Ich glaube dir«, sagte Tom im Brustton der Überzeugung.

»Das war mir klar«, antwortete der Riffler mit entwaffnender Selbstverständlichkeit.

»Hast du zufällig beobachtet, wer diese Mülltüte zu den Containern gebracht hat?«

»Leider nicht.«

»Ist dir denn an diesem Abend sonst noch irgendetwas aufgefallen?«

»Na ja, da war dieser Streit …«

»Stimmt«, sagte Tom, »davon haben auch Optima und Amulet gesprochen. Weißt du, wer sich gestritten hat?«

»Das war da, wo dieser dicke Kater gewohnt hat. Du kennst sie. Ich habe dich schon oft dort gesehen.«

»Luzie und Alex? Meinst du die?«

»Möglich, dass sie so heißen.«

»Und worum ging es bei dem Streit, hast du etwas erfahren können?«

»Was interessiert mich ein Streit unter Flügellosen? Streit kam bei denen öfter vor – schlimmer als bei einem Haufen Enten. Wer hört da noch hin? Meistens hat sich das Männchen sowieso verzogen, ist dann aber später immer wieder zurückgekommen. Also, viel Rauch um nichts, und nicht viel anders als bei meiner Henne und mir.«

Tom nickte. Luzie war verdächtig, und Charlie sowieso. Sogar Jupp wollte Tom inzwischen nicht mehr ausschließen, so wütend wie er ihn bei Bernd erlebt hatte. Wäre Lotte nicht dazwischengegangen, wer weiß, was passiert wäre. Und dass der Hafenmeister und Alex irgendwas am Laufen hatten, war seit Jupps seltsamem

Besuch bei Alex klar. Warum sonst hätten die beiden Luzie allein zurücklassen und sich verschwörerisch auf und davon machen sollen?

»Erinnerst du dich noch an den Abend, an dem der Flügellose im Müll gefunden wurde? Bist du da auch zufällig auf dem Campingplatz gewesen?«

Der Riffler nickte, ordnete aber erst mal sein Gefieder mit dem Schnabel, bevor er antwortete. »Wenn Ferien sind, ist ja immer viel los auf dem Platz, oft bis spät in die Nacht. An dem Abend habe ich diesen Bernd gesehen. Er ist um das Restaurant geschlichen, hat sich an die Hauswand gedrückt und vorsichtig durch die großen Fenster geguckt. Ich habe mich gefragt, was der da macht.«

Tom konnte sein Glück kaum fassen. Der Riffler war ein Zeuge, wie ihn selbst *Magnum* nur selten hatte. Diesen undurchsichtigen Bankräuber hatte Tom sowieso auf dem Kieker, seit er Bernd begegnet und dessen Telefonat mit angehört hatte.»Nun sag schon, was hat er gemacht?«

»Er schien jemanden zu beobachten. Doch als die Tür des Restaurants immer wieder mal aufging, hat er sich aus dem Staub gemacht und ist dabei fast mit einem anderen Flügellosen zusammengestoßen.«

»Wie sah der aus? Kannst du ihn beschreiben?«

»Er war groß, ziemlich kräftig und irgendetwas blitzte an seinen Ohren auf, je nachdem, wie er sich zum Licht drehte. Mehr kann ich dir nicht sagen, ich kannte ihn nicht.«

Das war Charlie. Bernd und Charlie waren sich also vor dem Restaurant begegnet. Darüber musste Tom in Ruhe nachdenken, sobald der neue Tag anbrach. Doch jetzt war es immer noch tiefschwarze Nacht. Irgendwo am Ufer quakten ein paar aufgewachte Enten in die Dunkelheit.

»Eine letzte Frage habe ich noch, wenn du gestattest. Eine persönliche«, wechselte Tom das Thema.

»Persönlich? Ach so, ich denke, ich weiß, was du wissen willst.« Der Riffler presste die kräftigen Schnabelhälften aufeinander. *Das schon wieder!*, schien er zu denken.

»Stimmt es denn?«

»I wo. Keine Spur. Alles erfunden, das meiste zumindest.«

Auf einmal flüsterte der Riffler.

»Erfunden? Wieso erzählen die Altvögel den Küken und Gösseln dann so einen Guano. Märchen von einem Riffler, der Küken frisst.« Tom war aufgebracht und sauer. Wie oft hatte er seine Mutter zu ihm und seinen Geschwistern schnattern hören: *Passt schön auf, sonst holt euch der Riffler!*

»Leise! Was wir hier besprechen, geht niemanden etwas an«, mahnte der Riffler eindringlich und fuhr gedämpft fort. »Na ja, vielleicht wissen sie es nicht besser. Denn, das muss ich leider zugeben, so ganz frei erfunden sind sie doch nicht, diese Geschichten.«

»Wie das?«, flüsterte Tom verwirrt.

Der Riffler druckste ein wenig herum. Tom konnte ihm ansehen, dass er die ganze Sache lieber für sich behalten hätte. Schnabelknirschend begann der Rabe mit seiner Erklärung. »Diese Geschichten gehen auf meinen Ur-Ur-Ur-Ur-Urgroßvater zurück – und ich leide heute noch darunter.«

»Leiden? Worunter?« Tom verstand nicht.

»Unter seiner Fressgier. Der alte Vielfraß … Es war eine schlechte Zeit damals, und das gefiederte Volk hungerte. Viele Küken starben in ihren Nestern und mein Ur-Ur-Ur-Ur-Urgroßvater hatte natürlich auch Hunger. Er stibitzte die toten Küken aus den Nestern und sicherte damit sich und seiner Sippe das Überleben. Seitdem wird meine Familie für das Verschwinden eines jeden Kükens verantwortlich gemacht. Ganz gleich, ob es ertrinkt, vom Hecht verschluckt oder von einer Katze gefressen wird – immer ist es der Riffler gewesen. Die Geschichten haben sich verselbständigt. Ich habe da keinen Einfluss drauf. Jeder erzählt, was er will.«

»Oh, ich verstehe.« Verständnisvoll nickte Tom mit seinem graubraunen Kopf.

»Aber trotzdem«, flüsterte der Riffler weiter, »erzähl es niemandem, ja? Du bist außerhalb meiner Familie der Einzige, der jetzt die wahre Geschichte kennt. Halt den Schnabel, ja, versprich es. Wir würden sonst den Respekt und das Ansehen in der Welt der Gefiederten verlieren. Das möchte ich nun auch wieder nicht. Ist ja auch ganz nett, dass viele Familien ihre Söhne mit Zweitnamen Riffler nennen, weil sie hoffen, dass sie durch diesen Namen groß und stark werden.«

»Alles klar, Riffler. Ich sage kein Wort. Ich schwöre es.« Tom öffnete seine rechte Schwinge, spreizte die beiden letzten Federn ab und quakte ganz feierlich:

»Ehrenwort.«

14

»Also, jetzt noch mal zur Faktenlage«, sagte Rio und wedelte wohlig mit ausgebreiteten Flügeln kleine Wassertropfen aus seinem Gefieder, denn in seinem Bauch zappelte bereits ein Frühstücksfisch.

Es war kurz nach Sonnenaufgang, und es versprach, wieder ein schöner, warmer Tag zu werden. Der Himmel war wolkenlos, nur ein kühles Morgenlüftchen wehte den Freunden über den Schnabel. Auf dem Campingplatz war es noch still. Bis er zum Leben erwachen würde, dauerte es noch eine Weile. Tom war trotz des nächtlichen Gesprächs mit dem Riffler früh aufgewacht. Der Fall Neptunus war durch den giftigen Inhalt der Mülltüte nun praktisch zum Fall Alex geworden – und der ließ ihm einfach keine Ruhe. Die beiden tierischen Ermittler saßen auf der gemauerten Flachdachumrandung des Hafenmeistergebäudes, das mit weißen Kieselsteinen belegt war. Zwei Etagen unter ihnen, direkt zu ihren Füßen, standen zwei Müllcontainer, die ihre Deckel aufrissen wie kleine Küken ihre Schnäbel bei der Fütterung.

Alex' Fundort.

Obwohl sie bereits eine Weile dort oben saßen, in der Tom seinen Assistenten über die Aussage eines Raben informierte, waren sie nicht die ersten Vögel, die um diese Zeit schon wach waren. Es herrschte bereits reger Flugverkehr, aus allen Richtungen schnatterte und piepste es. Ein Vogeltag begann früh, sehr früh.

»Neptunus ist tot und dieser Kater auch«, fuhr Rio fort, der kein Assistent für komplizierte Sachverhalte war.

»Du hast Alex vergessen«, frischte Tom das Gedächtnis seines Freundes auf und beobachtete dabei zwei winzige Bachstelzen, die unter ihm mit blitzschnellen Trippelschritten zwischen den Abfällen in den Containern hinter Insekten herjagten. Zwischendurch legten die schwarzweißen Vögelchen immer wieder minimale Pausen für ein kurzes Schwanzwippen ein. In manchen Gegenden ist die Bachstelze, der Nationalvogel Lettlands, deshalb auch unter den Namen *Wippesterz* oder *Wasserwippchen* bekannt.

»Zählt der Flügellose etwa auch?«, fragte Rio ungerührt und schwenkte erneut einige Male seine Flügel.

»Aber sicher, die drei Todesfälle hängen doch zusammen!«, sagte Tom und startete für seinen Freund eine Nachhilfestunde in Kriminalistik, indem er ihm den Zusammenhang zwischen rosafarbenen Schleimhäuten und Giften erklärte. »Also: Helles Blut enthält frischen Sauerstoff, dunkles Blut transportiert den verbrauchten Sauerstoff. Verstehst du, was ich sage, Rio? Hier hat kein Austausch mehr stattgefunden. Der Körper ist nicht mehr mit frischem Sauerstoff versorgt worden – der ist nämlich im Blut geblieben. Dafür hat das Gift gesorgt und deshalb ist er erstickt. Alle drei sind wegen desselben Giftes erstickt. Es hat demnach zwei Anschläge auf Alex gegeben. Den ersten hat er überlebt. Dafür sind aber Neptunus und Tiger gestorben. Und der zweite Anschlag ist dann Alex' Ende gewesen.«

Rio atmete hörbar tief ein. »Was du nicht so alles weißt. Seit Tagen verblüffst du mich mit deinen seltsamen Kenntnissen. Du bist ein komischer Vogel, Tom.« Rio konnte sich an das merkwürdige Wissen seines Artgenossen nach wie vor nicht gewöhnen.

»Ach«, wiegelte Tom ab, »auf dem Campingplatz bekommt man eben so einiges mit. Vielleicht solltest du dich auch mal dort blicken lassen.«

»Um mich mit Brot füttern zu lassen, ja? So wie du? Ich bin ein frei geborener Kormoran – kein Domestik!«

»Ist ja gut, war ja auch nur ein Vorschlag.« Tom war froh, dass Rio erst einmal nicht weiter nachhakte und mit seiner Antwort zufrieden schien. »Was mich jedenfalls beschäftigt, ist die Frage, wie Alex da unten in den Container gekommen ist.«

»Da hätte ich eine Idee. Jupp hat ihn hineingeworfen«, verkündete Rio mit stolz geschwellter Brust.

»Wieso? Wie kommst du gerade auf den?«, fragte Tom. Auf Rios Erklärung war er sehr gespannt.

»Überleg doch mal. Er hat es schon einmal getan. Er hat Neptunus in den Container geworfen. Warum sollte er es also nicht noch einmal tun?« Das klang tatsächlich ziemlich logisch – für einen Kormoran.

»Rio, du meinst also … Jupp ist ein Serienwerfer?«

Der Kormoran nickte selbstzufrieden. »Wenn du es so nennen willst.«

Tom schüttelte den Kopf. War das eine Logik! Aber Jupp kam natürlich in Betracht – seit seinem Auftritt gestern bei Bernd mehr als zuvor. Nachdenklich schaute Tom in den Müllcontainer unter sich. Obwohl der Wind auffrischte, jagten die beiden Bachstelzen immer noch Ameisen und kleinen Fliegen hinterher. Ihm fiel etwas ein. »He, ihr da unten, seid ihr oft hier?«, rief er hinunter.

Die Angesprochenen hielten für einen kurzen Moment inne, wippten mit den langen Schwanzfedern und suchten mit schnellen Kopfdrehungen nach dem Rufenden.

»Ja, das sind wir«, antworteten sie gleichzeitig, als sie Tom und Rio über sich auf dem Dachrand erblickten. Sofort eilten sie auf ihren streichholzdünnen Beinchen wieder weiter über die aufgerissenen Mülltüten.

»Ich heiße Tom, und der große Schwarze hier neben mir heißt Rio. Wir ermitteln im Mordfall Neptunus«, rief Tom den kleinen Stelzen zu. »Wir hätten da ein paar Fragen, könntet ihr bitte mal raufkommen?«

Neugierig geworden und auf bachstelzentypische Weise flogen die kleinen Vögel zu ihnen hinauf. Es war ein Wellenflug, weil sie ihren blitzschnell schlagenden Flügelchen immer wieder eine kurze Erholungspause gönnten und dadurch an Flughöhe verloren. Auf- und Abstieg wechselten sich ab, bis sie langsam an Höhe gewannen und schließlich zu Tom und Rios Füßen landeten.

»Was wollt ihr denn wissen?«, fragte die unwesentlich größere der beiden Bachstelzen. Alles in allem war sie gerade mal so groß wie ein Gänseei und schien nicht schwerer zu sein als eine von Rios Schwungfedern. »Übrigens, ich heiße Maxi und das hier ist meine Mini.«

»Schön, euch kennenzulernen. Es geht um den Flügellosen, der hier vor kurzem im Container lag«, sagte Tom.

»Dass du den Neptunus-Fall übernommen hast, davon habe ich schon gehört. Aber dass du jetzt auch schon bei den Flügellosen ermittelst – wow!« Maxi war beeindruckt. Er hielt kurz inne, wippte mit den Schwanzfedern und tippelte rasch weiter. An einem Fleck zu verharren war rein gar nichts für diese Vogelart.

»Nein, nein«, wehrte Tom bescheiden ab. »Ich recherchiere ausschließlich im Mordfall Neptunus. Allerdings ist mir bei meinen Nachforschungen eine Verbindung zwischen den beiden Fällen aufgefallen.«

»Aha«, piepste Maxi, »und welche?«

»Für so einen kleinen Vogel bist du aber ganz schön neugierig«, raunzte Rio die Stelze an und meldete sich damit nach langem Schweigen auch mal wieder zu Wort.

»Hast wohl gedacht, in so einem kleinen Kopf ist nur Platz für Futtersuche, was?« So klein Maxi auch war, so keck war er auch. Und er brachte Rio auch gleich zum Grübeln: Denn bevor der Kormoran gemeinsam mit

Tom auf Mördersuche gegangen war, hatten sich *seine* Gedanken in der Tat ausschließlich um leckeren Fisch gedreht.

»Also, was willst du nun wissen, Tom?«, wiederholte Maxi seine Frage. Sein Sterz wippte zweimal und schon hastete er wieder hinter seiner Lieblingsspeise her. Satt wurde er davon anscheinend nie.

»Habt ihr zufällig gesehen, wie der Flügellose in den Container gekommen ist? Ist er dort selbst hineingeklettert oder ist er geschubst worden, vielleicht von dem Dach hier oben?«

Maxi schüttelte den Kopf. »Nein, das haben wir nicht gesehen. Obwohl wir nachts bei den Containern waren. Ihr wisst ja, wer zuerst da ist, der frühstückt auch zuerst.«

»Weißt du noch, mein großer Albatros, wie wir zusammengezuckt sind, als der Flügellose sich auf einmal bewegt hat?«, schaltete sich Mini zum ersten Mal in die Unterhaltung ein.

»Er hat sich bewegt? Aber das …«, stammelte Tom vor Aufregung, »das hieße ja, dass er noch gelebt hat!«

»Ja, das hat er. Wir hatten schon Angst, dass er auch wegen des Frühstücks da wäre und wir mit ihm teilen müssten«, sagte Mini.

»Und was hat er gemacht? Hat er versucht, aus dem Container zu klettern?« In Toms Kopf schwirrten unzählige Fragen.

»Nein«, meinte Mini, während sie weiter umhertippelte, »er hat überhaupt keine Anstalten gemacht, aus dem Container zu verschwinden. Er ist einfach da liegen geblieben und hatte große Schwierigkeiten beim Atmen.«

»Genauso war es, mein kleiner Kolibri. Aber zum Glück brauchten wir uns dann ja keine Sorgen mehr wegen unseres Frühstücks zu machen.«

»Weil er gestorben ist«, sagte Tom.

»Exakt. Er hat noch etwas gesagt und dann das Atmen eingestellt. Zuerst haben wir gedacht, er hält nur die Luft an. Aber so lange? Was wissen wir schon, wie lange Flügellose die Luft anhalten können«, sagte Maxi entschuldigend.

»Er hat noch etwas gesagt? Was denn?!«

»Er hat gesagt: *Sieh an, Karli*«, erklärte Maxi mit fester Stimme.

»Entschuldige, wenn ich dir widerspreche, mein Albatros, aber das hat er doch gar nicht gesagt. Er sagte: *Zieh an, Karli*. Das ist immerhin ein kleiner Unterschied.«

Tom konnte sein Glück kaum fassen. Wenn Maxi und Mini die Wahrheit sagten, dann hatte Alex tatsächlich noch den Namen seines Mörders laut ausgesprochen. Karli – da kam zum einen der unvermeidliche Charlie in Frage, denn wenn sich die beiden wegen *Sieh* oder *Zieh* nicht sicher waren, dann hatten sie vielleicht auch Karli anstatt Charlie gehört. Und zum anderen kam auch Edes »Heizungsfreund« Karl-Heinz in Betracht, der sich ja schließlich auch kurz »Karl« nannte. Den hatte Tom zwar bislang noch nicht auf dem Radar gehabt, und er tendierte auch eher zu Charlie, aber man sollte vorab nichts ausschließen, das war schon oberste Regel bei *Magnum*. Noch bevor zwischen den beiden Bachstelzen ein Ehestreit darüber ausbrechen konnte, was genau Alex denn nun gesagt hatte, hakte Tom noch einmal nach, um ganz sicherzugehen.

Ja, der Flügellose habe schon da gelegen, und nein, nicht einer seiner Artgenossen war weit und breit zu sehen gewesen – weder ein Karli noch ein Charlie noch sonst jemand.

»Ganz sicher«, piepste Mini, als Tom für einen Moment nachdenklich schwieg. Dass Tom ihnen selbstverständlich glaubte, davon ahnte sie nichts, denn plötzlich veränderte sich ihr Gesichtsausdruck und sie riss die Augen auf. »Du denkst doch jetzt nicht etwa, wir hätten ihn da reingestopft?«

Sofort sprang der große Albatros seinem kleinen Kolibri zur Seite. »Also, wir waren das nicht, Ehrenwort. So etwas machen wir nicht.«

Tom schmunzelte. Auf was für Ideen diese kleinen Bachstelzen kamen. »Natürlich glaube ich euch. Ich bin mir sicher, dass ihr das nicht gewesen seid.«

Sichtlich erleichtert atmeten die Schwarzweißlinge auf. Wie schnell man doch als unbescholtene Bachstelze unter Verdacht geraten konnte, einem Flügellosen den Garaus zu machen – nicht zu fassen!

15

War das der Durchbruch? Es sah tatsächlich ganz danach aus, dass Alex den Bachstelzen im letzten Atemzug noch den Vornamen seines Mörders genannt hatte. Der Traum eines jeden Ermittlers. Tom war überzeugt, dass die Kommissare nichts von Alex' letzten Worten wussten. Die hatten keinen blassen Schimmer, wie wertvoll gefiederte Zeugen sein konnten.

Dumm nur, dass es gleich zwei Flügellose gab, die diesen Vornamen trugen. Einer war definitiv zu viel. Aber wer? Da Ohrring-Charlie nach wie vor wie vom Erdboden verschluckt schien, watschelte Tom rüber zu Karl-Heinz' Wiese, um dort mal unauffällig die Lebensumstände zu studieren. Um Charlie wollte sich Rio kümmern, sobald er trocken war. Tom hatte ihm Charlies Aussehen detailgenau beschrieben. Rios Auftrag war es, die Gegend weiträumig abzufliegen und sämtliche Artgenossen nach dem auffälligen Flügellosen zu befragen. Genau der richtige Job für ihn. Es war zwar eher unwahrscheinlich, aber vielleicht hatten sie ja Glück, und jemand kannte Charlies Aufenthaltsort.

Tom hatte Karl-Heinz und Elke noch nie besucht. Da sie nur Volksmusik- und andere Schlagersendungen schauten, hatte es dafür auch keinen Grund gegeben, was wiederum zur Folge hatte, dass Tom fast nichts über sie wusste. Die Titelmelodie irgendeines Krimis – und sei es nur einer Vorabendserie – hatte er dort jedenfalls noch nie gehört. Und Tom kannte sie alle, diese markanten und eingängigen Ankündigungen von blutigen Kapitalverbrechen und seelischen Abgründen. Von ihnen wurde er mindestens genauso angezogen wie Vogeleltern vom Piepsen ihrer nimmersatten Küken.

Während Tom am kurzen Gras zupfte, kam langsam Leben in den Wohnwagen. Elke öffnete die Fenster, ebenso die teilbare Tür, und ließ frische Frühlingsluft hinein. Leise Schlagermusik drang zu Tom hinaus, begleitet von Elkes Stimme, die, wie Tom unschwer erkannte, keine Chance auf den Superstar hatte. Karl-Heinz kam mit gestreiftem Bademantel und Sandalen bekleidet aus dem Caravan heraus und machte sich pfeifend auf den Weg zu den Waschräumen – schräg gegenüber und nur wenige Meter entfernt. Unter seinem Arm klemmte ein Handtuch, in seiner Hand schwang ein praller Stoffbeutel. Er hatte die Gans auf seiner Wiese nicht bemerkt.

Eigentlich war hier alles ziemlich unverdächtig. Das ganz normale Camperleben. Elke bereitete das Frühstück zu, drehte das Radio etwas lauter und sang fleißig mit. *Lieb mich ein letztes Mal, es bleibt mir keine andere Wahl*, erklang ihre Stimme aus dem Caravan.

Tom ließ den Blick schweifen und schaute sich die Parzelle genau an. Alles akkurat und sauber. Der Rasen kurz, die Rosenstöcke gestutzt und in Form gebracht. Trocknende Handtücher – Fehlanzeige. So stellte sich Jupp das perfekte Wohnwagengrundstück wahrscheinlich vor.

Bist du auch morgen nicht mehr hier, etwas bleibt von dir, sang Elke und klapperte mit dem Geschirr.

Ach du dickes Gänseblümchen! Wahrscheinlich hatten Elke und Alex ein Verhältnis gehabt, schoss es Tom in den Kopf. Und Karl-Heinz – der liebe Karli – hatte seinem Rivalen skrupellos den Garaus gemacht. Aber war das plausibel? Immerhin wusste Tom aus zahlreichen Fernsehsendungen, dass ältere flügellose Weibchen normalerweise keine jüngeren Männchen hatten. Das war eher umgekehrt, und auch nur dann, wenn die Männchen für ein warmes und gut gepolstertes Nest sorgen konnten. Und er hatte Elke und Alex auch noch nie zusammen gesehen.

Gesprächsfetzen rissen ihn aus seinen Überlegungen. Kommissar Reiners ging gerade mit Luzie am Wohnwagen vorbei und schien mit ihr auf dem Weg zum provisorischen Polizeibüro im Hafenmeistergebäude zu sein.

Der weiß was Neues, sagte sich Tom. Ohne groß zu überlegen, watschelte er hinter den beiden her und beschloss, Rio die weitere Observation von Karl-Heinz und Elke zu überlassen, sobald er von seinem Rechercheflug zurück war. So wie er Rio kannte, würde er sich zuerst einmal stärken und den Bauch vollschlagen. Trocknen konnte er dann ja auch bei Karl-Heinz und Elke.

Während Tom den beiden folgte, verwarf er den Gedanken mit Elke und Alex wieder. Es schien zu absurd. Aber das Wort »Verhältnis« ging ihm nicht aus dem Kopf. Und als er Luzie betrachtete, die ein ganzes Stück vor ihm ging und sich mit dem Kommissar unterhielt, fiel ihm etwas anderes ein. Denn Elke und Alex hatte er zwar noch nie gemeinsam gesehen – dafür aber Luzie und Bernd. Und das mehrfach. Nicht, dass er sie beobachtet hätte, nein, das war eher so nebenbei geschehen. Als Gefiederter denkt man sich ja auch nichts dabei. Warum auch?

War man Gans, Schwan oder Rabe, dann blieb man beim Partner. Ein Leben lang, ohne Wenn und Aber.

War man Ente, Kormoran oder Haubentaucher, blieb man für eine Brutsaison zusammen und machte sich anschließend erneut auf Partnersuche.

Flügellose waren da allerdings etwas anders geartet. Sie gaben vor, Gänse zu sein, benahmen sich aber oft wie Enten, mehr noch – wie Erpel, die sich gleich nach einer neuen Partnerin umsahen, sobald die Ente auf dem Nest saß und zu brüten begann.

Was Flügellose so trieben, hatte Tom vor Neptunus' Tod nun wirklich nicht interessiert. Jetzt aber ließ er die Momente, in denen er Luzie und Bernd zusammen gesehen hatte, Revue passieren, und er war sich jetzt sicher, was *Magnum* dazu sagen würde: *Die tanzen keinen Hula, die beiden haben ein Verhältnis!*

Hatte Bernd seinen Nebenbuhler kurzerhand aus dem Weg geräumt? Partner waren ja sowieso nicht sein Ding. Diese Option stellte die letzten Worte von Alex allerdings in Frage. Warum hätte Alex seinen Mörder Karli oder Charlie nennen sollen, wenn es in Wirklichkeit Bernd gewesen war? Hatte das Gift seine Sinne bereits so vernebelt, dass er nicht mehr wusste, was er sagte? In jedem Fall traute Tom Bernd mittlerweile so einiges zu. Sogar einen Mord. Schließlich hatte er Bernd erlebt und wusste seit jenem denkwürdigen Telefonat, dass er mindestens schon einmal jemanden – zumindest quasi – umgebracht hatte. Einen Komplizen, ohne mit der Wimper zu zucken, für fünfzehn Jahre ins Gefängnis zu schicken und dann dort verrotten zu lassen, das war letzten Endes auch nichts anderes. Dort war man so gut wie tot. Schlimmer noch: lebendig begraben.

Ob die Ermittler das alles wussten?

Kaum waren Luzie und der Kommissar im Gebäude verschwunden, flog Tom die letzten Meter rasch hinterher. Er wollte schließlich kein Wort der Befragung versäumen. Unauffällig landete er gegen den Wind direkt unter den großen, offen stehenden Fenstern des Hafenmeistergebäudes. Tom hörte Luzie sprechen.

»Haben Sie denn nun endlich den Mörder meines Mannes gefasst?«

Tom flatterte auf die Rückenlehne einer Besucherbank und sah, wie der Kommissar sich an seinen Schreibtisch setzte. Luzie hatte bereits Platz genommen. Reiners' Kollege Peter Hump war nicht zu sehen.

»Nein, Frau Breetz. Bedauerlicherweise …«, begann Reiners, doch Luzie fiel ihm mit schneidender Stimme ins Wort.

»Dann tun Sie endlich was. Sie können doch den Mörder nicht einfach laufen lassen!« Sie war verärgert von ihrem Stuhl aufgesprungen.

»Frau Breetz, bitte setzen Sie sich wieder«, bat der Kommissar in ruhigem Ton. »Ich kann Ihre Aufregung gut verstehen – glauben Sie mir. Wir sind an der Sache dran, aber so einfach, wie Sie sich das vorstellen, ist es nicht. Wir verfolgen zahlreiche Spuren, etliche Laborproben müssen noch ausgewertet werden.« Reiners kannte die Situation sicher nur allzu gut. Selbst nach so vielen Dienstjahren, folgerte Tom, musste es für ihn immer noch schwierig sein, empörten Hinterbliebenen erklären zu müssen, dass es gar nicht so einfach war, einen Täter zu überführen, wenn er nicht gerade blutverschmiert und mit einem Messer bewaffnet über der Leiche stehend festgenommen werden konnte. Mit Routine hatte das hier nichts zu tun. »Das Einzige, was ich Ihnen bisher mit Sicherheit sagen kann, ist, dass Ihr Mann vergiftet wurde.«

Na endlich, dachte Tom und hüpfte zufrieden auf den Rasen, um an einem einsamen Grashalm zu zupfen. *Das wurde aber auch Zeit.*

Der Rasen rund um das provisorische Polizeibüro hatte inzwischen ziemlich gelitten. Schuld daran waren Toms häufige Besuche und die damit verbundenen Tarnmanöver. Spärlicher Bewuchs, etliche zum Teil kahlgezupfte Stellen und tiefe Mulden erinnerten inzwischen entfernt an einen Golfplatz und waren nun mal ein Nebenprodukt seiner kriminalistischen Arbeit. Der Campingplatz war inzwischen vollends zum Leben erwacht. Überall tat sich etwas. Auch bei bedecktem Himmel wurden Tische und Stühle auf die Wiese gerückt, oder es wurde bereits ausgelassen gefrühstückt. Ein Hund kläffte, und Tom wusste sofort, es war Dackel Balu. Jupp schwang wie jeden Morgen seinen Besen und fegte den Hauseingang. Mit jeder ausholenden Bewegung klimperte sein Schlüsselbund, den er stets am Gürtel trug. Dabei hatte er ein wachsames Auge auf Tom, den er wohl als Verursacher der geschundenen Grünfläche unter Verdacht hatte.

»Vergiftet?! Wer zum Teufel hat das getan?«, fragte Luzie entsetzt und lenkte Toms Aufmerksamkeit wieder auf das Gespräch im Büro.

»Nun, wir haben ein wenig recherchiert, wie das bei einem Mord so üblich ist. Natürlich haben wir dabei auch Ihre Lebensumstände überprüft, Frau Breetz. Was denken Sie, was wir herausgefunden haben?«

Luzie sog hörbar die Luft ein. Tom spürte ihre Nervosität. Sie rang um Worte, doch schließlich antwortete sie nur mit einem einfachen: »Keine Ahnung.«

Luzie verbarg etwas, das war keine Frage. Und Tom ahnte, welches Geheimnis sie für sich behalten wollte. *Wenn Reiners ein Fuchs war*, überlegte er und korrigierte sich ganz schnell wieder, *also, wenn in Reiners auch nur ein bisschen Nilgans steckte, dann musste er ebenfalls herausgefunden haben, was Tom bereits längst wusste.*

Es war Zeit, die Karten auf den Tisch zu legen. Und tatsächlich setzte Reiners auf den »Herz Buben«. »Dann will ich Ihnen mal ein wenig auf die Sprünge helfen. Sagt Ihnen der Name Bernd Stegner etwas?«

Hoppla, dachte Tom, *gar nicht mal so übel.* Das Team hier auf dem Platz war halbwegs auf Zack, jedenfalls besser als so manches Ermittlerpaar im Fernsehen. Jetzt wurde es aber richtig spannend, und Tom flog wieder auf die Rückenlehne der Bank, um dem Gespräch besser folgen zu können.

»Nein, sollte er das?«, antwortete sie frech und mit trotzigem Blick. Das sollte wohl ihre Überraschung verbergen.

»Einspruch!«, trompetete Tom sofort wie ein Staatsanwalt und schnatterte »Falschaussage!« gleich hinterher. Er wusste es schließlich besser.

»Ich glaube, Sie sagen Bernie zu ihm. Ist es nicht so?«, fuhr Reiners gelassen fort und zog damit eine weitere Karte aus dem Ärmel. »Er ist Ihr Geliebter und ein echt knackiges Tatmotiv, wenn Sie mich fragen.« Auch das war eine Situation, die Reiners bestimmt gut kannte. Viele Angehörige mauerten, was das Zeug hielt; und das nur, um nicht ins Visier der Polizei zu geraten. Dabei machte sie gerade das so verdächtig. »Sie brauchen gar nicht so entsetzt zu schauen, Frau Breetz. Das ist kein Geheimnis. Nicht auf einem Campingplatz wie diesem. Oder haben Sie etwa geglaubt, niemand hätte etwas von Ihrem kleinen Tête-à-Tête gewusst?« Reiners lachte amüsiert auf. Und Tom war klar, dass es das Ziel des Kommissars war, Luzie mit pikanten Details seiner Recherchen aus der Fassung zu bringen und sie so zu Äußerungen zu verleiten, die sie sonst vielleicht für sich behalten hätte. »Hier gibt es Augen und Ohren, Frau Breetz«, setzte Reiners nach, »hinter jedem Busch, jedem Strauch und jeder Gardine. Was haben Sie denn gedacht? Ihre Geschichte kursiert schon eine ganze Weile auf dem Platz und trägt zur Erheiterung beim Frühstück bei.« Ein spöttischer Unterton schwang in seiner Stimme. »Der Einzige, der anscheinend nichts von Ihrem Betrug gewusst hat, war Ihr Ehemann. Ist es nicht so?«

Mit fahrigen Handbewegungen strich sich Luzie immer wieder eine widerspenstige Haarsträhne aus dem Gesicht. Sie kämpfte mit sich. Schließlich fauchte sie: »Ja, ja, ist ja schon gut. Bernd und ich haben ein Verhältnis.«

»Na also. Hat Ihr Mann von Ihrer Beziehung gewusst? Ich glaube kaum, dass ihm das egal gewesen sein dürfte.«

Nachdem sich Luzie zu ihrem Geständnis durchgerungen hatte, wurde sie merklich ruhiger und gesprächiger. »Nein, er hat nichts gewusst«, antwortete sie bitter. »Er hätte es wissen können, Herr Kommissar, wenn er sich auch nur ein bisschen für mich interessiert hätte. Aber ich war ihm ja egal. Ich war nur Dekoration, verheiratet war er mit seiner Arbeit.«

»Es kam also, wie es kommen musste, nicht wahr? Sie haben sich einen Tröster gesucht.«

»Sparen Sie sich bitte Ihren Spott. Jeder braucht eine Schulter zum Anlehnen, jemanden zum Reden. Ich bin da keine Ausnahme.«

Tom sah Luzie wie ein Häufchen Elend auf ihrem Stuhl sitzen. Dann wanderte sein prüfender Blick zu Jupp, der mit der Reinigung des Vorplatzes fast fertig war. Nicht mehr lange und der Hafenmeister würde ihn von seinem strategisch günstigen Platz verscheuchen. Innig hoffte er auf irgendeine Ablenkung für Jupp. Etwas, dass ihn beschäftigen und von Tom fernhalten würde, denn Reiners war mit Luzie noch lange nicht fertig, das spürte er.

»Ich frage Sie jetzt geradeheraus: Warum musste Ihr Mann sterben? Warum haben Sie ihn umgebracht? Nur wegen Ihres Verhältnisses?«

»Ich? … Aber …«, stammelte Luzie, »Sie glauben

tatsächlich, ich …« Sie schüttelte heftig ihre blonden Locken. Tom konnte ihr ansehen, wie fassungslos sie über diese plötzlichen Anschuldigungen war. »Ich habe Alex doch nicht umgebracht. Ich habe nichts mit seinem Tod zu tun, das müssen Sie mir glauben. Ein Verhältnis zu haben, Herr Kommissar, das ist doch ganz was anderes als Mord. Das eine hat nichts mit dem anderen zu tun. Stellen Sie sich mal die Aktenberge auf Ihrem Schreibtisch vor, wenn jeder Ehemann, der seine Frau betrügt, sie auch noch umbringen würde.« Luzie legte eine kurze Pause ein und ließ ihre Worte wirken. Dann fuhr sie fort: »Ich soll also Alex umgebracht, genauer gesagt, vergiftet haben. Wo ist denn Ihr Beweis? Hat Ihre Spurensicherung etwas gefunden? Nein, das hat sie nicht, kann sie auch gar nicht. Weil ich's nämlich nicht war. Ich wüsste ja noch nicht einmal, wie ich an Gift rankommen könnte. Sie sind da völlig auf dem Holzweg.«

Für einen Moment schien Luzies Antwort den Kommissar zu beschäftigen. »Wenn Sie Ihren Mann nicht umgebracht haben, wer war es dann – Ihrer Meinung nach?«

»Charlie!«, kam die Antwort wie aus der Pistole geschossen. »Der steht ganz oben auf meiner Liste. Denken Sie, ich hätte mir nicht auch den Kopf darüber zerbrochen, wer Alex getötet hat? Egal, wie ich es drehe und wende, ich lande immer wieder bei Charlie. Den sollten Sie endlich mal unter die Lupe nehmen. Ich bin mir sicher, wenn einer an Gift kommt, dann er. Sie haben doch nicht vergessen, was ich Ihnen über ihn erzählt habe, oder?«

Kommissar Reiners winkte ab. »Natürlich nicht. Wir sind an ihm dran.« Weiter ließ er sich über Karl Müller nicht aus. Stattdessen blätterte er in seinen Akten, machte sich einige Notizen und schaute nach einer ganzen Weile wieder zu Luzie auf. »Eine Frage ist noch offen, Frau Breetz. Ich meine Ihr Alibi. Nach unserem Kenntnisstand haben Sie nämlich keins.« Er maß Luzie mit abschätzend kühlem Blick und ergänzte: »Und das ist gar nicht gut. Wir haben niemanden gefunden, der Ihre Angaben bestätigen kann. Keiner Ihrer Nachbarn hat Sie nach Hause kommen sehen, nicht einer hat Licht in Ihrem Caravan beobachtet. Das spricht nicht gerade für Sie, Frau Breetz. Also, wo waren Sie?«

Wieder sah Tom Luzie an, dass sie ihre Aussage genau überdachte. »Was soll's«, sagte sie schließlich. »Das mit Bernd wissen Sie ja inzwischen. Er ist mein Alibi.«

Es klopfte an der Tür, und Reiners bat Luzie, ihre Aussage für einen Moment zu unterbrechen. Auch Tom hatte das Klopfen gehört und reckte seinen langen Hals noch ein Stückchen höher als ohnehin schon. Er war dem Gespräch so intensiv gefolgt, dass er niemanden hatte kommen sehen. Peter Hump steckte seinen Haarschopf durch die Tür und flüsterte etwas zu seinem Kollegen.

Komisch, dass Tom ihn nicht bemerkt hatte. Instinktiv schaute er nun nach links und nach rechts. Von dort kam gerade Lotte schwungvoll über den Campingplatz gelaufen, zum Glück ohne ihren Hund. Die gepflegte Mittfünfzigerin war sportlich-schick, aber immer noch dunkel gekleidet. Wie Tom wusste, hatte sie gerade erst den Tod ihres Mannes überwunden und kam nur langsam wieder aus ihrem Schneckenhaus hervor. Sie steuerte geradewegs auf Jupp zu. Vielleicht war das die ersehnte Ablenkung für den Hafenmeister.

»Hallo Charlotte«, rief Jupp strahlend und hörte auf zu fegen.

Hatte der gerade *Char*lotte gesagt? Tom war schnatterlos. Dann war ja auch Lotte ein Charlie. Eine Charlotte. Dass er da nicht früher drauf gekommen war, wurmte ihn, denn er war sich sicher, dass *Magnum* dieses Namensspiel sofort aufgefallen wäre. Was hatte Lotte mit Alex zu tun, fragte er sich. Lotte und Alex – Alex und Lotte … was hatte er da übersehen? Verflixt, hätten die Bachstelzen nicht mal ordentlich nachfragen können, um welchen Karli oder Charlie es sich genau handelte?

Char-lotte, was hast du nur mit Jupp vor?, dachte Tom. *Ist er etwa dein nächstes Opfer?* Lottes Mann war im letzten Herbst verstorben, nach langer Krankheit, wie man sich erzählte. Was aber war, wenn es gar keine Krankheit gegeben hatte?

Lotte – eine Mörderin?

Je mehr Gedanken er sich über Lotte machte, umso verdächtiger wurde sie. Aber sie würde Jupp sicherlich nicht am hellichten Tag und in aller Öffentlichkeit umbringen, also nicht in den nächsten Minuten, beruhigte er sich und beschloss, erst einmal Luzies Befragung weiter zu verfolgen. Das Positive war ja, dass Jupp nun erst mal abgelenkt war.

Offenbar hatten die Kommissare soeben erst ihr Flüstergespräch beendet, denn Tom sah gerade noch, wie Humps Haarschopf verschwand, und die Bürotür wieder geschlossen wurde. Nachdem Reiners sich für die Störung entschuldigt und wieder gesetzt hatte, bat er Luzie, mit ihrer Aussage fortzufahren.

»Ich habe gerade gesagt, dass ich ein Alibi habe. Ein wasserdichtes sogar. Ich war bei Bernd Stegner.«

»Wie passend«, hielt ihr Reiners bissig entgegen. »So etwas habe ich mir schon gedacht. Der Liebste gibt ein Alibi. Wirklich reizend. Aber das ist weder neu, noch ist es originell. Und Sie haben uns vorher angelogen, Frau Breetz. Das wirft kein gutes Licht auf Sie.«

»Ich konnte Ihnen doch nicht gleich von Bernie erzählen«, jammerte Luzie. »Sie hätten mich doch sofort als Hauptverdächtige abgestempelt. Nach dem wahren Mörder hätten Sie dann doch gar nicht mehr gesucht. Aber jetzt, wo Sie es sowieso schon wissen …«

»Sie waren also nach dem Restaurantbesuch mit Bernd Stegner zusammen.«

»Genau. Ich war bei ihm. Deshalb hat mich auch niemand nach Hause kommen sehen.«

»In unserem ersten Gespräch haben Sie gesagt, Ihr Mann wollte nach dem Essen einen Spaziergang machen – alleine. Und nun sagen Sie, dass Sie, anstatt nach Hause zu gehen, zu Ihrem Geliebten gegangen sind. Sie hätten aber doch damit rechnen müssen, dass Ihr Mann kurz nach Ihnen zum Wohnwagen zurückkommt und ihn leer vorfindet. Das passt nicht, Frau Breetz. Woher haben Sie gewusst, dass Ihr Mann nicht kommen würde?«

»Ganz einfach. Das war Charlies Schuld. Natürlich habe ich mir den Abend mit Alex ganz anders vorgestellt. Wir hatten ein paar Tage dicke Luft, hatten uns gestritten, wegen irgendeiner Lappalie. Und als er dann abends froh und gutgelaunt gefragt hat, ob ich mit ihm essen gehen würde, habe ich mich riesig gefreut. Aber Charlie hat mir dann einen Strich durch die Rechnung gemacht. Kaum tauchte Charlie im Restaurant auf, war Alex wie ausgewechselt. Der schöne Abend war dahin. Ich war so enttäuscht.« Luzie hielt kurz inne, atmete einmal tief durch und fuhr mit ihrem Bericht fort. »Sie haben ja recht, Alex ging es nicht gut. Aber nach ein paar Minuten an der frischen Luft hat er sich besser gefühlt. Und von da an hat er mich gar nicht mehr beachtet. Ich wusste, was er vorhatte – er wollte in die Firma fahren. Also bin ich zu Bernd und habe nur noch gedacht: Das geschieht Alex ganz recht. Ich habe doch nicht wissen können, dass er sterben würde. Sie können sich nicht vorstellen, welche Vorwürfe ich mir seitdem mache.«

Von der aufbrausenden Luzie war nichts mehr zu merken. Sie saß in sich zusammengesunken am Schreibtisch des Kommissars und war den Tränen nahe. Nur zur Sicherheit schaute Tom in Richtung Jupp und Lotte. Die beiden unterhielten sich immer noch.

»Alex hat Tag und Nacht gearbeitet und dabei wirklich gut verdient«, fuhr sie fort. »Aber das war es nicht wert. Die Nächte, die ich vergebens auf ihn gewartet habe, kann ich gar nicht mehr zählen.« Für einen Augenblick hielt sie inne und setzte dann fast entschuldigend hinzu: »… und zum Frühstück war ich ja auch immer wieder zurück.«

»Wo wir gerade beim Thema sind: Sie wissen sicher, womit Ihr Mann sein Geld verdient hat.«

»Seine Firma ist die Breetz Im- und Export GmbH. Aber womit er sein Geld verdient hat, das weiß ich nicht so genau. Irgendwas mit Computern, glaube ich. Charlie weiß da wesentlich mehr als ich.«

»Wollen Sie mir tatsächlich weismachen, dass Sie nicht wissen, womit Ihr Mann sein Geld verdient hat?« Reiners sprach jetzt so laut, dass Luzie zusammenzuckte. »Im- und Export, Frau Breetz, heißt in Ihrem Fall Drogen. Ihr Mann war Drogendealer – polizeibekannt, das möchte ich betonen. Und das wollen Sie nicht gewusst haben?«

»Ich? Nein, das kann nicht sein! Alex hat mit diesem Dreckszeug nichts zu tun. Bestimmt nicht. Geld verdienen sei seine Sache, hat er immer zu mir gesagt. Er wollte mich nicht damit belasten.« Luzie wühlte in ihrer Handtasche und fischte ein Taschentuch heraus. »Alex und Drogen? Das glaube ich nicht.«

Tom glaubte ihr, doch Kommissar Reiners hatte sich offenbar bereits eine eigene Meinung gebildet und sich auf Luzie eingeschossen. Tom nahm es ihm nicht übel, schließlich kannte er Alex' letzte Worte nicht. Man war wirklich im Nachteil, wenn man die Sprache der Gefiederten nicht verstehen konnte.

»Aber das ist ja jetzt auch alles egal«, sagte Luzie und putzte sich die Nase. »Was auch immer mein Mann beruflich gemacht hat, ich habe ihn nicht umgebracht. Und dafür habe ich ein Alibi. Fragen Sie doch Bernd Stegner.«

»Tja, das würde ich ja gerne machen, aber das geht leider nicht.«

»Wie, das geht nicht? Wohnwagen Nummer eins, dort wohnt Bernd. Das wissen Sie doch sicher.«

»Richtig, Frau Breetz, das weiß ich.«

»Und warum fragen Sie ihn dann nicht? Alles, was ich gewollt habe, war doch nur ein bisschen Aufmerksamkeit. Bernie wird es Ihnen bestätigen.« Luzies Stimme war fast flehentlich.

»Nein, Frau Breetz, Herr Stegner wird nichts bestätigen«, hörte Tom den Kommissar sagen. Leise, fast flüsternd, fügte er hinzu: »Nicht mehr.«

»Ich verstehe nicht ...« Luzie war sichtlich irritiert.

»Mein Kollege Hump hat Herrn Stegner vor ein paar Minuten tot in seinem Wohnwagen aufgefunden.«

16

Wie immer bei einem Leichenfund mit ungeklärter Todesursache war auch hier, genau wie bei Alex Breetz, die gesamte Polizeimaschinerie in Gang gesetzt worden. Uniformierte sicherten die Fundstelle ab, SpuSi und Gerichtsmedizin waren bereits vor Ort. Für die Campingplatzbewohner war dies ein Déjà-vu-Erlebnis. Auch wenn es für sie fast wie die Wiederholung eines *Tatorts* war, reckten sie trotzdem ihre Hälse rund um das Flatterband, das um Bernds Wohnwagen gespannt war.

Die technische und die forensische Untersuchung hatten sich bereits eine Weile hingezogen und untermauerten das vorläufige Untersuchungsergebnis des Gerichtsmediziners. Doch die endgültige Todesursache würde erst nach Obduktion und Laborbefund feststehen. Erst dann würde man wissen, ob es Mord, Selbstmord oder nur ein Unfall gewesen war.

Da erschienen Kommissar Reiners und Luzie Breetz am Tatort, gefolgt von einer neugierigen Nilgans.

Nachdem Reiners Luzie über den Tod ihres Liebhabers aufgeklärt hatte, hielt sie nichts mehr in der kleinen Polizeistation. Kopflos war sie aus dem Büro gestürmt und zum Wohnwagen ihres Liebhabers gerannt, Kommissar und Gans hinterher. Der Notarzt hatte Luzie in letzter Sekunde abfangen können; Reiners hatte ihm ein Zeichen gegeben. Der Arzt würde Luzie eine Beruhigungsspritze verabreichen und anschließend dafür sorgen, dass sie nicht alleine war.

Tom war über die erneute Anwesenheit von Polizei und Spurensicherung froh, auch wenn es ein bisschen zynisch war. An einer weiteren polizeilichen Untersuchung teilnehmen zu können, das freute ihn fast noch mehr, als unverhofft auf ein großes, unbewachtes Toastbrot zu stoßen.

Er hielt Augen und Ohren offen und stand immer dort, wo er etwas in Erfahrung bringen konnte. So erfuhr er, dass Bernd Stegner, ein fünfundvierzigjähriger Metallveredler, in seinem Bett gestorben war. Offenbar an einer Gasvergiftung, denn aus einer losen Schlauchverbindung am Herd war Propangas getreten.

So etwas käme immer wieder mal vor, hörte er einen der weißen Overalls zu den beiden Kommissaren sagen. Gas sei die häufigste Todesursache unter Campern, erzählte er weiter, denn Nachlässigkeiten würden, wie auch im Fall Stegner, geradewegs mit dem Tod bestraft. Eine schlecht gewartete Gasanlage oder Heizung, geschlossene Fenster, kein Gasmelder, der Alarm schlug – und schon war man tot, ohne es zu merken. Genauso, sagte der Spurensicherer, war es Bernd Stegner ergangen.

Zu gerne hätte Tom sich den Tatort näher angesehen. Und obwohl Bernd nach der Untersuchung durch den Gerichtsmediziner bereits in einer silbrigen Box aus dem Wohnwagen getragen und abtransportiert worden war, interessierte ihn das Innere des Caravans sehr. Wann hatte er schon mal die Gelegenheit, einen Wohnwagen von innen, geschweige denn einen richtigen Tatort zu sehen? Mit sehnsüchtigen Blicken umrundete er langsam watschelnd die Polizeiabsperrung. Irgendwo musste doch ein Durchkommen sein. Doch dieses Mal schien es weitaus schwieriger zu werden, den Spurensicherern über die Schulter zu sehen. Denn einer von ihnen hatte ihn anscheinend wiedererkannt. Unmissverständlich deutete er Tom an, dass er ihm den Hals umdrehen würde, wenn er auch nur einen Plattfuß hinter sein Flatterband setzen würde.

Vorsichtshalber blieb Tom, wo er war.

Unter den vielen Schaulustigen, die nun innerhalb weniger Tage eine zweite Leiche fachmännisch begutachten wollten, machte Tom bekannte Gesichter aus. Siggi, Katharina, Karl-Heinz und Elke standen beieinander, und sogar Lotte warf einen verstohlenen Blick auf den Ort des Verbrechens.

Wo ist denn Jupp?, fragte Tom sich sofort besorgt, als er Lotte erkannte. Er suchte die Umgebung nach dem Hafenmeister ab. Schließlich sah er ihn in seinem Büro am Fenster stehen und die Polizeiaktion von dort aus beobachten. Sehr gut, er lebte also noch.

Ede war im Gespräch mit Kommissar Reiners. Langsam, wie zufällig, schlenderte Tom auf die beiden zu, denn er wollte natürlich wissen, was sie zu besprechen hatten. Ede erkannte ihn natürlich sofort und zwinkerte ihm zu. *Hallo Nili*, sollte das wohl heißen. Auch Reiners hatte ihn entdeckt, doch sein misstrauischer Blick sagte mehr, als er mit Worten hätte ausdrücken können.

»Wie ich gehört habe, haben Sie die Gasanlage bei Bernd Stegner gewartet«, sagte Reiners. »Wie ist es denn dazu gekommen?«

»Also, ich bin kein Fachmann, falls Sie das meinen. Aber ich kenne mich ein wenig aus, und das hat sich herumgesprochen«, antwortete Ede. »Ich bin gestern hier gewesen, weil Herr Stegner mich gebeten hatte, die Gasanlage seines Wohnwagens zu überprüfen. Bei ihm stand die jährliche Gasdruckprüfung an – die ist Pflicht, wissen Sie.«

Reiners nickte und gab zu, dass er auch leidenschaftlicher Camper sei. Er wusste also, wovon Ede sprach.

»Ich habe fast alle Schläuche und Verbindungen erneuert, draußen von der Flasche bis hin zum Verteiler.« Grob beschrieb Ede seine Arbeit vom Vortag.

»Ja, ja. Das haben unsere Leute gesehen. Aber warum nur bis dahin? Das kurze Stück dahinter hätten Sie doch auch noch austauschen können, oder?«, meinte Reiners.

Ede erklärte ihm, dass er das auch vorgehabt hatte, aber Bernd nicht daran interessiert gewesen sei, weil er das selbst hatte machen wollen.

»Er hat das abgelehnt, selbst als ich ihm vorgeschlagen habe, nur mal kurz einen Blick auf die restlichen Verbindungen zu werfen – wegen der Sicherheit und so. Aber er hat nur gemeint, er hätte jetzt keine Zeit mehr und außerdem würde er genug vom Gas verstehen, um den Rest selbst machen zu können. Ich denke, er hat sich da wohl etwas überschätzt. Mit Gas ist nicht zu spaßen und mehr als ihn auf die Gefahren hinzuweisen, kann ich wirklich nicht.« Ede zuckte entschuldigend mit den Schultern. »Was sollte ich machen? Er wollte nicht, und zwingen konnte ich ihn auch nicht.«

»Gibt es dafür Zeugen?«

»Jemand, der bestätigen kann, dass Bernd den Rest selbst machen wollte? Na klar, Karl, also Karl-Heinz. Da drüben, sehen Sie, das ist er.« Ede deutete auf eine Gruppe Camper, die ganz in der Nähe standen und den Spurensuchern zusahen. »Karl-Heinz hat ein bisschen Werbung für mich gemacht, nachdem ich seine Heizung repariert habe. Und bei Bernd hat er mir ein wenig über die Schulter geschaut, damit er in Zukunft seine Heizung selbst reparieren kann. Er will nicht immer auf andere angewiesen sein – wegen seiner Frau. Die friert immer.«

»Oh, das kann ich gut verstehen. Meine auch«, antwortete Reiners. Das Gespräch glich weniger einer Befragung als einer Unterhaltung unter Gleichgesinnten, die wussten, wovon sie sprachen. »Haben Sie auch am Herd gearbeitet?«

»Nein, ich habe doch gesagt, nur bis zum Verteiler. Am Herd war ich nicht. Nur das, was neu ist, habe ich gemacht.«

Reiners nickte und notierte Edes Aussage. »Kommen Sie bitte morgen zu mir ins Büro. Das ist im Hafenmeistergebäude. Dann können Sie das Protokoll unterschreiben – und mir vielleicht noch ein paar Fragen beantworten.«

»Noch mehr Fragen?« Ede horchte auf.

Reiners nickte. »Ich habe selbst Probleme mit meiner Heizung.«

»Ach so«, lachte Ede. »Natürlich – fragen Sie nur.«

Damit war Ede entlassen, und der Kommissar steuerte auf seinen nächsten Zeugen zu. Karl-Heinz. Selbstverständlich ging Tom mit – aber nicht, ohne sich zu vergewissern, dass Jupp noch in seinem Büro am Fenster stand.

Karl-Heinz war die Gemütlichkeit in Person und nahm seine Aussage wichtig. »Ja, stimmt. Ich habe zusammen mit Ede nach der Gasanlage geschaut.«

»Erzählen Sie mal, was haben Sie da genau gemacht?«

Karl-Heinz rief sich den vorangegangenen Tag ins Gedächtnis und versuchte, sich offenbar so genau wie möglich zu erinnern. Dann machte er ein ernstes Gesicht. »So gegen zehn Uhr waren Ede und ich bei Bernd und haben erst einmal das ganze Material ausgeladen. Ede hatte zwei große Eimer dabei. Dann haben wir die

Dichtigkeit des Systems überprüft. Ich meine, Ede hat das gemacht. Er hat die Gasflasche aufgedreht und sämtliche Schläuche und Übergangsstücke mit einem Spray eingesprüht. Überall dort, wo es geblubbert hat, war es undicht. Und es hat geblubbert, das kann ich Ihnen sagen.«

Dann bestätigte Karl-Heinz im Großen und Ganzen Edes Version des Reparaturablaufes. Er bezeugte den Austausch sämtlicher Teile zwischen Gasflasche und Verteiler genauso wie Edes Aussage, dass Bernd die restlichen Arbeiten selbst ausführen wollte.

»Der hat so getan, als wollte Ede nur Zeit schinden. Aber das stimmte nicht. Der Ede, der weiß genau, was er macht. Glauben Sie mir.« Karl-Heinz schüttelte den Kopf und zwirbelte verlegen an seinem Schnauzer. »Doch der Bernd, das war ein Ignorant. Ede hat seine Arbeit gut gemacht. Zum Schluss ist er mit ihm noch einmal alles durchgegangen, hat mit ihm zusammen in den Gasflaschenkasten vorne auf der Deichsel gesehen und ihm unter dem Wohnwagen ein paar Beschädigungen gezeigt, die ihm bei seiner Überprüfung aufgefallen sind. Also, ich finde, er war mehr als gründlich. Und dieser Wohnwagen hatte es dringend nötig.«

»Wie kommen Sie denn darauf?«, hakte Reiners interessiert nach.

»Bernd war ja noch nicht so lange Camper. Ein blutiger Anfänger, wenn Sie mich fragen. Soweit ich weiß, hat er den Wohnwagen erst letzten Sommer übernommen. Die Vorbesitzer waren schon älter und haben nicht mehr viel daran gemacht. Ich meine in punkto Instandhaltung und so.«

Reiners nickte. »Und nach der Reparatur?«

»Bernd hatte noch einen wichtigen Termin und ständig sein Handy am Ohr. Er war froh, als wir endlich zusammengepackt haben und gegangen sind. Das konnte man ihm deutlich ansehen. Ich habe Ede noch mit dem Werkzeug geholfen und bin dann gleich zu meiner Elke. Der war es sowieso nicht recht, dass ich mit Ede so lange bei Bernd war.«

Reiners hatte diese Aussage ebenfalls in seinem Block festgehalten und bat nun auch Karl-Heinz, am nächsten Tag zu ihm zu kommen und das Protokoll zu unterschreiben. Die wichtigsten Befragungen waren beendet, und Toms Magen meldete sich. Wieder einmal merkte er, wie hungrig Ermittlungsarbeit machen konnte. Ede hatte seine Aussage ja schon gemacht und war nicht mehr unter den Schaulustigen zu sehen. Deshalb beschloss er, ihn zu besuchen. Sicherlich saß er schon auf einem Klappstuhl vor seinem Wagen und futterte etwas Köstliches zu Mittag. Das wollte Tom sich auf keinen Fall entgehen lassen.

Sein Blick ging noch einmal zum Hafenmeisterbüro. Jupp stand noch immer am Fenster und beobachtete das Treiben. Lotte hatte er schon vor geraumer Zeit zu ihrem Caravan gehen sehen. Gefahr für Jupp bestand also nicht.

»Na, Nili, da bist du ja endlich. Ich habe dich schon viel früher erwartet. Du musst doch mindestens so hungrig sein wie ich, stimmt's?«, begrüßte Ede seinen Freund. Er hatte den Fernseher auf die Wiese gestellt und den Tisch samt Stühlen an einen sonnigen, aber windgeschützten Ort gerückt. Die Zutaten für ein karges Mahl lagen wahllos auf dem Tisch: etwas Brot, Margarine, Käse und ein halber Trockenkuchen, das war Edes Mittagessen.

»Und ob. Her mit dem Futter – egal, was es ist! Hauptsache, es ist reichlich«, schnatterte Tom vergnügt.

Während Ede zu einem Stück Trockenkuchen griff und es in Stücke brach, ging Tom der aufregende Vormittag nicht aus dem Kopf. Zuerst die kurze Observierung von Elke, dann Luzies Verhör, anschließend die Nachricht von Bernds Tod und dann noch die Vernehmung von Ede und Karl-Heinz. Wieder ein Tag, der es in sich gehabt hatte – und er war noch nicht zu Ende.

»Hier, greif zu, Nili. Ein kleines Stückchen Kuchen gefällig?«, fragte Ede und hielt ihm den Kuchen hin. Dabei entdeckte Tom erstmals drei kleine schwarze Punkte zwischen seinem Daumen und Zeigefinger, die ihm bisher nicht aufgefallen waren.

Mit gesundem Appetit packte er das dargebotene Stück. Edes Trockenkuchen waren immer etwas Besonderes und gar nicht so trocken, wie der Name es vermuten ließ. Doch auf diesem Stückchen kaute er nur zweimal herum und spuckte es anschließend voller Abscheu im hohen Bogen wieder aus. Es ekelte ihn fürchterlich und sein Magen rebellierte. Pfui, was war das denn? Warum schmeckte der Kuchen heute so eigenartig? Er schmeckte ja wie … Neptunus und Tiger gerochen hatten! Tom spuckte immer noch aufgeregt um sich und schüttelte sich heftig. Dieser Kuchen schmeckte eindeutig nach Tod. Angewidert krächzte und würgte er, bis auch das letzte Krümelchen aus seinem Schnabel verschwunden war.

Gleichzeitig überschlugen sich die Fragen in seinem Kopf. War der Kuchen etwa vergiftet? War etwa Ede der gesuchte Giftmischer vom Campingplatz?

»Aber Nili, was machst du denn da? Spuckst den guten Kuchen wieder aus. Jetzt habe ich all die Krümel auf dem Rasen.« Ede schüttelte den Kopf, seufzte und sah Tom so nachsichtig an, wie man nur einen jungen Welpen ansehen kann, wenn er gerade wieder einmal sein Geschäft im Haus gemacht hat. »Hast so etwas wohl noch nie probiert, was? Den habe ich erst gestern gekauft. Das ist eine ganz neue Geschmacksrichtung. Mal was anderes als immer nur Marmorkuchen, habe ich mir gedacht. Der ist mit Marzipan. Aber auch wenn er ein bisschen wie nach Bittermandeln schmeckt – glaub mir, Zyankali ist da nicht drin.«

Zyankali …?

Tom horchte auf und schluckte schwer. So also roch und schmeckte Zyankali. Von diesem Gift hatte er schon gehört. Bei *CSI*. Doch wie es roch, wusste er natürlich nicht.

Zyankali, das also hatte Neptunus, Tiger und auch Alex umgebracht.

Wieder und wieder kreiste das Wort durch Toms Kopf.

Zy-an-kali … Und plötzlich ging ihm ein Licht auf. Also diese Bachstelzen – als Zeugen konnte man die glatt vergessen. Jetzt musste er mit seinen Ermittlungen wieder von vorne anfangen. Denn alles, was Karli oder Charlie hieß, ganz gleich ob männlich oder weiblich, war mit einem Streich zwar nicht aus dem Schneider, aber zumindest nicht mehr dringend tatverdächtig. Denn Alex hatte nicht seinen Mörder erkannt, sondern die Mordwaffe.

Er hatte nicht *»Zieh an, Karli«* gesagt, sondern *»Zy-an-kali«*.

17

Die Aussage der Bachstelzen hatte so glaubhaft geklungen – und hatte sich letztendlich nur als Ente entpuppt. Eine Falschmeldung, die Tom viel Zeit und Energie gekostet hatte.

Ich muss noch aufmerksamer sein und auch Zeugenaussagen noch besser hinterfragen, ermahnte er sich selbst und wunderte sich, zu welchen Verdächtigungen er fähig war. Auf der Basis der neuen Erkenntnisse überdachte er die Bewertung seiner Verdächtigen und stufte Karl-Heinz von *»dringend tatverdächtig«* auf *»höchstwahrscheinlich harmlos«* herab. Seine Observation strich er kurzerhand. Lottes Gefährlichkeit reduzierte er von *»dritter Mord in Planung«* auf *»vermutlich unschuldig«* und war froh, nun nicht mehr ständig nachsehen zu müssen, ob Jupp noch lebte oder wo dieser kläffende Dackel sich gerade herumtrieb. Aber trotz allem: Ganz von seiner Liste streichen wollte er die beiden noch nicht.

Sogar Ohrring-Charlie war im Moment nicht mehr ganz so tatverdächtig. Oder etwa doch? Zum ersten Mal bemerkte Tom eine weitere typische Ermittlerkrankheit an sich: Misstrauen. Waren Zweifel und Argwohn erst einmal aufgekommen, konnte man sich davon noch schlechter befreien als von verklapptem Altöl im Gefieder. Auch wenn Charlies Name kein Indiz mehr war, so war er doch derjenige, dem Tom den Mord an Alex zutraute – mehr als allen anderen. Und so, wie der aussah, wusste er auch an Zyankali zu kommen. Nichts sprach dafür, seinen Status *»dringend tatverdächtig«* herabzustufen. Auch wenn er vom Typ her eher ein Haudrauf als ein Giftmischer war.

Über all dies wollte Tom noch einmal in Ruhe nachdenken. Fernab von Marzipankuchen und Verdächtigen stand er daher auf dem Dach des Sanitärhauses. Zusammen mit einigen dösenden Möwen hatte er von dort oben eine gute Sicht auf das Polizeibüro und Bernd Stegners Wohnwagen. Auch wenn er nachdenken musste, verpassen wollte er deshalb noch lange nichts.

Während er in Gedanken eine Situationsanalyse durchführte, endete schräg unter ihm auf Parzelle eins gerade sein zweiter Reality-Tatort. Die Spezialisten des Erkennungsdienstes packten ihre Koffer und füllten sie mit unzähligen Beweismitteln. Ihre Arbeit war getan, der Wohnwagen verschlossen und gegen unbefugtes Betreten versiegelt. Der diensthabende Mediziner hatte bereits vor einiger Zeit zusammen mit Bernd Stegners Körper den Campingplatz in Richtung »Gerichtsmedizinisches Institut« verlassen. Die letzten Schaulustigen zerstreuten sich, als uniformierte Polizisten das Absperrband wieder zusammenrollten. In ein paar Minuten würden nur noch die zertretenen Gänseblümchen und Grashalme von der Anwesenheit vieler Flügelloser auf dieser Parzelle zeugen. Und in ein paar Stunden käme niemand mehr auf die Idee, dass dies einmal der Fundort einer Leiche gewesen war.

»Was starrst du denn für Löcher in die Luft, Tom? Hörst du mir überhaupt zu?« Rio stand neben Tom und riss ihn unsanft aus seinen Überlegungen.

»Rio?« Tom war noch ganz in Gedanken versunken und wunderte sich. »Was machst du denn hier? Du bist schon wieder zurück?«

»Charlie ist im Anmarsch«, meldete Rio knapp. »Ich habe ihn gefunden.«

»Wirklich? Wie das denn?«

Ziemlich ausführlich schilderte Rio seine anstrengende Suche nach Charlie. Unermüdlich hatte er Artgenossen nach dem auffälligen Flügellosen befragt. Doch niemand hatte ihn gesehen, nicht einer war interessiert – schließlich war Brutzeit und man hatte anderes zu tun. »Aber dann bin ich auf meinem Rückflug neben einer dieser stinkenden Kisten geflogen, die die Flügellosen benutzen, wenn sie irgendwo hin wollen. Und? Was meinst du, wen ich darin erkannt habe?! Genau, Charlie. Gleich wird er hier sein.«

Und tatsächlich. Kaum hatte Rio den Satz beendet, fuhr ein Streifenwagen auf den Parkplatz.

»Na, was habe ich gesagt? Da ist er.« Stolz schwang in Rios Stimme. Auftrag ausgeführt. »Dann kann ich ja jetzt endlich nachtanken. Mein Antrieb braucht dringend frischen Kraftstoff. Ich habe solchen Hunger, ich könnte den ganzen See leer fressen!« Schon alleine der Gedanke an frischen Fisch ließ ihn laut schmatzen.

»Rio, einen Moment noch, da wäre noch eine Kleinigkeit, die du für mich erledigen könntest«, hielt Tom seinen Freund zurück. Auch wenn Karl-Heinz nicht mehr observiert werden musste, Kandidaten für eine Langzeitbeobachtung gab es genug, und Tom war, bevor er von Rio aus seiner Grübelei gerissen wurde, ein Gedanke gekommen. Daher bat er Rio, sein Gefieder bei Jupp zu trocknen und ihn dabei nicht aus den Augen zu lassen. Denn Jupp hatte Alex kurz vor seinem Tod besucht und er hatte mit Bernd Stegner überaus heftig gestritten – und dessen Todesursache stand noch nicht fest. Es war schon komisch: Eben noch hatte Tom sich Sorgen um Jupps Wohlbefinden gemacht, nun war der Hafenmeister selbst verdächtig.

Kaum war Rio davongeflogen, wurde Charlie von vier Uniformierten vom Parkplatz hinüber zum Hafenmeistergebäude geleitet. Wieder trug er Hut und Mantel. Noch bevor die Flügellosen den Eingang erreichten, hatte Tom sich bereits vom Dach gestürzt und war mit zwei, drei festen Flügelschlägen und anschließendem Segelflug lautlos vor den offenen Fenstern der Polizeistation gelandet. Er beobachtete neugierig das Geschehen im Büro und hörte, wie Kommissar Reiners sich und seinen Kollegen Hump vorstellte und Charlie anschließend über seine Rechte aufklärte.

»Es war gar nicht so einfach, Sie ausfindig zu machen, Herr Müller. Freunde nennen Sie Charlie, nicht wahr?«, begann Kommissar Reiners die Vernehmung seines Verdächtigen. »Also, Charlie, wir haben Sie heute hierhergebeten …«

»*Gebeten* ist ja wohl das falsche Wort, *vorgeführt* haben Sie mich, wie einen Verbrecher«, knurrte Charlie. Er saß, wie Luzie wenige Stunden zuvor, an der Kopfseite von Reiners' Schreibtisch. Hut und Mantel hingen ordentlich an einem Garderobenständer. »Geradezu entführt haben Sie mich. Was sollte denn das, gleich mit der halben Trachtengruppe aufzumarschieren?«

»Nun regen Sie sich mal nicht so auf. Wir wollten nur sichergehen, dass Sie unserer Einladung auch folgen«, parierte Hump Charlies Entrüstung. »Es geht um Ihren Freund Alex Breetz.«

»Er ist tot. Das habe ich jedenfalls so gehört.«

»Da haben Sie richtig gehört, und wir fragen uns nun, ob Sie Ihre Finger da mit im Spiel hatten.« Für einen Moment schaute Hump zum Fenster hinaus und blickte Tom direkt in die Augen. »Hey Konny, deine Gans ist wieder da«, spottete er. »Entweder wartet die auf dein Essen oder die spioniert tatsächlich.«

Tom fühlte sich ertappt. Schnell zog er seinen langen Hals wieder ein, den er wie ein neugierig spionierendes U-Boot-Periskop ausgefahren hatte. Auf keinen Fall wollte er unter Lauschverdacht geraten. Stattdessen tat er wieder mal so, als gäbe es nichts Interessanteres als die spärlichen Grashalme vor sich. Dabei stellte er fest, dass Jupp anscheinend weniger Groll gegen ihn hegte, als er ursprünglich angenommen hatte. Denn überall dort, wo Tom sich zumeist aufhielt und deshalb nur noch blanker Boden zum Vorschein kam, hatte Jupp ihm Nachschub hingelegt. Einen dichten Teppich aus köstlichen Grassamen. Ausgerechnet von Jupp Unterstützung bei seiner kriminalistischen Arbeit zu erhalten, hatte Tom nun wirklich nicht erwartet. Doch dann kam ihm die Erleuchtung. Das war keine gute Tat, das war Berechnung, das war Bestechung. Ahnte Jupp bereits, dass er in seinen Ermittlungsfokus geraten war, dass Tom bereits Rio auf ihn angesetzt hatte? Tom wusste, nur wer etwas zu verbergen hatte, griff zu einem Mittel wie Bestechung. Das war außerordentlich verdächtig und gab Tom die Gewissheit, mit Jupp den richtigen Riecher gehabt zu haben.

»Ich habe mit Alex' Tod nichts zu tun«, riss Charlie Tom aus seinen Gedanken.

»Sie geben also zu, Alex Breetz gekannt zu haben«, fragte Hump, der die Leitung des Verhörs übernommen hatte.

»Ja, sicher habe ich ihn gekannt. Das habe ich auch nie abgestritten.« Selbstsicher und leger saß der Glatzkopf auf seinem Stuhl. Als Verdächtiger in einem Mordfall vernommen zu werden machte ihm anscheinend nichts aus. Er war ein ganz anderes Kaliber als Luzie, die bei ihrer Vernehmung so zerbrechlich gewirkt hatte.

»Dann kennen Sie bestimmt auch seine Firma, die Breetz Im- und Export GmbH.«

»Klar, die kenne ich auch. Er hat schließlich für uns gearbeitet.«

»Mit ›uns‹ meinen Sie sicher den Arzneimittelhersteller SartoPharm. Sie arbeiten da als Sicherheitsberater?«

»Genau. Wir stellen Vitamine und Schönheitspillen her, und Herr Breetz hat sie ausgeliefert.«

»Schönheitspillen? Heißen die jetzt so?«, spöttelte Hump. »Unser Drogendezernat kennt da aber ganz andere Namen für die kleinen bunten Pillen. ›Adam‹ und ›Eva‹ zum Beispiel, besser bekannt als ›Ecstasy‹.«

»Aber, Herr Kommissar, nicht doch. Mit Drogen hat der Professor nichts zu tun«, sagte Charlie in ruhigem Ton. Entweder war er ein wirklich guter Lügner oder er sagte die Wahrheit.

»Sie spielen auf Professor Sartoris an, den Geschäftsführer, richtig?« Als Karl Müller mit seinem schweren Schädel nickte, fuhr Hump fort: »Wir haben unsere Hausaufgaben gemacht, Charlie. Die Vitamine und all die anderen Pillen, die sind doch nur Fassade. Ihr Professor stellt in seinem Labor große Mengen von synthetischen Drogen her, und Alex Breetz hat sie verteilt. *Das* ist das Geschäft Ihres Professors! Von wegen Gesundheit!« Humps Ton hatte sich verschärft, und ohne

Charlie zu Wort kommen zu lassen, warf er weitere Ermittlungsergebnisse in den Ring. »Wie wir aus gesicherter Quelle wissen, ist Breetz mit der Bezahlung der letzten Lieferung in Rückstand geraten. So, und jetzt kommen Sie ins Spiel, Charlie. Denn Sie sind für den reibungslosen Ablauf verantwortlich und nicht gerade zimperlich, wie man sich erzählt – und plötzlich ist Alex Breetz tot.«

»Das ist ja wieder mal typisch«, brauste Charlie auf. »Nur, weil ich nicht aussehe wie Sie, bin ich gleich ein Mörder. Sie müssen dringend etwas gegen Ihre Vorurteile tun.«

»Dann helfen Sie uns. Überzeugen Sie uns vom Gegenteil, Charlie. Was haben Sie auf dem Campingplatz gemacht? Für mehr Sicherheit wollten Sie hier doch nicht sorgen, oder?«

»Sie haben ja recht. Ich habe Alex ein bisschen Druck gemacht – aber ich habe ihn nicht angerührt, Ehrenwort. Als ich ging, war er noch putzmunter.«

»Sie waren einer der Letzten, der Alex Breetz lebend gesehen hat …«

Noch bevor Hump seinen Satz zu Ende sprechen konnte, hatte Charlie ihn schon unterbrochen. »Sie sagten *einer* der Letzten. Nicht ich, sondern sein Mörder war der Letzte, der ihn lebend gesehen hat. Ich hatte doch gar keinen Grund, ihn umzubringen.«

»Und ob Sie den hatten. Sie hatten sogar zwei gute Gründe. Einen geschäftlichen, denn Sie sollten ein

Exempel statuieren. Zur Abschreckung. Alle sollten sehen, was passiert, wenn man versucht, den Professor über den Tisch zu ziehen – ist es nicht so? Außerdem hatten Sie noch einen persönlichen Grund. Zeugen haben beobachtet, wie Sie heftig mit Breetz' Ehefrau geflirtet haben. Sie wollten Luzie Breetz für sich gewinnen und haben ihren Mann dafür über die Klinge springen lassen.«

»Wo haben Sie das denn her? Die Luzie und ich? Ich gebe ja zu, die Luzie, das ist schon eine Nette, aber nichts für mich. Die hat doch was mit diesem Metaller, wissen Sie das denn nicht?«

»Natürlich wissen wir das, was denken Sie? Ich bin mir sicher, Sie waren eifersüchtig. Zuerst haben Sie den Ehemann aus dem Weg geräumt und dann gleich noch den Liebhaber hinterher. Und nun ist sie frei, Ihre Traumfrau.«

»O Mann«, stöhnte Charlie laut vernehmlich und verdrehte die Augen. »Sie gucken eindeutig zu viele Liebesfilme. Dass Alex tot ist, das habe ich ja gehört, aber dass Luzies Lover jetzt auch über die Wupper gegangen ist, das ist mir neu.«

»Tun Sie doch nicht so, Charlie. Sie haben beide Morde eiskalt geplant. Und das werden wir Ihnen auch noch beweisen. Sie fahren ein, Charlie! Der Haftrichter wartet schon auf Sie.«

»Halt, stopp, Herr Kommissar, nicht so eilig. Ich war das nicht, ehrlich. Ich hatte gar keinen Grund die beiden umzubringen. Warum sollte ich ausgerechnet Luzies Liebhaber töten? Ich hätte doch keine Garantie gehabt, dass Luzie und ich … Und warum hätte ich Alex was antun sollen? Der hat doch gezahlt.«

»Alex Breetz hat gezahlt? Erzählen Sie mal.« Jetzt mischte sich auch Reiners ein.

»Meine Güte, da gibt es nicht viel zu erzählen. Und was Sie und Ihr Drogendezernat da vermuten, das ist vollkommener Unsinn. Professor Sartoris ist ein netter, freundlicher, älterer Herr. Er hat nur seine Forschung im Kopf und nichts mit Drogen zu tun, glauben Sie mir. Und weil er so ein netter Mensch ist, hat er Alex finanziell ein wenig unter die Arme gegriffen. Aber, was soll ich sagen, Alex war ein Windhund. Er hat die Großzügigkeit des Professors ausgenutzt und ist mit der Rückzahlung in Verzug geraten. Und weil der Professor zart besaitet ist, hat er mich gefragt, ob ich mich nicht mal um die Sache kümmern könnte. Na klar, habe ich gesagt, das mache ich. Also bin ich zum Campingplatz und habe Alex besucht. Das wissen Sie ja bereits. Ich habe kurz mit ihm gesprochen und bin dann wieder gegangen. Als ich weg bin, war Alex quicklebendig. Die Luzie kann das bestätigen.«

Charlie unterbrach für einen Moment und wartete anscheinend auf Fragen der Kommissare, doch Hump knurrte nur: »Und weiter?«

»Kaum war ich auf dem Heimweg, da hat Alex mich schon angerufen und gesagt, dass er das Geld hätte und sich mit mir treffen wolle. Ich bin also wieder ein Stück zurück. Wir haben uns an einem Parkplatz für Jogger an der Landstraße getroffen. Alex hat schon gewartet. Als er mich kommen sah, ist er aus seinem Wagen gestiegen und hat mir einen Briefumschlag durchs Seitenfenster gesteckt. Ich habe gleich nachgezählt und siehe da, fast der komplette Betrag. Den Rest wollte er in ein paar Tagen bezahlen. So war das, und nicht anders. Ich habe ihn nicht angefasst, das müssen Sie mir glauben. Warum hätte ich ihm noch was antun sollen? Man schlachtet doch nicht die Gans, die die Eier legt, oder?«

Tom wurde mulmig zumute. Gans? Schlachten? Hoffentlich kannte Charlie den Unterschied zwischen Gantern und Gänsen nicht. Einmal mehr war er froh, dass alle Nilgänse gleich aussahen.

»Sie haben sich also mit einem Teilbetrag begnügt?«, fragte Reiners.

»Ja, es hat ja auch nicht mehr allzu viel gefehlt. Aber trotzdem bin ich dann später noch einmal zu Alex ins Restaurant. Er war einfach zu gut drauf, als er mir den Umschlag gab. Ich kannte Alex, er hätte den Professor wieder hängenlassen. Und aus dem Grund habe ich ihn einfach wissen lassen, dass er noch nicht vom Haken ist. Aber ich habe ihn nicht angerührt. Ehrenwort. Die Luzie war dabei, die kann das bestätigen. Sie sehen also, ich hatte alles im Griff. Es gab keinen Grund, ihn umzubringen.«

»Kann jemand Ihre Aussage bestätigen? Hat jemand die Geldübergabe beobachtet?«, hakte Hump nach.

»Glauben Sie wirklich, ich brauche Zuschauer, wenn ich Geld in Empfang nehme?«, antwortete Charlie leicht belustigt.

»Das heißt also ›Nein‹. Charlie, Charlie, das war wirklich eine nette Geschichte, die Sie uns da aufgetischt haben. Aber für eine Märchenstunde sind wir schon zu alt. Glauben Sie wirklich, im Drogendezernat arbeiten nur Pfeifen? Wenn Ihr Professor unter dem Verdacht steht, Drogen herzustellen, dann ist da auch was dran«, verteidigte Hump seine Kollegen.

Reiners stand währenddessen auf, öffnete die Bürotür und rief nach den Uniformierten, die Charlie zum Verhör gebracht hatten. »Ich erkläre Ihnen hiermit die vorläufige Festnahme, Herr Müller«, wandte er sich schließlich an den erstaunten Charlie. »Sie stehen unter dringendem Tatverdacht, Alex Breetz und auch Bernd Stegner umgebracht zu haben.«

»Damit habe ich nichts zu tun. Ich bin doch kein Mörder!« Charlie sprang von seinem Stuhl auf. »Das können Sie doch nicht machen!«

»Und ob wir das machen können. Und sollte sich wider Erwarten herausstellen, dass Sie die beiden nicht umgebracht haben, finden wir bestimmt etwas anderes, um Sie wegzusperren.«

Tom fuhr seinen Periskophals so hoch er nur konnte aus und hielt sich sogar flatternd auf Zehenspitzen, um seine erste richtige Festnahme in allen Details verfolgen zu können.

»Sie sind verhaftet«, sagte Reiners fast feierlich. Dann rasteten die Handschellen ein. Mit spürbarer Genugtuung setzte Hump ein »Los, abführen. Der Haftrichter wartet nicht gerne« hinterher.

Die Kommissare hatten sich also für den offensichtlichen Verdächtigen entschieden, den auch Tom bislang favorisiert hatte. Charlie, ein Mann, der aufgrund seines Aussehens in jedem Fernsehkrimi sofort einen Mörder hätte spielen können – auf den ersten Blick war er tatsächlich schuldiger als schuldig. Aber nun, nachdem Tom den grobschlächtigen Flügellosen zum zweiten Mal erlebt hatte, kamen ihm leise Zweifel. Sicher, Charlie war der Mann fürs Grobe, aber war er auch ein raffinierter Mörder? Einer, der sowohl Mordwaffe als auch Mordart wechselte, um von sich abzulenken? Tom hatte diesen Gedanken ja auch schon zuvor gehabt: Das Töten mit Zyankali oder Gas passte einfach nicht zu Charlie. Und ganz gleich, ob Charlie nun Drogengeld oder Schulden eingetrieben hatte, falls Alex tatsächlich bezahlt haben sollte, wäre kein dringliches Mordmotiv mehr vorhanden gewesen, Luzie hin oder her.

Tom war sich sicher: Alex' und damit auch Neptunus' Mörder lief noch immer frei herum – und tarnte seine mörderische Fratze hinter einem ganz normalen Durchschnittsgesicht.

18

Festgenommen und in Handschellen abgeführt, rauschte Charlie in Gesellschaft des exekutiven Escortservice auf und davon. Der Erkennungsdienst wartete auf ihn. Üblicherweise wurden hier Finger- und Handflächenabdrücke genommen, Fotos von vorne, der Seite und halbschräg gemacht und darüber hinaus eine nicht unbeträchtliche Datensammlung, wie Alter, Größe, Gewicht und besondere Kennzeichen, wie Narben oder Tätowierungen erhoben.

Für Tom jedoch war mit dieser voreiligen Festnahme der Fall längst nicht aufgeklärt. Aus diesem Grund stand er noch immer vor den Fenstern des kleinen Polizeibüros und beobachtete die Kommissare. Wenn Charlie ihr einziger Verdächtiger blieb, brauchten sie wirklich jede Unterstützung, die sie bekommen konnten. Je kompetenter, je besser – und was für ein Glück, dass er gerade in fast der gleichen Angelegenheit ermittelte.

»So, diesen Charlie hätten wir erst einmal beschäftigt«, sagte Reiners und lehnte sich zufrieden in seinem Bürostuhl zurück. »Ich bin neugierig, was die Kollegen sonst noch alles über ihn herausfinden. Der hat bestimmt noch mehr auf dem Kerbholz.« Er verschränkte lässig die Arme hinter dem Kopf. »Tja, das war's dann wohl. Der Fall Breetz ist abgeschlossen. Eigentlich schade, meinst du nicht auch? Ich war wirklich gerne hier auf dem Campingplatz – viel lieber als in unserem Kommissariat in der Stadt.«

Peter Hump, der alles andere war als ein begeisterter Camper, schüttelte den Kopf. »Tut mir leid, Konny, aber ich sehe das etwas anders. Mir ist das alles zu einfach, zu glatt. Du hast recht: Charlie benimmt sich verdächtig, er ist nicht sympathisch und hat ein Gesicht, das ohne Worte auskommt. Aber ist er deshalb auch ein Mörder? Nur weil er aussieht, wie er aussieht?«

In Tom keimte Hoffnung auf. Dieser junge Kommissar war auf dem richtigen Weg. Und Toms Bauch sagte ihm ganz klar: Charlie war nicht ihr Mann. Charlie war niemand, der sich mit aufwendigen Vorbereitungen aufhielt – denn nur sie garantierten einen erfolgreichen Giftanschlag. Charlie, davon war Tom überzeugt, war eher der spontane Typ, einer, der eine Diskussion mit den Fäusten beendete. Wenn ihm etwas nicht passte, fackelte er nicht lange, sondern langte hin. Dass sich Charlie vor seinem Besuch bei Alex noch die Mühe gemacht haben sollte, Gift zu beschaffen, konnte Tom sich ganz und gar nicht vorstellen. Mit Gift konnte man ja noch nicht einmal drohen – damit konnte man nur Tatsachen schaffen.

»Willst du jetzt mit mir über sein Aussehen diskutieren?«, fragte Reiners und stellte mit seinem Tonfall klar, dass er kein großes Interesse an einer Aussprache hatte. »Peter, ich weiß natürlich auch nicht hundertprozentig, ob er es gewesen ist. Aber er ist der Einzige *mit* Motiv, *ohne* Alibi *und* genügend krimineller Energie. Das ist auch der Grund, weshalb er und niemand anders jetzt beim Haftrichter ist. Wir werden sehen, ob er in U-Haft kommt oder ob sie ihn wieder laufen lassen. Aber rein nach Aktenlage konnten wir gar nicht anders handeln.«

»Das ist ja richtig«, räumte Hump ein. »Wäre unser Opfer erschossen oder erschlagen worden – Charlie wäre meine erste Wahl. Aber Gift? Das passt irgendwie nicht zu ihm.«

Tom nickte zustimmend. Dieser Hump war für einen Flügellosen ganz schön auf Zack.

»Wer soll es denn sonst gewesen sein?«

»Was ist denn mit diesem Hafenmeister?«

»Wie kommst du denn jetzt auf den?« Reiners schien irritiert.

»Ich war doch noch einmal auf dem Campingplatz, um die restlichen Camper zu befragen. Hinter vorgehaltener Hand findet man es seltsam, dass er sich so ein teures Boot leisten kann. Außerdem scheint er nicht so ruhig und friedlich zu sein, wie man es auf den ersten Blick meinen könnte. Er hatte des Öfteren lautstarke Meinungsverschiedenheiten mit Bernd Stegner, die letzte sogar noch am Tag seines Todes.«

»Das sagst du erst jetzt? Worum ging es denn da?«,

fragte Reiners, richtete sich in seinem Stuhl wieder auf und straffte seinen Körper.

»Um das Übliche. Rasen nicht gemäht, Pacht nicht bezahlt. Es muss ziemlich hoch hergegangen sein, etlichen Nachbarn klingeln heute noch die Ohren. Das muss sogar so weit gegangen sein, dass der Hafenmeister ihm gedroht hat: *Ich lasse mir nicht mehr auf der Nase herumtanzen, ich werde andere Saiten aufziehen, mir wird schon etwas einfallen.* Er muss geschimpft haben wie ein Rohrspatz.«

»Hatte er denn auch mit Breetz Differenzen?« Nun war Reiners' Neugier erst richtig entfacht.

»Man hat die beiden zusammen gesehen. Mehrfach, aber nicht streitend. Eher konspirativ, so als hätten sie etwas zu verbergen.«

»Das hättest du mir aber wirklich früher sagen können«, monierte Reiners nicht zu Unrecht.

»Hätte es was genützt?«, meinte Hump und zuckte dabei entschuldigend mit den Achseln. »Es sind ja bisher auch nur Vermutungen. Ich habe einfach nicht genug in der Hand – sorry.«

»Ich denke, mit Charlie liegen wir gar nicht mal so falsch. Er hat einfach alles, was ein Problembeseitiger braucht«, rechtfertigte Reiners die Festnahme. »Aber du hast recht, den Hafenmeister sollten wir uns auf jeden Fall mal etwas näher ansehen. Nicht dass unser Selbstmörder Stegner nachher doch noch umgebracht worden ist.«

»Ich kümmere mich darum, Konny. Und was gibt es bei dir Neues? Hast du schon Infos von der SpuSi? Die müssten ihre Berichte doch eigentlich fertig haben.«

Mit knappen Worten fasste Reiners seine Informationen zum Fall Alex Breetz zusammen. Er hatte, kurz bevor Charlie zum Verhör eingetroffen war, mit Alfred Ritter vom Erkennungsdienst gesprochen und dabei erfahren, dass es weder in Breetz' Wohnwagen noch im Container irgendwelche verwertbaren Spuren gegeben hatte. Auch der Tipp des Gerichtsmediziners, nach Gift zu suchen, hatte nichts ergeben. Da aber auch fehlende Spuren Hinweise waren, ging man beim Erkennungsdienst deshalb von Mord aus. Ein Müllcontainer als Fundort wäre bei einem Selbstmord genauso ungewöhnlich wie das Fehlen eines Giftgefäßes. Bei einem mittel bis schnell wirkenden Gift hätte ein Behältnis mit Restspuren in der Nähe der Leiche gefunden werden müssen – hatte man aber nicht. Einzig der im Wohnwagen aufgefundene Chip konnte ausgewertet werden. Er enthielt ein gutes Dutzend dunkler, verschwommener Fotos, die laut Ritter nachts aufgenommen worden sein mussten.

»Er mailt uns gleich die Dateien«, erklärte Reiners und setzte seinen Kollegen darüber in Kenntnis, dass es in der Rechtsmedizin einen Autopsiestau gegeben hatte und sich die Obduktionsberichte von Breetz und Stegner noch verzögern würden. »Uns fehlen so viele Informationen, und trotzdem hat Staatsanwalt Neuner angerufen und Druck gemacht. Er will den Fall abschließen und braucht belastbare Ergebnisse. Stell dir vor, er wollte sogar selbst hierherkommen, um uns auf Trab zu bringen.«

»Ein Glück, dass der jetzt erst einmal mit Charlie beschäftigt ist«, winkte Hump entnervt ab. »Den könnten wir hier überhaupt nicht gebrauchen. Ich kenne ihn. Er hat ein Boot und redet von nichts anderem. Wenn der hier auftaucht und den Hafen sieht, werden wir den nicht mehr los.«

Leise Klingeltöne des Computers verrieten den Kommissaren den Eingang von E-Mails. Alfred Ritter hatte offenbar die Fotos rübergeschickt.

Aus dem Gespräch zwischen Hump und Reiners erfuhr Tom, dass die lang ersehnten Fotos auf dem Bildschirm, wie angekündigt, sehr dunkel und unscharf waren. »Ich drucke die Fotos mal aus, vielleicht können wir dann mehr erkennen«, sagte Reiners und tippte sogleich den passenden Befehl in die Tastatur. Während der alte Tintendrucker bei jeder Zeile schlürfend nach Flüssigkeit lechzte und sich langsam von einem Pixel zum anderen quälte, schaute er die übrigen Mails durch und gab auch diese Informationen in Kurzform weiter. Die Spurensicherung hatte endlich das Untersuchungsergebnis im Fall Stegner geschickt. Es gab keinen Hinweis auf Fremdverschulden. Sämtliche Fenster waren von innen verschlossen gewesen, ebenso die Wohnwagentür. Das machte eine Einwirkung von außen schier unmöglich. Ohne dem Autopsieergebnis vorgreifen zu wollen, wurde der Tod des Opfers als selbstverschuldeter Unfall eingestuft.

War Jupp jetzt aus dem Schneider, oder war er als langjähriger Hafenmeister ein Fachmann im Umgang mit Gas? Konnte er töten, ohne dass die Spurensicherung es merkte? Tom dachte nach. Es schien ja tatsächlich alles für einen Unfall zu sprechen.

»Die Autopsieberichte fehlen noch immer, und der arme Drucker tut sein Bestes. Was hältst du von einer kleinen Pause, Konny?«

»Gute Idee, gehen wir im Hafenrestaurant was essen. Dann können wir auch gleich die Kellnerin befragen. Die war gestern krank, sie soll aber wieder gesund sein und müsste ihre Schicht gerade begonnen haben.«

Nicht nur Reiners und Hump verbanden das Angenehme gerne mit dem Nützlichen, sondern auch Tom. Was für *Magnum* die Rettung schöner Frauen aus den Fängen von Bösewichten war, war für ihn die Aussicht auf Köstlichkeiten während seiner Ermittlungen. Obwohl – ein schönes Weibchen hätte er auch gerne befreit. So eines wie Optima, das sich in Sollux' Fängen befand. Tom wurde schwer ums Herz. An Optima zu denken bedeutete immer noch Sehnsucht bis in die kleinste Daune.

Die beiden Männer hatten sich erhoben und waren zur Tür gegangen. Kurz bevor die Bürotür von Reiners hinter ihnen geschlossen wurde, warf ein heftiger Luftzug den Fensterflügel auf und wirbelte etliche Papiere und Akten durcheinander. Tom schraubte den Hals in die Höhe. Das Fenster auf, die Papiere verstreut und die Kommissare unterwegs – das alles sah doch wie eine Einladung aus. Vielleicht gelang es ihm ja, einen Blick auf die ausgedruckten Fotos zu erhaschen, denn die interessierten ihn schon sehr. Als er Reiners mit langen Schritten auf das Sanitärgebäude zugehen und Hump langsam und gemächlich Richtung Restaurant schlendern sah, war ihm klar, dass sich die Befragung der Kellnerin auf Grund einer vollen Blase verzögern würde. Er kontrollierte rasch, ob die Luft rein war, flatterte ein paarmal mit den Flügeln und landete zielsicher auf dem Fensterbrett. Von dort beäugte er das Chaos im Inneren. Notizzettel, leere Blätter und Akten, allesamt vom Tisch auf den Boden geweht. Genauso wie die bereits ausgedruckten Fotos, die nichts mehr im Druckerschacht gehalten hatte.

Mit einem kleinen Hüpfer sprang er vom Fensterbrett und watschelte zwischen Schreibtischen und Bürostühlen über einen Papierteppich auf die ersten Fotoausdrucke zu. Was Alex wohl fotografiert hatte? Vielleicht gab es auf den Fotos ja sogar einen Hinweis auf seinen Mörder zu entdecken. Irgendeinen Grund musste Alex schließlich gehabt haben, den Chip so gut zu verstecken. War Alex etwa wegen dieser Fotos umgebracht worden? Oder hatte er jemanden damit erpresst? Möglicherweise hatte er von dem Banküberfall erfahren und Bernd die Daumenschrauben anlegen wollen. Doch so jemand wie Bernd ließ sich nicht so einfach erpressen. Sicher hatte er den Spieß umgedreht und stattdessen Alex in die Müllkiste springen lassen. Doch kaum hatte Tom diesen Gedanken ausgedacht, rief er sich schnell wieder zur Ordnung. Schon einmal hatte er sich zu wilden Verdächtigungen hinreißen lassen und sich anschließend sehr über sich wundern müssen.

Die Qualität der Fotos war in der Tat mehr als schlecht. Schwarzbraun die Grundfarbe, schemenhaft die Umrisse, dazu einige wenige helle Punkte. Ein Foto lag verkehrt herum, und Tom drehte es mit dem Schnabel auf die richtige Seite. Auch darauf war nichts zu erkennen – aber halt, stopp: War das da nicht die Bunkerstation am Hafen, wo der Treibstoff für die Boote gelagert wurde? Ja, das sah ganz danach aus, schließlich kannte Tom die Hafengegend des Campingplatzes wie kein Zweiter. Und hier, da waren die Umrisse eines Flügellosen mit Schirmmütze zu erkennen. Irgendwie kam ihm diese Silhouette bekannt vor. Und dieser helle Punkt da in Hüfthöhe – das musste reflektiertes Licht sein. Licht reflektiert von Metall. Metall wie bei einem Schlüssel oder einem Schlüsselbund, so wie Jupp ihn immer am Gürtel trug. Aber natürlich, dieser Schatten dort, das war Jupp!

Plötzlich hörte er Stimmen von draußen. Die kamen doch jetzt nicht etwa zurück?! Sofort raus hier. Mit einem kurzen Flügelschlag flog er auf die Fensterbank und von dort mit ausgebreiteten Schwingen davon. Er hatte zwar nicht alles gesehen, was er sehen wollte, aber doch mehr, als er erhofft hatte.

Die Stimmen entpuppten sich als Fehlalarm. Sie gehörten zwei Campern, die lautstark über die letzten Fußballergebnisse aus der Champions League fachsimpelten, wie Tom im Vorbeifliegen bemerkte.

Egal, jetzt nur schnell zum Hafenrestaurant.

Sanft landete Tom im Wasser vor der Restaurantterrasse, wo die Kommissare gerade Platz genommen hatten.

»Guten Tag, meine Herren, was darf ich Ihnen bringen?«, hörte er die Kellnerin fragen, die stilecht als Matrose in blauer Dreiviertel-Hose und weißem Hemd mit gestreiftem Kragen ihren Dienst tat. Obwohl sie attraktiv war und ein gewinnendes Lächeln hatte, wirkte sie ein wenig angeschlagen und übermüdet. Anscheinend hatte sie sich von ihrer Erkrankung noch nicht vollständig erholt.

»Sie heißen Anna Berg, nicht wahr? Wir haben einige Fragen an Sie. Wenn Sie also etwas Zeit für uns hätten …«, sagte Kommissar Reiners, hielt ihr seinen Dienstausweis entgegen und stellte sich und seinen Kollegen vor.

Die junge Frau nickte erstaunt und ihre kinnlangen dunklen Haare wippten im Takt dazu. »Ja sicher. Worum geht es?«

Tom paddelte direkt unterhalb der ins Wasser gebauten Terrasse und brachte sein Gefieder routinemäßig in Ordnung. Während er Hump und Reiners nicht aus den Ohren ließ, ließ er ein Paar, dem gerade erst Suppe und Brot serviert worden war, nicht aus den Augen und schnatterte ein paar höfliche Worte in ihre Richtung. Er wusste aus Erfahrung, dass Flügellose erst freundlich angeschnattert werden wollten, bevor sie ihr Brot mit ihm teilten. Und siehe da, seine Worte zeigten Wirkung. Kleingerupfte Brotkrusten flogen über das Rohrgeländer der Terrasse direkt auf ihn zu und landeten im Wasser. Mit kräftigen Paddelstößen und ausgestrecktem Hals näherte er sich rasch den Köstlichkeiten, bevor es jemand anders tat, denn einige Enten hatten sich vom schilfigen Ufer aus schon auf den Weg gemacht. Er packte seine Beute hastig mit dem Schnabel, tunkte sie noch einmal ordentlich ins Wasser und schluckte die breiige Masse mit wohligem Gegrunze. Gab es noch etwas Köstlicheres als Edes Toastbrot, dann war es matschiges Brot, das sich mühelos schlucken ließ und kühl und sanft seinen langen Hals hinunterrutschte.

»Natürlich ist mir der Mann aufgefallen, was denken Sie?«, antwortete Anna Berg, nachdem Reiners ihr sein Anliegen erklärt hatte. »Der war ja nun wirklich nicht zu übersehen.«

»Kommen Sie, setzen Sie sich zu uns und erzählen Sie mal, wie das an diesem Sonntagabend gewesen ist.«

»Ich kam gerade mit zwei Tellern aus der Küche, da stand er breitbeinig und mit Hut am Tisch des Ehepaares Breetz und hat sich mit Alex unterhalten«, sagte Anna, nachdem sie sich zu den Kommissaren an den Tisch gesetzt hatte.

»Haben Sie von dem Gespräch etwas verstehen können?«

»Aber nein.« Die junge Frau schüttelte den Kopf. »Ich hatte ja zu tun. Ich habe nur gesehen, dass Alex, ich meine natürlich Herr Breetz, plötzlich am Tisch gesessen hat, als ob er einen Besenstil verschluckt hätte. Stocksteif. Ich glaube sogar, er war auch ein bisschen blass um die Nase. Also, wenn Sie mich fragen, hat ihm dieser Besuch ganz und gar nicht behagt.«

»Alex Breetz ging es nicht gut?«, hakte Reiners interessiert nach.

»Alles an diesem Abend sah nach einem Versöhnungsessen aus. Sie wissen schon, gegrillte Gambas an feinem Blattspinat, dazu Kartoffelröstis, eine gute Flasche Wein, Kerzenschein. Zum Abschluss gab's noch unser Hausdessert, Vanillecreme mit Amarettosahne. Sie haben sich angeregt miteinander unterhalten, haben sich tief in die Augen geschaut und Händchen gehalten. Aber dann kam dieser Mann und hat ihnen den ganzen schönen Abend verdorben, besonders Alex.«

»Was ist dann geschehen?«

»Ich weiß es nicht. Mir war nicht gut, und ich ging kurz nach draußen. Als ich wieder reinkam, war dieser Mensch schon fort. Alex war der Besuch ganz offensichtlich ziemlich auf den Magen geschlagen. Frau Breetz hat sofort bezahlt, und dann sind sie gegangen.«

»Haben Sie keinen Arzt gerufen?«

»Frau Breetz hat sich rührend um Alex gekümmert, ihn gestützt. Es sah nicht so aus, als ob er einen Arzt gebraucht hätte. Er hat sich verabschiedet und gemeint, alles, was er jetzt brauchen würde, wäre ein bisschen frische Luft. Komisch war, dass ich seine Frau dann später noch mal alleine gesehen habe.«

»Wann denn genau?«

»Das muss so gegen dreiundzwanzig Uhr gewesen sein, vielleicht auch zehn Minuten früher, mir war immer noch nicht gut, deshalb war ich wieder draußen. Und da habe ich sie über den Campingplatz laufen sehen. Sie ist direkt auf Bernd Stegners Wohnwagen zugegangen und hat geklopft. Bernd hat den Kopf rausgestreckt und sie reingelassen. Da habe ich mich ehrlich gesagt gefragt, ob zwischen den beiden etwas läuft. Das war doch schon ziemlich spät für einen normalen Besuch.«

»Ihre Vermutung war richtig. Die beiden hatten ein Verhältnis.«

»Dann ist Bernd also deshalb hier herumgeschlichen …«

»Wie jetzt? Sie haben Bernd Stegner auch hier herumschleichen sehen?«, fragten die Kommissare beinahe gleichzeitig.

»Ja, das war, als dieser Besucher bei Alex und seiner Frau am Tisch stand und ich draußen vor der Tür war. Obwohl es dunkel war, habe ich Bernd trotzdem erkannt.« Für einen Moment unterbrach Anna ihre Aussage und atmete einige Male tief durch. »Bis zu seinem Tod war er oft Gast hier, müssen Sie wissen. Ich habe ihn ziemlich gut gekannt und schon mal das eine oder andere Wort mit ihm gewechselt. Deshalb habe ich auch gleich gewusst, wer da um das Restaurant geschlichen ist und seine Nase am Fenster platt gedrückt hat. Zuerst habe ich gedacht, er hat diesen Kleiderschrank mit Golddeko beobachtet, aber jetzt denke ich, dass er Alex' Frau im Auge hatte.«

»Sie meinen also, Bernd Stegner war eifersüchtig und hat Luzie Breetz beobachtet? Wann genau war das?«

»Ich weiß nicht, wie lange Bernd schon um das Restaurant geschlichen ist. Er ist mir ja erst aufgefallen, als ich draußen war. Das war so gegen zweiundzwanzig Uhr fünfzehn. Ich bin kurz darauf wieder rein und habe ihn dann nicht mehr am Fenster gesehen.«

Weil er sich aus dem Staub gemacht hat und dabei fast mit dem ebenfalls davoneilenden Charlie zusammengestoßen wäre, ergänzte Tom in Gedanken Annas Aussage. So hatte der Riffler jedenfalls die Situation beschrieben.

»Sie haben Herrn Breetz vorhin mehrfach beim Vornamen genannt. Sie haben ihn näher gekannt, nicht wahr?«, wechselte Reiners unvermittelt das Thema. Anna Berg erstarrte, die Frage schien ihr nicht zu behagen. »Nun? Wollen Sie mir darauf keine Antwort geben?«, fragte Reiners, der ihre Körpersprache offenbar sofort verstanden hatte.

»Ja, stimmt. Ich habe ihn näher gekannt«, gab sie schließlich zu. »Wir hatten eine Affäre. Sechs, acht Wochen lang. Aber dann hat Alex Schluss gemacht. Wollte seine Ehe nicht aufs Spiel setzen …«

»Und wie lange ist das nun schon her? Sie sind wohl noch nicht über die Trennung hinweg?«

»Das ist jetzt ein halbes Jahr her – aber glauben Sie mir, dieser Affäre trauere ich nicht hinterher. Sie war kurz und leidenschaftslos, also nichts, was Zukunft gehabt hätte.«

»Das sagen Sie jetzt! Nehmen wir doch nur mal an, es war mehr als eine kühle Affäre und Breetz hat Ihnen den Himmel auf Erden versprochen. Und dann … sehen Sie ihn am Sonntagabend bei einem Versöhnungsessen mit seiner Frau. Das hat Sie so rasend eifersüchtig gemacht, dass Sie beschließen, ihm eins auszuwischen. Der Kerl hat es ja schließlich nicht besser verdient. Kurzum: Sie bringen ihn um.«

»Kommissar Reiners, Sie haben eine blühende Phantasie.« Trotz der ungeheuren Anschuldigung blieb die Kellnerin völlig ruhig. »Alex, das war ein Windhund. Ich habe vorher gewusst, auf wen ich mich da einlasse, glauben Sie mir. Der ist immer wieder zu seiner Frau zurückgekrochen, das habe ich oft genug beobachtet. Wenn ich jemanden hätte umbringen müssen, dann doch wohl eher seine Frau, oder etwa nicht?«

Tom nickte. Dieser Aussage konnte er absolut beipflichten, denn dieses Verhalten kannte er aus zahlreichen Krimis.

»Wer sagt uns denn, dass Sie diesen Groll nicht schon ein halbes Jahr mit sich herumgetragen haben und jetzt, nach all dieser Zeit, sehen Sie diese traute Zweisamkeit und – peng – platzt Ihnen der Kragen. Haben Sie ein Alibi für Sonntagabend, sagen wir zwischen zweiundzwanzig Uhr und null Uhr?«

Nein, dachte Tom. Der Kommissar ist schon wieder auf dem Holzweg. Giftmorde werden von langer Hand vorbereitet. Gift hat man nicht einfach mal so – peng – im Schrank stehen.

»Natürlich. Ich habe ja gearbeitet. Die letzten Gäste sind gegen dreiundzwanzig Uhr gegangen. Dann haben mein Freund und ich den Gastraum und die Küche aufgeräumt und sind anschließend nach Hause gefahren.«

»Ihr Freund? Wer ist das?«

»Das ist der Michi, also richtig heißt er Michael Landmann. Er ist hier der Pächter und Koch.«

»Weiß Herr Landmann von Alex Breetz und Ihnen?«

»Ja sicher. Er war damals schon mein Chef und hat mich vor ihm gewarnt. Er hat es gut mit mir gemeint, aber ich habe mich trotzdem mit Alex eingelassen. Als dann alles aus war, hat Michi mich getröstet. Darüber sind wir uns nähergekommen. Aber falls Sie nun meinen, Michi oder ich hätten deshalb einen Grund gehabt, Alex umzubringen, täuschen Sie sich.« Mit einer Hand fuhr sie zärtlich über ihren noch flachen Bauch. »Mir ist so oft schlecht, weil ich im dritten Monat bin. Das Kind, das ich erwarte, ist von Michi. Wir wollen zusammenbleiben, eine kleine Familie gründen und uns hier mit dem Restaurant etwas aufbauen.«

»Sie haben doch nichts dagegen, wenn ich Ihrem Freund ein paar Fragen stelle?« Das war mehr rhetorisch gemeint und verlangte nicht nach Annas Zustimmung. Schon war Hump aufgestanden und in das Restaurant hineingegangen. Wenig später sah Tom ihn wieder zurückkommen und hörte ihn erklären, dass Landmann Annas Angaben voll und ganz bestätigt hatte.

»Vielen Dank für Ihre Mithilfe, Frau Berg. Bitte entschuldigen Sie unsere Fragen, aber wir müssen in einem Mordfall nach allen Seiten ermitteln.«

»Das ist schon in Ordnung. Haben Sie noch Fragen, oder darf ich Ihnen die Karte bringen. Michi kocht wirklich gut.«

»Was empfehlen Sie uns denn?«, fragte Reiners, dem anscheinend schon das Wasser im Munde zusammenlief.

Auch Tom bekam sofort Hunger. Schon seit einer halben Ewigkeit waren keine Brothäppchen mehr zu ihm ins Wasser geflogen. Das Pärchen hatte den Rest gemeinerweise alleine verdrückt.

»Hey, Tom. Redest du nicht mehr mit mir?«, sprach ihn eine klickende Stimme an, als er sich gerade für den Abflug bereitmachen wollte. Sein nächstes Ziel sollte Edes Wohnwagen sein, und er freute sich schon auf jede Menge Toastbrot und Nachrichten aus aller Welt.

»Oh, Barkas, du bist es«, antwortete er dem Blässhuhn und faltete die Flügel wieder auf dem Rücken zusammen. »Tut mir leid, ich habe dich gar nicht gesehen. Ich bin sehr in Eile.« Ede wartete sicher schon auf ihn und Petra auch, oder Barbara, je nachdem. Und jetzt hielt ihn ausgerechnet Barkas auf, den konnte Tom nun wirklich nicht gebrauchen. Sich mit ihm auf ein Gespräch einzulassen würde endloses Gepiepse bedeuten, darin war Barkas wirklich einsame Spitze. Mit ein paar hingeworfenen Worten hatte der sich noch nie zufriedengegeben.

»Nun komm schon, Klick-Klick, ich hab doch nur eine Frage«, sagte Barkas prompt und blickte Tom listig von der Seite an. »Oder redest du nicht mehr mit uns, jetzt wo du dich dauernd bei den Flügellosen aufhältst?«

Tom schüttelte sich. Das war ja wieder mal typisch Barkas. »Ich habe wirklich keine Zeit, ich … ich muss ermitteln. Von alleine findet sich Neptunus' Mörder nämlich nicht.« Von seinem Termin bei Ede sagte er vorsichtshalber nichts.

»Hätte ja sein können, dass du den Mörder schon hast. Danach wollte ich ohnehin fragen.«

»So schnell geht das nun auch wieder nicht«, antwortete Tom leicht gereizt und dachte gleichzeitig: *Guano! Jetzt hat er es doch geschafft, mich in ein Gespräch zu verwickeln. heute-Nachrichten ade! Ede wird sich bestimmt wundern, wo ich bleibe.*

»Du musst doch wenigstens eine Vermutung haben, wer Neptunus umgebracht haben könnte.«

»Also, es war definitiv ein Flügelloser. Allerdings weiß ich noch nicht, welcher. Das herauszufinden ist nämlich ganz schön knifflig. Einerseits tun die Flügellosen alle ziemlich unverdächtig, andererseits hat jeder irgendwelches Aas unterm Nest.«

»Die Flügellosen«, meinte Barkas angeekelt. »Ich habe gehört, die bringen sogar ihre eigenen Artgenossen um. Kannst du dir so was vorstellen, Klick-Klick?«

»Ein Flügelloser war es? Bist du dir sicher?«, fragte unvermittelt eine sonore Stimme vom Ufer herüber.

Tom suchte mit den Augen die dicht bewachsene Böschung ab und entdeckte zu seiner Überraschung den alten Veha. Gut getarnt und unbeweglich stand er im Gestrüpp am seichten Ufer und wartete auf ein Kiementier. Und etwas weiter bemerkte Tom Vri Jon, als dieser sich für einen kurzen Moment bewegte. *O-oh, Vri Jon ist wieder auf der Jagd. Jetzt nur nichts falsch machen und irgendwelche Fische verscheuchen*, dachte Tom mit mulmigem Gefühl an ihre letzte Begegnung zurück. Hinzu kam, dass er jetzt Rede und Antwort stehen musste. Barkas hätte er ja vielleicht noch irgendwie abwimmeln können, aber Neptunus' Angehörige? Natürlich hatten die ein Recht darauf, den aktuellen Ergebnisstand zu erfahren.

»Ja, da bin ich mir sicher«, sagte er schließlich. »Nach dem jetzigen Stand der Ermittlungen war Neptunus einfach zum falschen Zeitpunkt am falschen Ort. Er ist in einen Konflikt zwischen Flügellosen geraten. Ihr habt bestimmt von diesen Vorgängen auf dem Campingplatz gehört, schließlich hat es dort zwei Tote gegeben. Mindestens einer von ihnen ist ermordet worden. Mit Gift. Und Neptunus hat ebenfalls von diesem Gift gefressen.«

»Gift gefressen?«, flötete plötzlich ein zartes Stimmchen neben ihm. »Wie furchtbar.« Aus Tausenden von Stimmen hätte er ihr betörendes Gurren herausgehört.

Optima.

Knapp neben ihm aufgetaucht, schwamm sie auf ihn zu und reckte ihren schlanken Hals neugierig in seine Richtung. Was für wunderschöne, dunkelrote Augen sie hatte! Ihre Anziehungskraft war größer als ein Straußenei in einem Kuckucksnest. Tom versuchte, sich zusammenzureißen. Doch das war schwierig beim Anblick seiner ersten, großen Liebe, zumal die Hormone in diesem Frühjahr unaufhaltsam aus ihm einen richtigen Ganter machten. *Wenn dieser Sollux nicht wäre*, fuhr es ihm durch den Kopf, ja dann hätte er vielleicht eine Chance auf gemeinsame Küken mit ihr. *Ob sie bei mir bleiben würde, in kalten wie in warmen Tagen? Ob sie ein Nest mit mir bauen würde?* Tom plusterte und bürstete sich, strich sein Gefieder mit Hals und Schnabel auf und stieß einen weithin hörbaren Triumphschrei aus. Das tat er instinktiv, er hätte es nicht verhindern können. Doch Optima antwortete seinem Balzruf nicht, sie blieb stumm, hatte kein Interesse. Dafür reckten einige junge Gänse in der Nähe interessiert ihre langen Hälse. Das hörte sich doch vielversprechend an, sehr vielversprechend.

»Ja, du hast richtig gehört, Neptunus ist vergiftet worden«, antwortete Tom ihr rasch. Schnell, bevor sich wieder ein Kloß in seinem Hals bilden konnte, schwang er sich mit einem kleinen Hüpfer in die Luft. Er hatte wieder eine Abfuhr bekommen und das saß tief. Es war ihm gleich, was die Reiher und Barkas nun von ihm dachten, er wollte nur fort und auf keinen Fall noch einmal in Optimas Gegenwart ins Stottern geraten. Da machte er sich lieber davon. Außerdem wollte er nicht erst bei Ede erscheinen, wenn Gunther Tiersch bereits wetterte.

19

Tom war spät dran. So schnell er konnte, flog er zu seinem TV-Termin. Ede dachte sicher, er würde nicht mehr kommen. Das wäre das erste Mal, seit sie ihre gemeinsamen Nachrichten-Abende begonnen hatten. Ob er Ede verständlich machen konnte, warum er sich so verspätet hatte?

Der Stapel Toastbrot wartete noch auf ihn. Auf Ede war Verlass. Neben dem Fernseher türmte sich sein Abendessen auf und verströmte ein Aroma mit absolut fesselnder Wirkung. Schon von weitem hatte ihn der Duft eingefangen und ließ ihn präzise landen. Ede hatte seine übliche Arbeitskleidung gegen eine abgenutzte Jogginghose und ein weites Sweatshirt ausgetauscht und saß schon in seinem Campingstuhl. Die Flasche Nachrichtenbier in der Hand drehte er sich zu Tom um, als er ihn kommen hörte.

»Hallo, mein Freund, da bist du ja endlich«, hieß er Tom willkommen. »Ich habe dich schon vermisst. Aber dann habe ich dein Zischen gehört.« Ede war einer der wenigen Flügellosen, die sich die Mühe machten, auf Kleinigkeiten wie Gänsestimmen zu achten. Tom rechnete ihm hoch an, dass er ihn nicht mit seinen größeren Verwandten in einen Topf warf. Die zischten nämlich nicht harmonisch, sondern tröteten wild und unkontrolliert wie unmusikalische Blaskapellen an verstimmten Instrumenten.

Gans war schließlich nicht gleich Gans.

Nachdem Tom es sich auf seinem Stuhl bequem gemacht hatte, griff Ede zum Toastbrot und zerpflückte die ersten Scheiben. »Die Nachrichten sind zwar schon vorbei, aber dein Brot sollst du trotzdem haben. Hier, Nili, für dich«, sagte er und hielt Tom eine Weißbrotflocke entgegen. »Kuchen brauche ich dir wohl nicht mehr anzubieten.«

»Stimmt, davon habe ich die Schnabelbohne voll«, antwortete Tom. Instinktiv schüttelte er sich. Allein die Erinnerung an Edes Zyankalikuchen und die Giftopfer ließ seinen Hals anschwellen und sein Hinterteil nervös wackeln.

»Ruhig, mein Freund, ruhig. Es ist alles in Ordnung. Du erinnerst dich an den Bittermandelgeschmack, nicht wahr?« Ede deutete Toms Reaktion richtig, ohne ihn wirklich verstanden zu haben. Eigenartigerweise fiel ihm gar nicht auf, dass Tom auf seine Frage prompt und richtig reagiert hatte.

Kaum hatte Tom die furchtbaren Gedanken abgeschüttelt und sich wieder auf das Fernsehprogramm konzentriert, hörte er, wie sich schwatzende Stimmen näherten. Karl-Heinz und Elke kamen zu Besuch, bewaffnet mit Rotwein, Toastbrot und einem Kartenspiel.

»Hallo Ede«, sagte Karl-Heinz. »Wir haben dich hier

alleine sitzen sehen und uns gedacht, wir leisten dir heute Abend Gesellschaft. Also, natürlich nur, wenn's recht ist.« Tom konnte es Karl-Heinz und Elke ansehen, dass sie doch ein bisschen Zweifel hatten, ob ihr gutgemeinter Überfall tatsächlich willkommen war.

»Das ist aber nett.« Für einen Moment schien Ede überrumpelt. Hinter seinem dichten Bart war ihm nicht anzusehen, ob ihm diese Art Invasion wirklich recht war. Natürlich erhielt er hin und wieder Besuch. Tom war oft genug dabei gewesen. Doch diese Besuche waren in der Regel kurz und mit Fragen zu Campingheizungen oder anderen Reparaturarbeiten verbunden. Noch nie war jemand bei Ede aufgetaucht, der es ganz offensichtlich auf eine längere Belagerung abgesehen hatte.

»Du spielst doch Karten? Rommé, Canasta? Wir haben alles für einen gemütlichen Abend mitgebracht«, meldete sich Elke zu Wort und hielt Ede schüchtern Kartenspiel und Wein entgegen.

Tom hoffte inständig, dass Elke mit »gemütlich« nicht auch »singen« gemeint hatte.

»Karten spielen?«, fragte Ede immer noch verwundert. »Ja, dann hole ich mal Tisch und Stühle.«

Während sich Ede mit Karl-Heinz im Schlepptau zum Wohnwagen aufmachte, knisterte Elke mit der Toastbrotverpackung. Ihr Mitbringsel war Tom natürlich nicht entgangen. Er spekulierte schon darauf.

»Na, meine Kleine. Sieh mal – ich habe dir auch was mitgebracht.«

Meine Kleine? Bin ich eine Gans, oder was? Diese Flügellosen hatten so was von keine Ahnung! Warum dachten die Flügellosen-Weibchen eigentlich immer, dass er eine Gans war? Doch großzügig wie er war, überging Tom Elkes Fauxpas. Ihrem Toastbrot sei Dank.

»Sag mal, Ede, ist die Gans ausgehungert? Die packt ja zu, als ob sie seit Wochen nichts mehr zu fressen bekommen hätte. Die grapscht sogar nach meinen Fingern!«

»Ich sehe, du hast dich schon mit Nili bekannt gemacht«, sagte Ede, der gerade zurückkam. »Nein, ausgehungert ist Nili nicht – er ist *immer* kurz vor dem Verhungern. Selbst wenn er bald platzen müsste, würde er denken, dass noch etwas in ihn hineinpasst.«

»Ich und verfressen?! Was ist denn schon ein Toastbrot für einen ausgewachsenen Ganter? Wenn ihr immer nur Wasserlinsen und Algen futtern müsstet, würdet ihr auch alles an Brot nehmen, was ihr kriegen könnt«, bemerkte Tom schnatternd und schüttelte über so viel flügelloses Unverständnis den Kopf.

Karl-Heinz und Ede waren mit zwei Stühlen und einem Klapptisch zurückgekehrt und hatten rasch einen Platz zum Kartenspielen hergerichtet. Kurz darauf saß man in kleiner Runde um den Tisch. Das Kartenblatt wurde ausgeteilt, der Rotwein in Gläser gefüllt und angestoßen.

»Auf einen schönen Abend«, meinte Elke und strahlte über das ganze Gesicht.

Tom saß nach wie vor auf seinem Stuhl und ließ die

Runde nicht aus den Augen – obwohl Gunther Tierschs Wetterbericht bereits seit einiger Zeit beendet war. Er dachte gar nicht daran, zu gehen. Nicht dieses Mal, denn schließlich hatte Elke immer noch ein paar Scheiben Toast in ihrer Tüte und die sollten nicht an die Möwen gehen.

»Das war ja eine Aufregung an Bernds Wohnwagen heute Morgen. Gestern waren wir noch bei ihm, und jetzt ist er tot«, eröffnete Karl-Heinz das Gespräch, noch während er die Karten auf seiner Hand sortierte. Man hatte sich auf Rommé geeinigt.

»Ja, so schnell kann das gehen«, antwortete Ede lapidar mit einem Kopfnicken. »Gestern noch hier und heute schon dort.«

»Der hatte ein Verhältnis mit der Luzie, dieser hübschen Blonden, hast du das gewusst, Ede? Aber was frage ich? Natürlich hast du das gewusst. Jeder hier hat das gewusst.« Elke war gut informiert und machte keinen Hehl daraus.

»Um so etwas kümmere ich mich nicht«, brummte Ede.

»Die arme Frau«, ließ Elke nicht locker. »Erst verliert sie ihren Mann und nun auch noch den Liebhaber.«

»Elke, du bist dran. Wenn du nicht so viel tratschen würdest, wüsstest du auch, dass du dran bist«, wies Karl-Heinz seine redselige Frau zurecht und zwinkerte Ede verschwörerisch zu.

Elke ignorierte Karl-Heinz' Rüge und setzte noch

einen obendrauf: »Ich wette, die Lotte, die hat auch einen Liebhaber. Die ist wieder richtig aufgeblüht. Hast du das auch bemerkt, Karli?«

»Die Lotte? Nein. Ich habe nichts bemerkt. Gehört sich das denn, so kurz nach dem Tod des Ehemannes? – Weißt du denn, wer es ist?«

»Noch nicht. Sie ist vorsichtig. Aber das kriege ich noch raus. Verlass dich drauf. Ich werde mich …«

»Du sollst eine Karte ziehen, Elke – und lass die anderen Leute in Ruhe.« Obwohl er gerade doch ein bisschen neugierig geworden war, mochte es Karl-Heinz ganz offensichtlich nicht, wenn Elke sich dem Klatsch und Tratsch des Campingplatzes hingab. Schnell wechselte er das Thema. »Ich bin heute Nachmittag bei dem schönen Wetter ein bisschen spazieren gegangen. Bis zum Hafen runter. Habe mich auf eine Bank gesetzt und mir die Boote angesehen. Mensch, liegen da schöne Boote – das neue von Siggi etwa oder auch das vom Jupp. Der Jupp, das muss ich schon sagen, hat ein tolles Boot. Elegante Linie, strahlend weiß, großes Achterdeck, jede Menge PS auf den Schrauben. Kennst du Jupps Boot, Ede, die *Port Folio*?«

»Jupps Boot? Nee, das kenne ich nicht. Das ist nicht meine Liga, da kann ich nicht mithalten. Mir reicht mein kleiner Caravan. Da habe ich Wasser genug. Manchmal regnet es nämlich rein«, erklärte Ede dem fragend dreinschauenden Karl-Heinz und zog eine Karte. »Du bist dran, Karl.«

»Würde mich ja doch mal interessieren, wie der sich so ein tolles Boot leisten kann. Ich weiß auch gar nicht, warum er sich überhaupt eins gekauft hat. Er fährt ja fast nie damit. Bei schönem Wetter arbeitet er im Hafen, und im Winter fährt niemand. Er auch nicht.«

»Ich würde auch mal gerne auf einem Achterdeck sitzen und ein Gläschen Champagner trinken«, träumte Elke versonnen. »Oder wenigstens eine Tasse Kaffee. – Bin ich etwa schon wieder dran?«

»Nicht träumen, Elke, wir spielen hier schließlich Karten. Du musst schon aufpassen«, maßregelte Karl-Heinz seine Frau aufs neue.

»Aber das mach ich doch«, protestierte sie gut gelaunt und zog eine Karte. »Seht her – Rommé Hand.« Triumphierend legte sie sämtliche Karten auf den Tisch. »Punkte zählen, meine Herren.«

Während Ede und Karl-Heinz leise ihre Punkte zählten, war es still geworden und man hörte wieder die Stimmen aus dem Fernseher. Elke spitzte die Ohren, und auch Ede reckte nun seinen Kopf.

»Den mache ich jetzt besser mal aus. Der stört doch nur«, meinte er und unternahm einen Versuch aufzustehen.

»Nein, nein, lass doch mal«, hielt Elke ihn zurück. »Das ist ein Bericht über ein Hospiz. Die Frau meines Bruders hatte Krebs, die war auch einige Zeit in einem Hospiz. Es ist gut, dass es so was gibt, wenn man die letzte Reise antritt.«

Doch Ede ließ sich nicht aufhalten. Ungewohnt fahrig war er aufgesprungen und hatte im Nu den Ausschaltknopf gedrückt. »Das will ich weder sehen noch hören. Wenn du das unbedingt sehen willst, Elke, kannst du nach Hause gehen und da gucken. Das hier ist mein Fernseher – und der bleibt jetzt aus.«

Elke war wie vor den Kopf geschlagen, und auch Karl-Heinz war sprachlos. So ruppig und abweisend hatten sie Ede noch nicht erlebt. Auch für Tom war Edes Verhalten neu. Die Stimmung war jedenfalls dahin. Gekränkt raffte Elke die Karten vom Tisch und griff nach der Weinflasche.

»Ich glaube, es war keine gute Idee, einfach hierherzukommen. Kein Wunder, dass du immer nur alleine bist, Ede. Bei dir hält man es ja nur aus, wenn man eine Gans ist.«

»Ich hab's doch nicht so gemeint, Elke. Es tut mir leid«, entschuldigte sich Ede.

Aber auch Karl-Heinz war aufgestanden und schien wenig Lust zu verspüren, den Karten-Abend fortzusetzen. Er nickte Ede zwar noch kurz zum Abschied zu, doch dann fasste er Elke am Arm, und die beiden verließen die Parzelle. Ede stand schweigend da und blickte deprimiert auf den abgeräumten Tisch mit den drei halbleeren Weingläsern.

20

»Musst du mich so erschrecken?!« Mitten in der Nacht wurde Tom aus dem Schlaf gerissen. Er war ärgerlich und müde. Ärgerlich, weil er trotz seiner friedlichen Begegnung mit dem Riffler noch immer verängstigt aus dem Schlaf hochfuhr, und müde, weil sein Abend bei Ede doch länger gedauert hatte, als er nach dem plötzlichen Rückzug von Karl-Heinz und Elke gedacht hatte.

Aufgewühlt und wortlos hatte Ede den Spieltisch zusammengeklappt und ihn samt Stühlen wieder verstaut. Anschließend hatte er drei Flaschen Bier aus dem Kühlschrank geholt, sich auf seinen Platz gesetzt und sie im Nu ausgetrunken. Keine Silbe war ihm währenddessen über die Lippen gekommen – er hatte sein Verhalten nicht kommentiert. Tom hatte ihn besorgt angeschnattert und gefragt: »Was ist los, Ede? Wenn du reden möchtest, höre ich dir zu.« Doch Ede hatte bloß selbstvergessen und mit glasigen Augen auf den ausgeschalteten Fernsehbildschirm gestarrt und lange Zeit einfach nur so dagesessen.

Tom war ihm nicht von der Seite gewichen. Er hatte gespürt, irgendetwas ging in seinem Freund vor. Aber was?

Irgendwann hatte Ede etwas von *Magnum* gemurmelt und den Fernseher doch wieder eingeschaltet. Schweigend hatten sie *Magnum* bei der Lösung eines kniffligen Mordfalles zugesehen, bevor Ede seine Zelte abgebrochen hatte und wortlos im Wohnwagen verschwunden war. Noch lange hatte Tom über Edes Verhalten nachgedacht und nicht einschlafen können. Und nun hatte Rio ihn geweckt.

»Tut mir leid, Tom, ehrlich. Ich wollte dich ja eigentlich auch früher informieren. Aber ich musste einer Hunger-Ohnmacht entkommen, brauchte dringend was Schuppiges im Bauch. Ich hätte es sonst gar nicht bis zu dir geschafft, so geschwächt, wie ich war. Ich hätte abstürzen können.« Treuherzig blickte Rio ihn an. »Und dann, beim Trocknen, habe ich es glatt vergessen.« Er hatte ein schlechtes Gewissen, man konnte es ihm ansehen.

»Ja, ja, ist schon gut«, lenkte Tom ein. »Jetzt bist du ja da. Also, was gibt's denn so Wichtiges?«

»Ich habe gestern Abend zufällig gesehen, wie die Kommissare vom Restaurant zu ihrem Büro gegangen sind. Und da du nicht in der Nähe warst, habe ich gedacht, ich übernehme das Belauschen der beiden.«

»Du?« Tom war über die eigenmächtige Aktion seines Freundes erstaunt. Das hatte er ihm nicht zugetraut. »Und? Wissen sie etwas, das wir noch nicht wissen?« Rio musste neue Informationen haben, sonst wäre er nicht mitten in der Nacht bei ihm aufgetaucht.

»Und ob! Die wissen jetzt, wer Luzies Männchen umgebracht hat«, platzte es aus Rio heraus.

»Was? Wer?« Tom flatterte aufgeregt mit den Flügeln und konnte es kaum erwarten, den Namen des Mörders zu erfahren. Stand der Fall Neptunus endlich vor der Auflösung? »Nun komm schon, spuck's aus!«

Doch Rio schwieg und machte dabei ein so nachdenkliches Gesicht, dass man annehmen konnte, in seinem Oberstübchen seien tatsächlich unzählige verborgene Winkel, in denen er nach davongelaufenen Informationen suchte. »Also, den Nachnamen habe ich jetzt gerade nicht mehr parat«, sagte er schließlich, »aber den Vornamen. Der Typ heißt Karli.«

»Karli? Bist du sicher? Die Bachstelzen haben nämlich jede Menge Guano erzählt. Alex hat keinen Karli gesehen – Mini und Maxi haben sich verhört.«

Doch Rio nickte selbstbewusst. »Ich bin mir sicher. Alex ist einem Karli zum Opfer gefallen. Das haben die Kommissare jedenfalls gesagt. Ehrlich.«

Tom war aufgekratzt, sein Hinterteil wackelte wieder. Hatte Alex letzten Endes etwa doch »Sieh an, Karli« gesagt?

»Ist dieser Karli schon verhaftet worden?«

»Davon haben sie nichts gesagt.«

»Haben sie vielleicht *Karl Müller* gesagt? So heißt Ohrring-Charlie ja mit richtigem Namen.«

»Ohrring-Charlie? Nee, der war es nicht. Der runde Kommissar hat gesagt, Charlie wäre wieder frei. Der

Haftrichter hat ihn nicht eingebuchtet, weil er Geldscheine mit Alex' Fingerabdrücken im Portemonnaie hatte. *Provision* haben sie es genannt. Damit hätte Charlie die Wahrheit gesagt und keinen Grund gehabt, Alex umzulegen. Und an *Müller* würde ich mich erinnern, aber es war ein komplizierterer Name. Warte mal, irgendwas mit Um…, Um…« Rios Miene hellte sich auf. »Jetzt hab ich's wieder: Karli Umzüanit!«

»Karli Umzüanit?« Ach du dickes Ei! Wie sollte Tom bloß erklären, dass er schon wieder einen Wissensvorsprung dank exzessiven Krimikonsums hatte, ohne groß was zu verraten und Rio wütend zu machen? Denn er erinnerte sich an einen Fall bei *CSI*, in dem es auch um einen hinterhältigen Giftanschlag gegangen war. Eine Frau war durch einen zyankaliverseuchten Lippenstift umgebracht worden. In dem untersuchenden Labor war das Zyankali nicht nur identifiziert worden, sondern auch noch unter einem anderen Namen bekannt gewesen.

»Karli Umzüanit«, wiederholte Rio. Er war von sich selbst ganz begeistert und flatterte aufgeregt mit den Flügeln. »Das ist er, den müssen wir suchen.«

»Rio, tut mir leid. Ich weiß gar nicht, wie ich dir das erklären soll. Das ist kein Flügelloser, das ist ein Gift. Dass Alex vergiftet worden ist, weißt du ja. Und heute Nachmittag habe ich endlich herausgefunden, um welches Gift es sich handelt. Es heißt Zyankali und ist auch unter dem Namen Kaliumcyanid bekannt.«

»Kaliumcyanid? Woher weißt du das denn schon wieder?«, maulte Rio enttäuscht. Gerade noch hatte er gedacht, einen wichtigen Beitrag zu Toms Ermittlungsarbeit geleistet zu haben – prompt wusste der es wieder einmal besser.

»Vom Campingplatz. Ich sage nur Campingplatz.«

»Domestik!« Rio spuckte das Wort regelrecht aus. Er hatte das ungute Gefühl, als wollte Tom ihn gewaltig verschaukeln. Lange würde er sich das nicht mehr gefallen lassen.

Ein brummendes Motorengeräusch hielt die Freunde davon ab, sich in ein heikles Gespräch zu verstricken. Tom war über diese Ablenkung froh, denn natürlich war ihm Rios wachsender Argwohn nicht entgangen. Er wollte ihre Freundschaft nicht aufs Spiel setzen und wusste, dass er bald Farbe bekennen und Rio in sein Geheimnis einweihen musste. Das Brummen wurde lauter und kam näher. Schwaches Scheinwerferlicht bahnte sich seinen Weg durch die Dunkelheit auf die Bunkerstation zu. Tom und Rio streckten ihre Köpfe neugierig in Richtung der nächtlichen Störung.

»Nanu, was macht der denn so spät hier?« Tom war erstaunt, um diese Zeit einen Tankwagen zu sehen, denn bisher waren ihm Tankwagen nur am Tag aufgefallen. Das war ungewöhnlich. Was mochte da wohl vorgehen, so spät in der Nacht? Dann fiel ihm ein, dass er auf dem Foto im Polizeibüro Jupp nachts an der

Bunkerstation erkannt hatte. Seine stets wache Neugier sagte ihm: Das muss ich mir näher anschauen.

Ein paar Flügelschläge später saßen Tom und Rio auf dem Dach der Schiffstankstelle, reckten neugierig ihre Hälse und beobachteten das Geschehen zu ihren Füßen. Jupp, eindeutig an dem immer wieder mal im Scheinwerferlicht aufblitzenden Schlüsselbund am Gürtel zu erkennen, war inzwischen tatsächlich dazugekommen, er trug trotz Dunkelheit seine Schirmmütze und unterhielt sich mit dem Fahrer des Wagens, der den Tankschlauch mit einem Einfüllstutzen im Boden vor der Schiffstankstelle verband. Leider übertönte das Motorengeräusch die Unterhaltung der Flügellosen, so dass man nichts verstehen konnte. Schließlich tippte der Fahrer auf einen Schalter, und schon pumpte der Tankwagen seinen Inhalt geräuschvoll um.

»Ganz schön spannend, was?«, meldete sich eine leise, aber kreischige Stimme hinter ihnen. »Das habe ich schon ein paarmal gesehen.«

Verwundert drehten sich die Freunde um und entdeckten eine kleine Schleiereule auf der Dachantenne sitzen. Ihr Markenzeichen, das weiße, herzförmige Gesicht spiegelte sich im schwachen Lichtschein, während sie noch ein letztes Mal kräftig schluckte und den Rest eines kleinen Mäuseschwänzchens in sich hineinsog.

»Hallo, wer bist du denn? Und was machst du hier?«, fragte Tom ganz in Ermittlermanier und sparte sich als Vegetarier die Frage nach der Maus.

»Ich heiße Nelson und bin auf der Jagd.«

»Also, wenn ich jage, sieht das anders aus«, kam es prompt von Rio. Sitzend zu jagen passte nicht in seine Vorstellungswelt.

»Warum soll ich Energie vergeuden, wenn es nicht nötig ist. Ich habe auf den Tankwagen gewartet. Der ist so laut, dass Kaninchen, Ratten und Mäuse jedes Mal verschlafen aus ihren Verstecken rennen – und die brauche ich dann nur noch einzusammeln.«

»Das ist clever«, meinte Tom anerkennend.

»Das denke ich auch, bin schließlich nicht umsonst eine Eule. Aber ihr beide seid doch keine Nachtjäger. Was macht ihr eigentlich hier?«

Mit knappen Worten erzählte Tom von ihren Ermittlungen im Fall Neptunus, der zu einem Fall Alex Breetz und vielleicht sogar Bernd Stegner geworden war.

»Diesen toten Flügellosen, diesen Alex, den kenne ich auch. Der war auch schon mal hier«, sagte Nelson.

»Alex war hier? Wann, mitten in der Nacht?«

»Ja. Er hat unter meinem Ansitz gestanden, als ich wieder einmal auf den Tankwagen gewartet habe. Der kommt ja regelmäßig. Alex hat auf Jupp und diesen anderen Flügellosen gewartet und sie genau beobachtet. Später hat er so ein kleines Ding vor die Augen gehalten, das immer wieder ein klackendes Geräusch gemacht hat.«

»Er hat fotografiert.« Damit war Tom klar, woher die

Fotos auf dem Chip stammten. Alex hatte sie selbst gemacht.

»Fotografiert? Das weiß ich nicht«, meinte Nelson. Auch wenn er zu den gelehrten Eulen gehörte, alles wusste er natürlich auch nicht.

»Was macht Jupp denn da?«, fragte Tom rein rhetorisch, ohne damit zu rechnen, eine brauchbare Antwort zu erhalten. Er ließ den Hafenmeister nicht aus den Augen.

»Der tankt Diesel«, antwortete Nelson sofort und auf Toms fragenden Blick fügte er rasch hinzu: »Das hat Alex jedenfalls gesagt.«

»Du hast mit Alex gesprochen?« Ein Flügelloser, der eine Schleiereule verstand? Rio war verblüfft.

»Quatsch. Wie kommst du denn darauf? Du weißt doch, dass die Flügellosen nicht einen Pieps verstehen – nie verstehen werden. Nein, Alex hat mit sich selbst gesprochen. Und so unwahrscheinlich es klingt, geantwortet hat er sich auch.«

»Wer macht denn so was?« Rio schaute Nelson nun mindestens genauso ungläubig an wie Tom zuvor, als der diffus über sein Wissen vom Campingplatz gesprochen hatte.

»*Yippiyayee, Schweinebacke, jetzt hab ich dich*«, hat Alex gesagt. »*Tankst du doch einfach roten Diesel. Jetzt bist du dran.* Und dann hat er gesagt: *Soll ich dich schlachten oder melken? Ich glaube, ich melke dich lieber.* Jedenfalls so etwas in der Art hat er gesagt. Ich habe gedacht, der hat sie nicht mehr alle. Ich weiß genau, dass man Flügellose nicht melken kann.«

»Und ob man das kann, Nelson. Das ist nur ein anderes Wort für erpressen.« Aus Tom sprach der Kriminalist.

»Warum reden die Flügellosen immer so komisch«, warf Rio berechtigterweise ein. »Zum Erpressen sagen sie melken und zu Zyankali sagen sie Kali…, Kali…«

»Kaliumcyanid.«

»Sag ich doch«, murrte Rio.

»Ich denke, Alex hätte Jupp nur erpressen können, wenn mit diesen Lieferungen etwas nicht in Ordnung wäre. Es muss etwas faul sein«, schlussfolgerte Nelson und erstaunte Tom mit seiner blitzgescheiten Eulenlogik.

»Stimmt. Und wenn Jupp von Alex mit diesen Fotos erpresst worden ist, hatte er ein starkes Motiv, Alex umzubringen. Jeder würde versuchen, eine Zecke loszuwerden, stimmt's?«

»Also, mit Zecken habe ich weniger zu tun«, mischte sich Rio wieder ein. »Milben, die sind es, die mich manchmal zur Weißglut bringen.«

21

»Staatsanwalt Neuner wird gleich hier sein, dann können wir mit der Vernehmung beginnen«, hörte Tom Kommissar Hump zu seinem Kollegen sagen, kaum dass dieser das kleine Polizeibüro betreten hatte.

Zusammen mit einer Schwadron Zollfahnder war der Staatsanwalt in aller Frühe im Hafen eingefallen, hatte Bunkerstation und Hafenmeisterbüro besetzen und völlig überraschte Bootsbesitzer unsanft aus ihren Kojen scheuchen lassen. Der ungewohnte Aufruhr im Hafen war Tom genauso wenig entgangen wie die Professionalität, mit der der hochgewachsene Flügellose sein Team geführt hatte. Ein Grund mehr für Tom, zwischen Schwimmstegen und Bootsrümpfen zu paddeln und ihn bei seiner Arbeit zu beobachten. Zoll und Staatsanwaltschaft im Hafen, das hatte es noch nie gegeben.

Als dann auch noch Kommissar Hump erschien, sich mit Neuner unterhielt und zu guter Letzt auch noch Jupp regelrecht abführte, hielt Tom nichts mehr dort. Rasch flog er auf die Wiese vor den Fenstern des Polizeibüros und sperrte die Ohren auf. Offenbar hatten die Polizisten sich gestern Abend noch die Fotos vorgenommen, nachdem Rio seinen Lauschposten verlassen hatte. Und genau wie Tom hatten sie Jupp darauf erkannt und hinsichtlich Alex und einer möglichen Erpressung wohl eins und eins zusammengezählt. Als ermittelnder Ganter war man den Flügellosen zwar immer noch eine Schnabelspitze voraus, aber so langsam kamen sie in Gang, fand Tom. Sein Hinterteil schaukelte nervös, fahrig ordnete er einige Brustfedern. Er fieberte der Vernehmung entgegen und hoffte bloß, der Staatsanwalt möge Jupps Verhör nicht in andere Räume verlegen – in die fast baumfreie Kreisstadt zum Beispiel, wo ein Belauschen kaum möglich war.

Um die nervenaufreibende Wartezeit zu verkürzen, watschelte er um das Hafenmeistergebäude herum, dem Staatsanwalt entgegen. Möglicherweise war der wegen etwas aufgehalten worden, das auch für Toms Ermittlungen wichtig war. Als er an der gläsernen Eingangstür vorbeiging, warf er einen kurzen Blick hindurch. Vor dem Polizeibüro saß Jupp auf einem Stuhl, mit eisigem Blick und sprungbereit wie eine Katze. Aber es waren keine Handschellen, die den mutmaßlichen Kapitalverbrecher an der Flucht hinderten, zwei kräftige Mitglieder des gemeinnützigen Vereins »110« hatten diesen Part übernommen.

Jupps frostiger Blick brachte Tom auf eine neue Idee. Denn mit diesem Blick bedachte Jupp ihn immer, wenn er ihn auf dem löchrigen Rasen vor dem Polizeibüro entdeckte. Jupp mochte ihn nicht, wahrscheinlich mochte er generell keine Gefiederten, und auch für

Flügellose schien er keine allzu großen Sympathien zu hegen, wenn man an seinen Streit mit Bernd dachte. Nur aufgrund dieser Abneigungen hatte er Neptunus so eiskalt in den Container werfen können – und da sich dieser Entsorgungsort bewährt hatte, hatte er ja vielleicht auch Alex dort hineingeworfen. Möglicherweise hatte Rio mit seiner Theorie vom Serienwerfer doch nicht so ganz unrecht gehabt.

Weiter kam Tom mit seinen Überlegungen nicht. Der Staatsanwalt kam jetzt mit großen Schritten auf das Gebäude zu. Es wurde höchste Zeit, den Horchposten wieder zu beziehen.

Gerade als Jupp von Neuner durch die Tür geschoben und auf den gleichen Platz gesetzt wurde, auf dem bereits Luzie und Charlie gesessen hatten, erreichte Tom sein Ziel. »So, Herr Doll, fürs Protokoll«, hörte Tom den Staatsanwalt die Vernehmung eröffnen, nachdem er sich vorgestellt hatte. »Wir haben Sie vorläufig festgenommen, weil hinreichender Tatverdacht auf Steuerhinterziehung durch illegalen Dieselverkauf besteht. Es steht Ihnen frei, sich zur Sache zu äußern oder nicht. Ebenso können Sie jederzeit einen Rechtsbeistand hinzuziehen. Zu Ihrer eigenen Entlastung ist es aber sinnvoll, wenn Sie sich in vollem Umfang äußern. Haben Sie das verstanden?«

Jupp nickte. Nach der Durchsuchung der Bunkerstation und der Kontrolle etlicher Bootstanks musste ihm klar gewesen sein, worauf es die Ermittler abgesehen hatten. Seine ganze Körperhaltung schrie inzwischen förmlich: Erwischt! Er sah aus, als würde es nicht mehr lange dauern, bis er alles gestand. Alles, von falscher Mülltrennung bis hin zu brutalem Mord.

»Ihr Name ist Josef Doll, Sie sind dreiundfünfzig Jahre alt, geschieden, und betreiben hier den Campingplatz und den daran angeschlossenen Hafenbetrieb. Ist das korrekt so?« Neuner hatte sich lässig gegen Reiners' Schreibtischplatte gelehnt, während die beiden Kommissare schweigend auf ihren Plätzen saßen.

»Ja, stimmt. Sagen Sie Jupp zu mir, das tun alle hier.«

»In Ordnung, Jupp. Kommissar Hump hat gestern Abend eine sehr interessante Entdeckung gemacht und mich noch spät angerufen. Er hat sich Fotos, die er von unserer Spurensicherung zugeschickt bekommen hat, genauer angesehen. Und dabei sind ihm sowohl eine Bunkerstation als auch ein Tankwagen aufgefallen. Ein Tankwagen, der mitten in der Nacht anliefert – was sagen Sie dazu, Jupp?«

Jupp reagierte nicht und blieb stumm sitzen. Tom jedoch nickte beifällig. »Weiter so, dranbleiben«, munterte er den Staatsanwalt leise schnatternd auf. Die Flügellosen waren tatsächlich auf der richtigen Spur. Die Sache mit dem Diesel hatten sie also bereits herausgefunden. Gut so. Aber was war mit der Erpressung und dem Mord?

»Kommissar Hump hat mich angerufen, weil ich selbst auch Eigner eines Motorbootes bin und mich daher mit Häfen und dem ganzen Drumherum auskenne«, fuhr Neuner fort. »Mein erster Blick heute Morgen in die beiden Dieseltanks Ihrer Bunkerstation hat meine Vermutung bestätigt. Ein Tank enthält ungefärbten, also ›weißen‹ Diesel, der andere Tank enthält rot eingefärbten Diesel, also Heizöl. Das wäre ja weiter nicht schlimm, gäbe es da nicht die böse Steuer. Denn die unterschiedlichen Farben zeigen die unterschiedliche Besteuerung an. Während der weiße Diesel voll besteuert wird, ist der rote Diesel, also das Heizöl, steuerermäßigt. Aber das wissen Sie ja, nicht wahr, Jupp? Die Schiffsdieselmotoren schlucken alles, denen ist es gleich, welchen Steueranteil ihr Kraftstoff hat. Aber bei Tankvolumen zwischen zweihundert und zweitausend Litern macht sich das natürlich im Portemonnaie der Eigner bemerkbar. Billig tanken ist sinnvoll – Geiz ist schließlich geil. Jedoch unterscheidet der Gesetzgeber hier deutlich zwischen der Berufsschifffahrt, die mit rotem Diesel subventioniert wird, und Privatjachten, die nur zum Vergnügen fahren und deshalb ausschließlich weißen Diesel bunkern dürfen.«

Neuner machte eine Pause und gab Jupp die Möglichkeit, darauf zu reagieren, doch der ließ die Anschuldigungen wie eine eiskalte Dusche wortlos über sich ergehen.

»Ich gehe davon aus, dass Sie Ihren Stammkunden zu billigen Tankfüllungen verholfen haben«, machte der Staatsanwalt weiter. »Sie selbst haben dabei über die Jahre einen riesigen Gewinn eingefahren. Da das Heizöl nicht in den Büchern auftauchen darf, haben Sie die Einnahmen natürlich auch nicht mit Ihren Einkünften versteuert. Sie haben die Steuer also mehrfach hinterzogen. Jeder verkaufte Liter Heizöl war für Sie Schwarzgeld. Angelegt zum Beispiel in einem schönen Boot wie Ihrer ›Port Folio‹, stimmt's?«

Doch Jupp schwieg noch immer. Reiners und Hump räusperten sich.

»Schwarzgeld ist das Stichwort«, legte Neuner nach, »denn Geld macht neidisch. Deshalb spanne ich nun den Bogen zu Alex Breetz, dem Toten hier vom Campingplatz. Er ist Ihnen auf die Schliche gekommen, hat Sie fotografiert und wollte ein Stück von Ihrem steuerfreien Kuchen abhaben. Kurzum – er hat Sie erpresst. Das nehme ich als gegeben. Und nun spekuliere ich: Ich weiß nicht, wie lange Sie an ihn gezahlt haben, aber irgendetwas hat sich geändert. Entweder wollten Sie sich nicht mehr erpressen lassen, selbst auf die Gefahr hin, angezeigt zu werden, oder aber – und das halte ich für wahrscheinlicher – das spätere Opfer ist zu gierig geworden und hat seine Forderungen erhöht. Breetz hat Sie ausgepresst wie eine Zitrone. Im Rahmen unserer Ermittlungen sind wir auf seine Geldprobleme gestoßen, und dazu passt die Erpressung wie die Henne aufs Nest. So, und nun zu Ihnen. Sie hatten keine Möglichkeit, ihm zu entkommen, und Breetz forderte immer mehr. Also haben Sie kurzerhand beschlossen,

Ihren Plagegeist loszuwerden und bringen ihn um. Sie entsorgen ihn im Müll und hoffen, dass der Müllwagen kommt, bevor die Leiche darin entdeckt wird.«

Der Staatsanwalt hatte seine Anklage bilderbuchmäßig vorgebracht und wartete nun auf Jupps Reaktion. Für jeden Verteidiger wäre es ein Festessen gewesen, Neuners Beschuldigungen in der Luft zu zerreißen, doch ohne Anwalt blieb Jupp stumm.

»Machen Sie den Mund auf, Jupp. Mit Schweigen verbessern Sie Ihre Lage nicht. Los, Mann, reden Sie!«

Als Neuners brachialer Versuch scheiterte, mischte sich Reiners in das Verhör ein und schlug einen anderen Tonfall an. »Erzählen Sie mal, wie ist Ihr Verhältnis zu Alex Breetz gewesen? Seine Frau hat Sie kurz vor seinem Tod zusammen weggehen sehen. Da schien noch alles in Ordnung zu sein.«

Tatsächlich ging Jupp auf den Taktikwechsel ein. »Ja, Sie haben recht. Alles war in bester Ordnung«, begann er vorsichtig. Doch statt über seine Beziehung zu Alex zu berichten, redete er über seine Steuerhinterziehung. »Es stimmt, ich habe roten Diesel verkauft. Die Idee kam von den Eignern. Die hatten im Ausland billigen Diesel getankt und wollten das natürlich auch hier. Ich habe alles durchgerechnet, ein zweiter Tank und so, und habe mich dann breitschlagen lassen. Ich wusste, dass es illegal ist, aber es war einfach zu verführerisch, um es nicht zu tun.«

»Ja, und dann kam Ihnen Alex Breetz auf die Spur

und hat Sie erpresst.« Reiners' einfühlsame Tour wirkte, die Zunge des Hafenmeisters löste sich mehr und mehr.

»Er kam zu mir, sagte, er hätte kompromittierende Fotos von mir und einem Tankwagen, und legte mir ein mieses Foto vor, auf dem man mit viel Phantasie etwas erkennen konnte. Er wusste was – und ich habe gezahlt. Ich wollte kein Risiko eingehen, dass alles auffliegt, schließlich musste ich auch an meine Kundschaft denken.«

Staatsanwalt Neuner stimmte ihm zu. »Das kann ich mir vorstellen. Sie mussten Ihre zahlenden Gäste decken. Ohne Gäste kein Hafen, so ist es doch.«

»Sie sind mit Alex an seinem Todestag noch fortgegangen. Warum?«, hakte Reiners nach.

»Er hatte angerufen, mich zu sich zitiert. Er wollte eine weitere Zahlung, eine zusätzliche. Als ich mich geweigert habe, hat er mir massiv gedroht und gesagt, ich solle meinen Arsch zu ihm hinbewegen. Also habe ich ihm noch eine Rate gebracht. Luzie, seine Frau, sollte nichts davon wissen, deshalb sind wir zum Parkplatz gegangen. Dort habe ich ihm den Umschlag mit dem Geld gegeben und bin dann zurück in mein Büro. Natürlich habe ich mich maßlos über Alex geärgert, was denken Sie? Immer wieder kam er mit neuen Forderungen. Aber ich habe ihm nichts getan. Vom Fenster aus habe ich ihn telefonieren und dann mit dem Auto fortfahren sehen. Das war das letzte Mal, dass ich ihn gesehen habe, glauben Sie mir. Was denken Sie, was in mir vorging, als ich Alex tot im Container gefunden habe? Ich habe gedacht, jetzt ist es aus. Jetzt kommt alles raus, der Verdacht fällt auf mich. Naja, genauso ist es nun ja auch gekommen.«

Das passt alles, überlegte Tom. Jupp hatte Alex abgeholt, kurz nachdem Charlie wieder gegangen war. Das Geld, das Alex mit seinen Fingerabdrücken darauf an Charlie übergeben hatte, war also von Jupp gekommen. Auch Charlies Aussage, sich mit Alex auf einem Parkplatz an der Landstraße getroffen zu haben, war demnach richtig.

»Schöne Geschichte, Jupp. Aber ich glaube Ihnen nicht.« Neuner übernahm nun wieder das Verhör. »Ich bin der Meinung, Sie sind sich in dem Moment darüber klargeworden, dass die Erpressung niemals aufhören wird, als Breetz Sie wieder einmal zu sich zitiert hat. Sie wollten diese Zecke loswerden, denn freiwillig würde er die Kuh, die sich so gut melken ließ, nicht vom Haken lassen. Ein paar Tröpfchen Gift und schon war das Problemchen gelöst. Sie haben ihn in den Container verfrachtet und als der Mülllaster sich verspätet hat, haben Sie so getan, als ob Sie ihn gefunden hätten.«

»Ich *habe* ihn gefunden«, beharrte Jupp trotzig. »Morgens, auf meinem Rundgang. Ich bleibe dabei. Die Steuerhinterziehung gebe ich ja zu, aber ich habe mit Alex' Tod nichts zu tun. Ich bringe doch keinen Menschen um!«

»Herr Doll, Jupp … Sie haben kein Alibi, vergessen Sie das nicht. Sie haben gesagt, Sie haben zu Hause vor dem Fernseher gesessen. Allein. Also kann es niemand bestätigen. Ich sage aber, Sie haben nicht vor dem Fernseher gesessen, sondern haben irgendetwas mit Gift gemischt und sich noch einmal spätabends mit Alex getroffen. Sehen Sie sich an, Jupp, Sie sehen schuldig aus, und Sie sind schuldig. Befreien Sie sich endlich – entlasten Sie Ihr Gewissen. Los, gestehen Sie!«

Jupp schwieg wieder.

Wieso fragt der nicht nach einem Anwalt, überlegte Tom. Ein gewitzter Advokat und Jupp wäre in null Komma nichts frei. Bei so viel Schwarzgeld musste er sich doch einen Staranwalt wie Matulas Chef Dr. Lessing oder auch den »Dicken« leisten können.

»Kommen wir zu Bernd Stegner. Auch mit dem hatten Sie Probleme. Zeugen haben von einem lautstarken Streit berichtet, kurz bevor Stegner ums Leben gekommen ist. Sie sollen ihn massiv bedroht haben. Und auch für diesen Abend haben Sie kein Alibi. Wieder einmal alleine vor dem Fernseher? Es wird eng für Sie!«

»Was soll ich denn machen? Ich bin nun mal alleinstehend. Hätte ich gewusst, dass ich ein Alibi brauchen würde, hätte ich Kuchen gebacken und mir Besuch eingeladen. Glauben Sie mir, ich war es nicht.«

»Wir haben Beweise. Indizien. Die reichen, um Sie anzuklagen und für lange Zeit wegzusperren. Ich glaube, Sie haben die Zeichen der Zeit noch nicht erkannt, Jupp. Wenn wir hier mit Ihnen fertig sind, geht es ab zum Erkennungsdienst. Die Spurensicherung wartet schon auf Ihre Vergleichsproben. Dann haben wir Sie richtig am Wickel!«

Wie von einer Tarantel gestochen, sprang Jupp plötzlich auf, so dass sein Stuhl scheppernd umfiel. »Das kann nicht sein! Da drehen Sie doch dran! Sie haben keinen anderen Verdächtigen und wollen mich jetzt fertigmachen!«

»Na, na, beruhigen Sie sich mal, Herr Doll. War doch eine heftige Reaktion gerade. Habe ich da etwa einen wunden Punkt getroffen?« Neuner grinste herausfordernd. »Reine Gewissen schmeißen keine Stühle um, oder?«

»Wie würden Sie denn reagieren, wenn man Ihnen so unverhohlen mit dem Knast droht? Ruhig bleiben?«, brach es aus Jupp heraus. »Verdammt! Ich sage es noch mal: Die Steuerhinterziehung, ja, ja, ja – gebe ich zu. Aber nicht den Mord.« Jupps Gesichtsfarbe wechselte. »Das soll doch nur so aussehen, als ob ich die beiden umgebracht hätte. Da will mir jemand etwas in die Schuhe schieben.«

»Es sieht schlecht für Sie aus. Es sei denn … Sie haben ein hieb- und stichfestes Alibi.«

»Wenn ich ein Alibi vorweisen könnte, würden Sie mich dann gehen lassen?«

»Natürlich«, sagte Neuner in einem Ton, der keinen Zweifel daran ließ, dass er sowieso nicht an ein Alibi glaubte. »Sie haben ein Alibi?! Warum benennen Sie die Person dann nicht?« Doch dann verstand er. »Ah, eine Geliebte – und die ist verheiratet.«

»Nein, nicht verheiratet. Trotzdem, ich wollte sie nicht mit in die Sache hineinziehen, sie nicht dem Geschwätz der Leute ausliefern.«

»Wie edel«, höhnte Neuner. »Nun reden Sie nicht um den heißen Brei herum. Nennen Sie uns den Namen. Sonst landen Sie doch noch im Bau.«

»Sie wollte von Anfang an für klare Verhältnisse sorgen und zu Ihnen kommen, um mir ein Alibi zu geben. Aber ich wollte das nicht. Wissen Sie, wir sind noch nicht so lange zusammen. Niemand weiß etwas davon. Ich will nicht, dass man schlecht über sie redet. Sie haben nicht die leiseste Ahnung von dem Klatsch und Tratsch auf einem Campingplatz wie diesem.«

Reiners und Hump wechselten einen bedeutungsvollen Blick, um zu signalisieren, dass sie aufgrund ihrer Befragungen genau wussten, wovon Jupp sprach. Der Staatsanwalt dagegen bellte nur: »Jupp! Den Namen!«

Jupp kämpfte mit sich, doch dann ließ er vor allem die Kommissare aufhorchen. »Ihr Name ist Charlotte Ley. Aber hier auf dem Platz nennen sie alle nur Lotte.«

22

Jupp und Lotte …

Wie hatte ihm das nur entgehen können? Dabei hatte er die beiden immer wieder zusammen gesehen – so wie Luzie und Bernd. *Magnum*, selbst kein Kostverächter, hätte den Braten natürlich gleich gerochen, keine Frage, schließlich hatte er ein Auge für Techtelmechtel.

Jupps Befragung war überaus aufschlussreich gewesen, den Kommissaren war ein dicker Fisch ins Netz gegangen. Staatsanwalt Neuner hatte sich die Hände gerieben und siegessicher gelächelt, als Jupp seinen illegalen Dieselhandel zugegeben hatte. Tom hatte es genau gesehen. Ein großer Erfolg für Neuner und sein Team.

Als Mörder schied Jupp jedoch aus. Alex starb, als Jupp und Lotte im Kino und anschließend bei einem Italiener waren. Auch als Bernd starb, waren sie gemeinsam unterwegs gewesen. Das hatte Lotte, die nach dem Verhör dazugeholt worden war, in Toms Beisein ausgesagt und den Mordverdacht so kurzerhand mit einem charmanten Lächeln vom Tisch gefegt. Und irgendein anderer, neutraler Zeuge, etwa ein Kellner, würde sich sicher auch noch finden. Was blieb, war der Vorwurf der Steuerhinterziehung in nicht unerheblichem Maße. Die weitere Bearbeitung des Falls wollte Staatsanwalt Neuner als »Herr des Verfahrens« von seinem Büro aus betreiben und veranlasste dazu die Verlegung des geständigen Hafenmeisters in die Kreisstadt.

Trotz einer kühlen Brise hatte sich inzwischen eine große Menschenmenge am Eingang zum Hafenmeistergebäude gebildet. Jupps Festnahme hatte sich wie ein Lauffeuer herumgesprochen und Tom beobachtete, wie Jupp durch ein Spalier von Schaulustigen zum Polizeiwagen geführt wurde. In den Augen der neugierigen Camper und Bootseigner war stille Zustimmung, sogar Bewunderung zu erkennen. Steuerhinterziehung war eher ein Kavaliersdelikt als eine schwere Straftat – wer zahlte schon gerne Steuern?! Daher war es nicht Jupp, der für Wirbel sorgte, sondern Lotte, die wie selbstverständlich zu ihrem Jupp in den Polizeiwagen stieg, um ihn zum Kommissariat zu begleiten. Nicht nur Elke fiel vor Erstaunen die Kinnlade herunter.

Doch weder Jupps Aussage noch die von Lotte hatte Tom weitergeholfen. Von Neptunus hatte schließlich niemand gesprochen.

Nachdem Staatsanwaltschaft und Zollfahndung samt Ermittlungserfolg abgerückt waren, kehrte allmählich wieder Ruhe auf dem Campingplatz ein. Dennoch hatten sie reichlich Gesprächsstoff hinterlassen. Während sich die Camper über den Hafenmeister und die Witwe das Maul zerrissen, ging unter den Bootsbesitzern die blanke Angst um. Neuner hatte unmissverständlich klargestellt, dass er den Hafen überschwemmen würde – mit einer Prozesswelle.

Die Kommissare nutzten den Abzug der Kollegen für eine Mittagspause und steuerten den Kiosk mit seinen einladenden Biertischen an, wo sie Kaffee und belegte Brötchen kauften. Etwas windgeschützt waren die Temperaturen hier recht angenehm und schon etliche Tische besetzt. Kinder schleckten mit großen Augen Eisbecher, Camper und Besucher ließen es sich bei Fritten, Würstchen oder Eintopf gutgehen. Wortfetzen, Lachen und gedämpfte Musik hingen in der Luft. Tom folgte den Kommissaren nur zu gerne. Er wusste, wo fröhliche Flügellose waren, hatte man auch ein Herz für ausgehungerte Gänse. »Sieh nur, Konny. Die Gans ist wieder da. Pass auf dein Brot auf, sonst hast du gleich keins mehr«, feixte Hump. Er hatte Tom und seine Absicht anscheinend gleich erkannt. »So langsam gehen uns die Verdächtigen aus, oder?«, meinte er, nachdem sie sich gesetzt hatten, und rührte in seinem Kaffee. »Im Moment wüsste ich niemanden, der noch als Täter in Frage käme.«

»Zum Glück brauchen wir nur noch einen Täter zu suchen. Vorhin ist der Obduktionsbericht von Stegner gekommen. Endlich. Tut mir leid, bei dem ganzen Trubel um den Hafenmeister habe ich fast vergessen, dir ein Update zu geben. Also: Bernd Stegner ist tatsächlich erstickt. Das austretende Propangas hat den Sauerstoff im Wohnwagen verdrängt. Laut SpuSi-Bericht war die Wartung seiner Gasanlage tipptopp in Ordnung. Der Fehler steckte in dem Teilstück, das Stegner selbst prüfen wollte. Außerdem hatte er den kleinen Absperrhahn unter der Spüle nicht geschlossen. Viele Camper machen das so, weil es einfach lästig ist, den Hahn jedes Mal fürs Kochen zu öffnen und dann wieder zu schließen. Aber genau dieser offene Absperrhahn hat das Gas ungehindert von der Flasche bis zum Herd fließen lassen, und da ist es dann an der undichten Schraubverbindung ausgetreten. Also, wenn du mich fragst, Peter, hätte er die paar Euros noch investieren sollen und diesen Heizungs-Ede alles kontrollieren lassen sollen.« Reiners pustete in seine heiße Kaffeetasse und nahm einen Schluck, bevor er seine Erläuterungen fortsetzte. »Außerdem war er nicht mehr ganz nüchtern. Genau das hat ihn wahrscheinlich das Leben gekostet, denn mit 1,2 Promille Alkohol im Blut und der entsprechenden Bettschwere hat er wohl weder das Ausfließen des Gases gehört noch den für solche Fälle beigemischten Geruch bemerkt. Das Gas hat ihm im Schlaf geradezu das Hirn vernebelt. Er hat sich selbst keine Chance gelassen. Der Fall ist abgeschlossen.«

»Vielleicht hat er ein bisschen viel gefeiert. Ein Prosit auf die frischgebackene Witwe.«

»Du bist ganz schön sarkastisch.«

»Überleg doch mal: Als Mörder von Breetz kommt Stegner immer noch in Frage. Er könnte der Witwenmacher sein. Er ist rasend eifersüchtig, lungert am Restaurant herum, sieht die Versöhnung und ihm brennen alle Sicherungen durch. Er wartet, bis die beiden Turteltauben das Restaurant verlassen, und als Breetz alleine an den Containern zurückbleibt, wittert er seine Chance. Stegner verwickelt ihn in ein kurzes Gespräch, hat berechnenderweise ein Bierchen oder ein Schnäpschen dabei – Zyankali drin und schon ist Breetz tot. Und nun ist sie sein, die kühle Blonde.«

»Das zu beweisen wird schwierig sein, denn Stegner ist ja tot. Selbst wenn die Ehefrau etwas ahnt, wird sie nichts sagen, um nicht selbst in Verdacht zu geraten.« Nach einem weiteren Schluck Kaffee führte Reiners seine Überlegungen fort. »Zyankali ist eigentlich das Gift der Selbstmörder. Dass es in unserem Fall als Waffe eingesetzt wurde, erstaunt mich schon sehr. Der Labornachweis ist ja inzwischen recht einfach. Eigentlich braucht man keine aufwendige Technik, sondern nur eine gute Nase, denn in der Regel strömt eine Zyankalileiche einen feinen Bittermandelgeruch aus. Leider gehöre ich zu dem überwiegenden Prozentsatz der Bevölkerung, der diesen Geruch aus genetischen Gründen nicht wahrnehmen kann.«

»Das geht mir auch so«, bekannte Hump. »Sonst hätten wir das Gift noch vor Ort selbst bestimmen können und nicht erst auf den Autopsiebericht warten müssen.«

Im Gegensatz zu den Kommissaren war Tom stolz

auf seine Nase. Multifunktionale Gänseschnäbel mit integrierter Nase gefielen ihm sowieso viel besser als die unästhetischen und simplen Riechorgane der Flügellosen. Schließlich hatte seine Nase das Gift gleich gerochen, auch wenn er dessen Namen nicht gekannt hatte.

»Wie kommt man an so ein Gift? Ich glaube nicht, dass es einfach zu beschaffen ist, so wirksam wie Zyankali ist«, überlegte Hump laut.

»Genau wegen dieser Toxizität wird das Zeug auch streng unter Verschluss gehalten. Hauptsächlich wird es in Apotheken, in Fotolaboren und in der Schmuckindustrie gebraucht – und mit alledem hatte Stegner nichts zu tun.«

»Und trotzdem ist Breetz mit Zyankali umgebracht worden.«

»Das heißt für mich nichts anderes, als dass sein Mörder seinen Todeskampf hautnah miterlebt haben muss. Er muss quasi daneben gestanden haben, als Breetz um Atem geröchelt hat. Was muss das für ein Mensch sein?«

»Er kann also nicht im Restaurant vergiftet worden sein. Dort ist er nachweislich auf seinen eigenen Beinen hinausgegangen.«

»Genau. Er muss vor dem Restaurant auf jemanden getroffen sein, dem er dermaßen vertraut hat, dass er von ihm etwas zu trinken angenommen hat – gegessen hatte er ja schon.«

»Siehst du, und wieder kommt der halbe Campingplatz in Frage.«

»Was sagt denn der Autopsiebericht über seinen Mageninhalt? Gab es etwas, das nicht zu diesem Versöhnungsessen passt? Einen Schnaps oder ein Bierchen, irgendwas, das er nicht im Restaurant getrunken hat?«

»Nein, daran kann ich mich nicht erinnern. Ich muss den Bericht noch mal genau lesen, ich habe ihn vorhin nur überflogen. Zusätzlich möchte ich sowieso noch einmal mit Professor Körner aus der Rechtsmedizin reden. Ich denke, in einem Gespräch mit ihm kann ich mehr erfahren, als ich je aus seinem keimfreien Autopsiebericht entnehmen kann.«

Reiners packte Serviette und Pappbecher zusammen und wollte aufstehen, doch Hump hielt ihn zurück. »Bevor du das machst, muss ich dich auch noch auf den neuesten Stand bringen. Ich glaube zwar nicht, dass es noch von Bedeutung ist, aber wissen solltest du es trotzdem.«

Nun wurde auch Tom wieder aufmerksam. Bisher hatte er das Gespräch der Kommissare zwar verfolgt, aber gleichzeitig erfolgreich nach Flügellosen Ausschau gehalten, die man mit Blicken oder leisem Schnattern dazu auffordern konnte, etwas von ihrem Brot abzugeben.

»Du machst es aber spannend. Los, raus mit der Sprache.«

»Ich hatte noch den Verbindungsnachweis von Charlie Müller auf meinem Tisch. Den wollte ich Neuner zur Vervollständigung seiner Akte mitgeben. Bisher haben wir die Liste ja nicht benötigt, trotzdem habe ich einen kurzen Blick darauf geworfen. Und dabei sind mir zwei Rufnummern aufgefallen, die er in letzter Zeit recht häufig angerufen hat. Ich habe sie überprüft, rein routinemäßig sozusagen. Was meinst du wohl, wessen Nummern das waren?«

»Bin ich hier beim Ratequiz?« Man konnte es Reiners ansehen, dass er auf Rätselraten keine Lust hatte.

»Bernd Stegner und Luzie Breetz.«

»Das ist aber interessant. Dass Charlie die Ehefrau des Opfers anruft, nun, das kann ich mir ja noch vorstellen. Aber dass Charlie und Stegner miteinander telefoniert haben, ist schon merkwürdig. Vor allem, weil weder Charlie noch die Ehefrau etwas in dieser Richtung erwähnt haben. Als Geliebte hätte sie doch etwas von solchen Gesprächen mitbekommen haben müssen.«

»Eben. Deshalb habe ich auch schon versucht, Charlie anzurufen. Bisher leider erfolglos.«

»Hast du was anderes erwartet? Der ist bestimmt abgetaucht – auf Nimmerwiedersehen.«

Ein Klingellaut ertönte, der stetig lauter wurde – Humps Handy. Der Kommissar kramte umständlich in seiner Jackentasche, bis er es schließlich gefunden hatte und dranging.

»Ah, Herr Müller, Charlie! Wie schön, dass Sie zurückrufen. Vielen Dank«, säuselte Hump und blinzelte Reiners aufgeregt zu. Der straffte sich und lauschte aufmerksam den Worten seines Kollegen. »Ja, ich habe noch eine Frage.«

…

»Charlie? Hallo? Die Verbindung ist schlecht. Hören Sie mich? Ich möchte wissen, warum Bernd Stegner mehrfach mit Ihnen telefoniert hat. Wir haben Ihren Verbindungsnachweis geprüft.«

…

»Was für ein Geschäft? – Charlie? Können Sie mich verstehen? Charlie?«

…

»So ein Mist, er hat aus dem Auto angerufen und jetzt ist die Verbindung abgebrochen. Ich habe nur verstanden, dass Stegner ein Geschäft mit ihm machen wollte.«

»Bleib dran. Ruf so lange an, bis die Verbindung verständlich ist. Vielleicht ist das der fehlende Puzzlestein, das Motiv, warum Stegner Breetz umgebracht hat. Wenn Charlie mit im Spiel ist, dann steckt hinter der ganzen Sache vielleicht doch viel mehr als nur ein Eifersuchtsdrama.«

Houston, ich habe ein Problem, schoss es Tom durch den Kopf. Wie sollte er erfahren, was Charlie dem Kommissar mitzuteilen hatte? Es konnte ewig dauern, bis die Verbindung wieder in Ordnung wäre, und er konnte Hump ja nicht ständig belauschen. Doch dann hatte er die Antwort. Er brauchte eine Ablösung, er brauchte Verstärkung.

Rio. Auch wenn der es selbst noch nicht wusste, er war der perfekte Spitzel. An lange Trockensitzungen war er schließlich gewöhnt.

23

Endlich Feierabend, dachte Tom, als er Rio einfliegen sah. Wie vereinbart, übernahm der Kormoran die nächste Schicht, da Kommissar Hump Charlie immer noch nicht erreicht hatte. Voller Vorfreude über die Ablösung flatterte Tom mit den Flügeln. Observationen waren für ihn echte Knochenarbeit, denn für ruhiges Sitzen oder das Verharren auf einem Fleck waren Gänse wie er nun wirklich nicht geschaffen. Solche Jobs waren für sie die reinste Hölle. Ein Glück, dass Rio da ganz anders geartet war.

»Schon wieder ich?!«, hatte er zwar anfänglich darüber gemurrt, wieder nur observieren zu dürfen, wo er doch viel lieber richtig ermittelte. Doch schließlich hatte er eingesehen, wie wichtig seine Arbeit war, und ohne weitere Klagen eingelenkt. Sollte Hump etwas Neues über die Verbindung zwischen Bernd und Charlie erfahren, würde Rio umgehend davon berichten.

Nun aber konnte Tom sich erst mal aufs Fernsehen bei Ede freuen.

»Nili, mein Freund. Da bist du ja«, begrüßte ihn der Rentner herzlich wie immer. »Du kennst dich ja aus. Setz dich doch.«

Als Petra Gerster mit dem Verlesen der ersten Meldungen begann, schnabulierte Tom bereits genüsslich Toastbrot. Wortlos lauschte das ungleiche Paar den Worten der Nachrichtensprecherin. Dürre und Trockenheit hier, Überschwemmung dort, auch Erdbeben und Vulkanausbrüche häuften sich in der letzten Zeit. Die Natur machte sprachlos.

»Hast du gehört, Nili«, sagte Ede schließlich, während Inge Niedek irgendetwas über hoch- oder niedergedrücktes Wetter erzählte, »Jupp ist verhaftet worden. Steuerhinterziehung munkelt man.« Da die Nachrichten vorüber waren, zappte er lustlos durch die Programme und blieb bei einem Regionalsender hängen.

»Ja, habe ich gesehen. Ich war live mit dabei«, antwortete Tom mit vollem Schnabel und forderte Ede mit leichten Schnabelstübern auf, den Brotfluss nicht abreißen zu lassen. Dass Jupp sogar unter Mordverdacht gestanden hatte, wusste Ede anscheinend nicht.

»So viel Geld würde ich auch gerne mal verdienen, dass ich an Steuerhinterziehung denken müsste …«, sinnierte Ede und zerpflückte nachdenklich die nächsten Scheiben Brot. »Wäre das schön, zur Abwechslung mal solche Probleme zu haben. Ein einziges Mal genug Geld zu haben, das wär's.«

Er seufzte und starrte auf den Fernseher. Gerade begannen Nachrichten aus der Region. Nichts, was ihn und Tom wirklich interessierte.

»Guten Abend, Herr Meier. Ich hoffe, ich störe

nicht«, sagte eine dunkle Stimme, noch bevor Ede auf die Idee kam, weiterzuschalten.

»Ah, Kommissar Reiners. Nein, nein, Sie stören nicht. Nili und ich unterhalten uns nur ein bisschen. Das machen wir immer um diese Zeit.«

Aha, so weit ist es also schon. Reiners' Gesichtsausdruck war eindeutig, als sein Blick von Ede zu Tom wanderte. Und seine Miene änderte sich noch einmal, als er in Tom die gefräßige Gans erkannte, die ihn schon seit Tagen zu verfolgen schien.

»Kommen Sie, setzen Sie sich. Trinken Sie ein Bierchen mit?«

»Gern, wenn es nicht zu viele Umstände macht.« Doch Ede war schon aufgesprungen und zum Wohnwagen geeilt. »Nicht so schnell – ich komme mit«, rief Reiners ihm hinterher.

Tom blieb derweil auf seinem Platz und sparte sich unnötige Wege. Er war schließlich kein Vierbeiner, der ohne den Anblick seines Flügellosen nicht existieren konnte.

»… das ist doch ein Eriba Pan von 1970. Habe ich recht?«, hörte Tom den Kommissar mit Ede fachsimpeln. »Meine Eltern hatten früher so einen. Wir haben viele schöne Wochenenden darin verbracht. Wenn ich so einen Wagen sehe, geht mir immer das Herz auf und ich erinnere mich an die schöne Zeit damals. Darf ich mal hineinsehen?«

Während Ede für den Kommissar eine Wohnwagenführung machte und Worte wie *undicht*, *zu klein* und *nostalgisch* fielen, wurde Toms Aufmerksamkeit auf die Regionalnachrichten gelenkt. Ein Reporter berichtete von einem Feuerwehreinsatz irgendwo in der Nähe. »… wurde Zyankali bei einer routinemäßigen Kontrolle im Abwasser nachgewiesen. Eines der Zyankalibecken war undicht und musste von der Feuerwehr abgedichtet werden. Damit soll verhindert werden, dass weiteres Gift ungeklärt über die Abwässer in die Kanalisation gelangt. In dem alteingesessenen, metallveredelnden Betrieb werden zum Beispiel Bleche verkupfert, vernickelt oder auch verchromt …«

Zyankali! Tom war wie elektrisiert. Erst hörte man Ewigkeiten nichts davon und nun sogar in den Regionalnachrichten. Wo genau war der Einsatz, in einem metallveredelnden Betrieb? Tom dachte angestrengt nach, wo ihm der Begriff »metallveredelnd« schon einmal untergekommen war. Konzentriert ließ er die letzten Tage Revue passieren. Dann fiel ihm ein, dass er ihn vor Bernds Wohnwagen aufgeschnappt hatte, als er Luzie und dem Kommissar dorthin gefolgt war. Ein Polizist hatte Reiners Bericht erstattet und dabei erwähnt, dass ein Metallveredler namens Bernd Stegner tot aufgefunden worden war.

Wenn Bernd also Metallveredler war, dann hatte er auch in einem metallveredelnden Betrieb gearbeitet. Einem Betrieb, der vermutlich ebenfalls Zyankalibecken hatte. Und wer Zyankalibecken hatte, der hatte auch Zyankali. Das war logisch, da gab es nicht viel zu überlegen. Jedenfalls nicht für eine Nilgans.

Weiter kam Tom nicht mit seinen Gedanken, da die Führung durch Edes mobile Residenz bereits beendet war und die Männer mit Klappstuhl und Bierflaschen wieder zurückkamen. Genüsslich drückten sie sich in die Stühle und prosteten sich laut zu.

»Auf den Feierabend«, meinte Ede. »Was verschafft mir denn eigentlich die Ehre Ihres Besuchs? Immer noch Probleme mit der Heizung?«

»Auf den Feierabend«, antwortete der Kommissar und hob ebenfalls die Flasche. »Nein, keine Probleme. Ich wollte mich bei Ihnen nur noch mal herzlich für die Tipps für meine Heizung bedanken. Aber, wie Sie schon vermutet haben, reparieren hilft da nicht mehr. Ich brauche 'ne neue.«

»Schade, ich hätte Ihnen die Ausgabe gern erspart. Aber manchmal kann man eben nichts machen.«

Nach einem wohltuenden Schluck wies Reiners auf Edes Parzelle. »Schön haben Sie's hier. Wirklich idyllisch. So stelle ich mir mein Leben als Pensionär auch vor. Den ganzen Tag tun und lassen können, was man will, immer an der frischen Luft – einfach wunderbar.«

»Ich hatte mir meinen Lebensabend zwar etwas anders vorgestellt, aber Sie haben recht. Das ist ein wirklich schönes Fleckchen Erde hier.«

»Sind Sie schon lange hier?«

»Seit Herbst letzten Jahres. Ich war lange im Ausland …«

»Ja, ich weiß, in Santa Fu«, unterbrach Reiners, bevor Ede ihm ein Märchen auftischen konnte. Wie der Kommissar wusste auch Tom, dass ehemalige Inhaftierte ihren Aufenthalt im Gefängnis gerne als Auslandsaufenthalt kaschierten. Nicht nur die des berühmtesten Knasts Deutschlands, Hamburg Fuhlsbüttel – auch Santa Fu genannt.

»Oh, stimmt ja, Sie sind Kriminaler.« Edes Unbekümmertheit war dahin, Tom konnte es spüren.

Reiners zuckte jedoch nur mit den Schultern und meinte lapidar: »Hausaufgaben.« Noch bevor eine peinliche Stille entstehen konnte, hakte er nach: »Und weshalb sind Sie eingefahren?«

»Ach, das wissen Sie doch«, antwortete Ede mit einem leichten Zittern in der Stimme. Unsicher schaute er sich nach ungebetenen Ohrenzeugen um. »Lassen wir die alten Geschichten, Herr Kommissar, ich habe meine Strafe abgesessen und mit meiner Vergangenheit abgeschlossen. Diese Sache damals, das war der größte Fehler, den ich je gemacht habe. Ein Fehler, der sich bis auf mein heutiges Leben auswirkt. Ich bereue ihn zutiefst, glauben Sie mir. Oder haben Sie gedacht, in so einem alten, nicht isolierten Wohnwagen zu hausen, sei das Ziel meiner schlaflosen Nächte gewesen? Bestimmt nicht. Sie stellen sich Ihren Lebensabend in bunten Farben vor. Aber Sie können ja auch, wenn es Ihnen im

Wohnwagen zu feucht oder zu kalt wird, wieder in Ihre warme Wohnung zurück. Aber ich?« Auch wenn Ede sich bemühte, alles in einem ruhigen Ton zu sagen, so bebte seine Stimme nach wie vor. »Warum sind Sie wirklich hier, Herr Kommissar?«, ging er in die Offensive. »Wollen Sie einem alten Knastbruder auf den Zahn fühlen? Denken Sie etwa, ich hätte etwas mit Ihrem Toten hier vom Campingplatz zu tun? Sie haben wohl keine anderen Verdächtigen, was? Einmal Knasti, immer Knasti, richtig? Aber ich habe nichts damit zu tun. Ich will nie, nie wieder in den Bau zurück, das habe ich mir geschworen!«

»Nichts für ungut, Herr Meier. Ich bin wirklich nur gekommen, um mich bei Ihnen für die Tipps zu bedanken. Dass ich wegen Ihrer Haft nachgefragt habe, müssen Sie mir nachsehen. Lästige Berufskrankheit. Selbst am Feierabend und bei einer guten Flasche Bier lässt sie mich nicht in Ruhe. Tut mir leid.«

Reiners trank seine Flasche aus, verabschiedete sich und trat den Rückzug an, ohne weiter auf Tom zu achten.

Der Kommissar war noch nicht außer Sichtweite, da hatte Ede schon Reiners' Klappstuhl und die leere Flasche Bier gepackt und zum Wohnwagen zurückgebracht. Missmutig brummte er in seinen Bart. »Bin ich froh, wenn die den verdammten Mörder gefunden haben.« Und an Tom gerichtet sagte er: »Wenn sich der Kommissar weiter so ungeschickt benimmt, weiß bald der ganze Platz von meiner Vergangenheit. Dann kann ich meine Nebenjobs abhaken. Dann lässt mich keiner mehr den Rasen mähen, geschweige denn auf den Wohnwagen oder die Parzelle achten – dann ist nix mehr mit Toastbrot, mein Lieber! Das kannst du dann vergessen!«

Tom nickte nachdenklich. Ede hatte leider recht. Ehemaligen Häftlingen traute man nicht. Diese Vorstellung wurde nicht zuletzt in vielen Krimis zum Grusel der Zuschauer bedient.

»… und nun zum Schluss unserer Sendung noch ein Rezept für ein italienisches Dessert. Tiramisu. Dafür benötigen Sie Eier, Löffelbiskuits, Mascarpone, Espresso und einen Mandellikör wie Amaretto …« Weiter kam die Redakteurin im Studio nicht. Ede hatte die Fernbedienung zur Hand genommen und weitergeschaltet.

»Ich glaube, gleich kommt *Magnum*«, murmelte er, als er sich in seinen Klappstuhl sacken ließ. »Dann kann ich endlich wieder an was anderes denken als an meine beschissene Vergangenheit.«

24

Nach ausgiebiger Morgentoilette unter wolkenverhangenem Himmel und einem schmackhaften Kräuterfrühstück spazierte Tom in aller Frühe über den Campingplatz. Dort war es ruhig und friedlich. Von wenigen Ausnahmen einmal abgesehen lagen Flügellose um diese Zeit noch immer in ihren Nestern, mehr noch, sie verschliefen den halben Tag und nannten das dann Urlaub. Eine Verschwendung, die einem Gefiederten nie in den Sinn gekommen wäre. Jetzt, kurz vor Sonnenaufgang war man wie immer bereits seit langem aktiv. Laut und leidenschaftlich wurden Reviere verteidigt. Geschäftiger Flugverkehr regelte sich unfallfrei ohne Fluglotsen und Tower, während emsige Eltern flüchtenden Proteinen nachhetzten und frisch Vermählte Nistmaterial zusammenrafften und fortschafften.

Nestbau, ging es Tom durch den Kopf. Schwermütig dachte er an seine Opti …

Optimal wäre das ja gerade nicht, riss er sich zusammen. Ein Nest bauen zu müssen käme jetzt gar nicht gut. Wo er doch mitten in den Ermittlungen steckte und eigentlich nur ein Ziel kennen sollte: Neptunus' Mörder zur Strecke zu bringen. Schon seit er aufgewacht war, musste er an seine neuen Erkenntnisse über

Bernd Stegner denken, die er gestern beim Schauen der Regionalnachrichten gewonnen hatte. Leider war er beim Grübeln darüber nachts viel zu schnell eingeschlafen.

Bernd hatte also Zugang zu Zyankali gehabt. Aber hatte er es auch mitgenommen? Kaufen konnte man es nicht, jedenfalls nicht so ohne weiteres. Von Gil Grissom wusste Tom, dass Zyankali aus Sicherheitsgründen unter Verschluss gehalten und jeder Zu- oder Abgang in ein Giftbuch eingetragen werden musste. Aber konnten dicke Schlösser und Giftbücher Bernds kriminelle Energie stoppen? Vermutlich war es für ihn sogar mehr Aufwand, Rattengift in einem Baumarkt zu kaufen als Zyankali aus seinem Betrieb abzuzweigen.

Abzweigen …

»Niemand wird merken, dass ich etwas abgezweigt habe«, hatte Bernd seinem Gesprächspartner am Telefon selbstsicher zugeraunt, kurz bevor er den Banküberfall zugegeben hatte. Und jetzt war Tom klar, was Bernd damit gemeint haben musste. Er hatte seinem Arbeitgeber Zyankali gestohlen. Das Zyankali, das Alex das Leben gekostet hatte. Dieser Punkt war also geklärt. Doch eine überaus wichtige Frage war noch offen: Mit wem hatte Bernd gesprochen? Es schien ja ein Mitwisser, wenn nicht gar ein Mittäter gewesen zu sein. Bernd hatte seinen Gesprächspartner eingeladen, zu ihm zu kommen, damit er ihm die Geschichte von seinem Bankraub erzählen konnte. *»Pass auf, dass dich nie-*

mand sieht. Hier ist viel Polizei auf dem Platz«, hatte Bernd noch gesagt. Tom hatte auf den ominösen Fremden gewartet und mit Charlies Auftauchen gerechnet, doch der war nicht erschienen. Stattdessen war Jupp zu einem Scharmützel gekommen und erst unter Lottes entschlossenem Kommando wieder abgedampft. Tom musste jemanden übersehen haben – aber wen?

Halt!, fiel es ihm wie Schuppen vom Fisch. Da war doch noch jemand gewesen. Denn als Bernd seinen Frust über den Streit mit Jupp an ihm auslassen wollte, hatte Tom sich aus dem Staub gemacht, war im Tiefflug haarscharf am Nachbarwohnwagen abgebogen und hätte beinahe jemanden umgeflogen. Na klar, da war doch Luzie gewesen!

Auf einmal schien Tom alles so eindeutig zu sein. Luzie war auf dem Weg zu Bernd gewesen. Sie hatten zusammen telefoniert, und *sie* war es, die Bernd erwartet hatte. Seine Geliebte war auch seine Komplizin. Unweigerlich schüttelte Tom den Kopf. Luzie, die Verbündete eines brutalen Bankräubers? Das wollte irgendwie nicht passen. Die nette Luzie, die neben einem guten Wort auch immer eine Scheibe Toastbrot für ihn hatte? Andererseits war Luzie immer sehr, sehr aufmerksam bei der Sache gewesen, wenn Tom mit ihr und Alex *CSI* geguckt hatte. Nie hatte sie eine Folge verpasst. Ein Schelm, der Böses dabei dachte? Es war doch durchaus möglich, dass sie, während Gil Grissom brutalen Killern und Totschlägern auf den Pelz rückte, eifrig gelernt hatte, wie man den perfekten Mord beging. Aus den unzähligen Krimi-Abenden wusste sie, was man zu tun und zu lassen hatte. Und diese Kenntnisse hatten offenbar einen schnellen Ermittlungserfolg der Kommissare verhindert.

Plötzlich kläffte ein Hund, und Tom schreckte zusammen, als er gedankenversunken am Wohnwagen von Siggi und Katharina vorbeiwatschelte. Nanu, ein Hund bei Siggi und Katharina? Ein Hund, der sich verdammt nach Balu anhörte! Schon öffnete sich die Wohnwagentür, und der Dackel verließ den Caravan, Siggi an der Leine. Tom ging schnell hinter einer Hecke in Deckung.

»Siehst du, mein Kleiner, das kriegen wir beide doch prima hin. Dein Frauchen hat sich viel zu viele Gedanken gemacht«, meinte Siggi, während Balu heftig an der Leine zerrte und den willenlosen Flügellosen wie einen schlaffen Papierdrachen hinter sich herzog.

Wo ist denn Lotte?, fragte sich Tom. Doch dann fiel es ihm wieder ein. Die war ja bei Jupp in der Stadt, auf dem Kommissariat. *Ob Hump inzwischen etwas von Charlie gehört hat?*, überlegte er weiter, als er an das Kommissariat dachte. Er hoffte sehr, dass Rio in Kürze mit Neuigkeiten auftauchen würde, denn er hatte wenig Lust, den Kormoran bei seiner Observation abzulösen und selbst Stunden mit Stillsitzen in unbequemen Verstecken zu verbringen. Das ging nämlich mächtig auf den Rücken. Und mit einem Mal war ihm auch klar, warum im *Fall für Zwei* Doktor Lessing jemanden wie Matula beschäftigte. Doktor Lessing hatte sicher auch *Rücken*, wie Horst Schlämmer vom Grevenbroicher Tagesblatt sagen würde.

Balu verschwand unterdessen mit Siggi zwischen den Wohnwagenreihen, und Tom kam wieder hinter der Hecke hervor. Sofort reisten seine Gedanken wieder zurück zu Luzie, Bernd und dem Zyankali.

War Luzie etwa nicht nur Bernds Komplizin, sondern sogar die Täterin? Da Zyankali meist schneller wirkte als ein Gegenmittel helfen konnte, musste Alex es kurz vor oder kurz nach dem Verlassen des Restaurants zu sich genommen haben. »*… zum Abschluss gab's noch unser Hausdessert, Vanillecreme mit Amarettosahne …*«, brachte sich die Kellnerin Anna mit ihrer Aussage wieder in Toms Erinnerung. »*… dazu benötigen Sie einen italienischen Mandellikör wie Amaretto …*«, drängelte sich nun auch noch die Journalistin aus dem gestrigen Regionalprogramm in den Vordergrund, als fürchte sie, die Kellnerin könnte sie samt ihrem Rezeptbeitrag auf ein TV-Abstellgleis schieben.

Amaretto – Mandeln – Bittermandeln – ZYANKALI.

Aber ja! Der Nachtisch!

Luzie hatte den Bittermandelgeruch des Zyankalis im Aroma der Amarettosahne versteckt. Ein besseres Versteck gab es nicht. Sicher hatte sie die Desserts extra deswegen gewählt. Nicht Bernd, der eiskalte Bankräuber, war der Mörder, sondern die brave Luzie. Erst Geliebte, dann Komplizin und nun auch noch Mörderin! So und nicht anders wurde ein Ei daraus!

Da Alex das Restaurant jedoch noch auf eigenen Beinen verlassen hatte, musste die Giftdosis zu niedrig gewesen sein. Ob versehentlich oder absichtlich, konnte Tom nicht sagen. Er schlussfolgerte jedoch, dass es Alex nicht, wie von Luzie ausgesagt, nach einiger Zeit besser gegangen war, sondern schlechter. Um kein Misstrauen zu erregen, hatte sie sich zunächst rührend um Alex gekümmert und ihm dann draußen vor dem Restaurant vermutlich etwas angeboten, das ihm Linderung verschaffen sollte. Und Schwupps – hatte Alex eine zweite, jetzt tödliche Dosis Zyankali im Körper.

Tom ärgerte sich, dass er nicht schon früher auf diese Lösung gekommen war. Er hatte sich viel zu sehr von den anderen Verdächtigen, insbesondere Charlie und Jupp, aber auch von Bernds Tod, der sich als banaler Unfall entpuppt hatte, ablenken lassen. *Magnum* wäre ein solcher Fehler sicher nicht unterlaufen. Der kannte die Frauen und hätte sich von Luzies Unschuldsmasche nicht einlullen lassen. Doch für Depressionen und anhaltende Selbstzweifel hatten Gänse keine Zeit. Für ihr sonniges Gemüt gab es nur eine Richtung: nach vorn. Und tatsächlich half Tom ein ermutigender Gedanke aus seiner kleinen Krise. Er dachte an die Kommissare. Im Gegensatz zu ihm machten sie diesen Job nun schon seit Jahren und kannten sich mit Tätern jeder Art aus – aber auch sie hatten Luzie aus dem Blick verloren und sich auf die anderen konzentriert.

Ein Ächzen und Stöhnen, das aus der Luft zu kommen schien, ließ Tom, der mittlerweile wieder am Seeufer angelangt war, nach oben schauen. Das Geräusch kam von einem dunklen Vogel, der aus der Richtung des Hafenmeistergebäudes herüberflog, immer näher kam und jetzt unüberhörbar fluchte. Rio.

»Verdammt, da bist du ja, Tom. Mann, hab ich Verspannungen«, maulte er und landete neben seinem Freund im Wasser. »Stundenlang trocknen ist nichts gegen eine Ewigkeit observieren. Ich war heute schon wieder ganz früh im Dienst. Wolltest du mich nicht ablösen?«

»Natürlich, ich wär auch gleich gekommen«, flunkerte Tom. »Gibt es denn was Neues – oder hast du aufgegeben?«

»Pah! Aufgeben – ich doch nicht! Hump und Charlie haben gerade miteinander telefoniert.«

»Echt? Erzähl!«

»Wenn ich das richtig verstanden habe, wollte dieser Bernd die Geschäfte von Alex übernehmen. Ich hab ja nur Humps Stimme gehört, aber es klang so, als habe Charlie gesagt, dass Bernd die große Kohle machen wollte und auf Alex' Job aus war – was auch immer das genau heißen mag.« Unter Rios Worte hatte sich ein lautes Knurren gemischt. »Hunger – ich habe seit Stunden nichts gefuttert«, entschuldigte er sich, als sei das etwas Ungewöhnliches.

»Das ist sehr interessant, Rio. Gab's noch mehr Einzelheiten, hat Hump was von Drogen gesagt?«

»Nö, mehr hat der Kommissar nicht rausgekriegt. Ich schwör's, dafür leg ich meinen Fisch ins Wasser.« Rio sah Tom entschlossen an. »So, und jetzt erkläre ich die Observation für beendet. Ich sehe mich erst mal nach einem großen, dicken Wasseratmer um.« Kaum hatte er den Satz beendet, nahm er auch schon Anlauf und startete. Flügelschlagend lief er eine lange Strecke auf dem Wasser, bis er endlich abhob und fort war, bevor Tom ihn mit einem neuen Lauschangriff beauftragen konnte.

Doch darüber hätte sich Rio keine Sorgen machen müssen. Denn seine Information war das letzte kleine Puzzleteil, das Tom für die komplette Auflösung des Falles benötigt hatte. Es war die Beantwortung der Frage nach dem »Warum« für diesen Mord.

Luzie, verliebt wie sie war, wollte für Bernd frei sein. Aber dafür hätte sie sich einfach scheiden lassen können – es musste also noch etwas anderes dahinterstecken. Und da kamen nun Bernds Telefonate mit Charlie ins Spiel. Bernd wollte nicht nur Geschäfte mit Charlie machen, das Ganze war offenbar schon viel konkreter geplant: Er hatte es gleich ganz auf Alex' Dealerjob abgesehen. Er wollte alles übernehmen, alles – Alex' Frau und auch seine Geschäfte. Und so war wohl aus dem

Liebespaar Bernd und Luzie ein Mörder-Dream-Team geworden: Er hatte das Gift besorgt und sie die Tat ausgeübt.

Tom reckte und streckte sich genüsslich. Er hätte vor Glück schnattern können. Dieses Hochgefühl, diese energiegeladene Spannung bis in die kleinste Federspitze – er wusste, nie mehr würde er etwas anderes machen wollen, als Kriminalfälle zu lösen. An Nestbau dachte er da gerade nicht.

Doch kaum hatte er die vermeintlich letzte Frage auf seiner Liste abgehakt, wollte die nächste beantwortet werden: Wieso hatte die SpuSi eigentlich keine Hinweise auf das Gift gefunden? Wer mit Zyankali hantierte, konnte auch etwas verschütten und schützen musste er sich auch. Das hatte Tom auch bei den Feuerwehrleuten im Fernsehen gesehen. Mundschutz, Latexhandschuhe, Giftfläschchen, winzige Spritzer. Irgendetwas musste doch zu finden sein. Hatte sich die SpuSi überhaupt die Mühe gemacht, Luzies Wohnwagen daraufhin zu untersuchen?

Das muss ich kontrollieren, entschied Tom kurzentschlossen und machte sich auf den Weg. Denn Flügellose waren anscheinend nicht in der Lage, einen Fall von dreifachem Zyankalimord zu lösen. Nur *Magnum*, der hätte das gekonnt. Aber der war ja auch ein besonderer Flügelloser – fast schon eine halbe Nilgans.

25

Der Himmel war inzwischen aufgerissen und die Sonne lugte bereits über den Horizont. Schon jetzt war klar, das würde ein Tag ganz nach dem Geschmack von Flügellosen werden. So unauffällig wie möglich landete Tom in der Nähe der Parzelle einunddreißig und watschelte auf Luzies Wohnwagen zu. Er hoffte, dass auch Luzie noch schlafen und seine Mission nicht bemerken würde. Geduckt, den Hals lang ausgestreckt und den Schnabel nur wenige Zentimeter über dem Boden, arbeitete er sich langsam auf dem Rasen vor und überzog dabei das Grün mit einem imaginären Raster. Kein Grashälmchen sollte ihm entgehen. Doch nichts. Der Rasen war sauber, von Bittermandelmolekülen keine Spur.

In gekrümmter Haltung zwängte er sich unter den Wohnwagen. Hier begann nun der ungemütliche Teil seines Einsatzes. Auf geknickten Beinen und mit eingezogenem Hals suchte er den fast kahlen Boden genauso ab wie die alten Campingstühle, den Grill und sonstigen Plunder, den Luzie unter dem Wohnwagen deponiert hatte. Vorsichtig natürlich. Schließlich wollte er sich bei einer eventuellen Berührung mit dem Gift nicht selbst umbringen.

Auf einmal schreckte er zusammen und blieb wie angewurzelt hocken. Geräusche. Über ihm. Schritte. Eindeutig.

Luzie war aufgestanden. Hatte er sie etwa geweckt? Zu laut geschnüffelt? Oder hatte sein Schnabel vor lauter Aufregung nicht stillgestanden und geschnattert, ohne dass er es gemerkt hatte? Gänsen passierte so etwas schon mal. Nun aber galt es Schnabel halten und Ruhe bewahren. Doch das war gar nicht so einfach. Schließlich wusste er genau, wozu die Bestie fähig war, die da über ihm erwacht war. Aufmerksam lauschte er den Geräuschen aus dem Wohnwagen und bewegte sich keinen Millimeter. Leise Musik drang zu ihm herunter, ein Wasserhahn wurde geöffnet, wenig später röchelte eine Kaffeemaschine. Zeitgleich mit den bedrohlich stampfenden Schritten über seinem Kopf hörte er Luzie leise summen. Sie schien guter Dinge zu sein – vielleicht war es aber auch nur ein Ablenkungsmanöver, um ihn in Sicherheit zu wiegen.

Tom presste beide Schnabelhälften fest aufeinander, damit kein Ton entweichen konnte. Er wagte immer noch nicht, sich zu bewegen. Schon wieder Schritte, jetzt direkt über ihm. Instinktiv zog er den Hals noch ein Stückchen weiter ein. Wieder Schritte, dann hörte er das Öffnen der Wohnwagentür. *O je*, fuhr es ihm durch den Kopf. *Jetzt bin ich fällig.*

Doch anders als erwartet, entfernten sich Luzies Schritte. Vorsichtig suchte Tom hinter dem Wagenrad

Deckung und spähte mit einem Auge unter dem Caravan hervor. Luzie ging in Richtung des Hafenmeistergebäudes, ohne sich ein einziges Mal umzusehen. Als sie aus seinem Blickfeld verschwunden war, atmete er erleichtert auf. Das war ja gerade noch mal gutgegangen. Luzie machte schließlich nicht vor Artgenossen halt, wer wusste da schon, wozu sie bei Gänsen fähig war. Eilig machte er sich wieder auf die Suche nach dem Gift. Er wusste, viel Zeit blieb ihm nicht. Früher oder später würde Luzie zurückkommen.

Am Unterboden des Wohnwagens untersuchte er vorsichtig Strebe für Strebe, jede Vertiefung, jedes Rostloch. Dann endlich. An einer Nische in der Nähe der Radaufhängung fand er eine feine Spur. Dieser Hohlraum roch genau so, als hätte Ede dort seinen Marzipankuchen versteckt. Aufgeregt lugte er mit einem Auge in die Öffnung. Beinahe hätte er vor Vorfreude laut geschnattert. Nur ein paar Augenblicke noch, dann hatte er den Beweis im Schnabel. Doch in dem Hohlraum war nichts. Kein Mundschutz, keine Handschuhe und vor allem kein Behältnis mit dem Zyankali. Aber wo war das Gift? Hatte Luzie das Versteck gewechselt? Noch mit diesen Fragen beschäftigt, stellten sich mit einem Mal wie von Geisterhand geführt seine Nackenfedern auf. Tom beschlich das ungute Gefühl, nicht mehr alleine zu sein. Angespannt schaute er sich um und lauschte. War da irgendwer?

Blätter raschelten, Kies knirschte leise. Jemand atmete, kam näher. Ein Schatten verdunkelte den schmalen Spalt zum Wohnwageneingang.

Wer trieb sich da draußen herum? Luzie? War sie schon wieder zurück? Oder war es der ewig kläffende Balu? Aber hier bellte niemand. Hier war es totenstill – bis auf dieses unheimliche Atmen.

Wieder raschelte es, der Schatten bewegte sich weiter auf ihn zu, kam immer näher. Tom konnte ihn förmlich bis auf die Gänsehaut spüren. Dann hörte er eine bedrohliche, ihm wohlbekannte Stimme:

»Hab ich dich endlich gefunden, du Schnüffler!«

26

Bedrohlich kam der Schatten näher. Toms Hinterteil wackelte wie ein Lämmerschwanz, während er wie gebannt auf den dunklen Umriss starrte.

»Gleich hab ich dich«, drohte Luzies Stimme.

Die Erkenntnis, dass Luzie zurückgekehrt war, ohne dass er es bemerkt hatte, raubte Tom fast den Atem. Sein Blut pochte in den Ohren, und seine Schnabelhälften klebten förmlich aufeinander. Um Hilfe schreien – unmöglich.

»Los, komm raus! Ich weiß genau, dass du da drunter bist.«

Tom bewegte sich keinen Millimeter. Freiwillig würde er sich nicht in die Hand einer Flügellosen begeben, die wusste, wie man mit Zyankali umging. Da musste sie schon selbst unter den Wohnwagen kriechen und ihn holen. Luzie und er gemeinsam unter dem niedrigen Caravan. Das wäre fast so etwas wie Chancengleichheit.

Wieder raschelte es, der Schatten bewegte sich weiter auf ihn zu. »Komm raus, du Gans! Ich krieg dich sowieso!«

War das wirklich Luzies Stimme? Trotz seiner Angst fand Tom, dass sich Luzies Stimme jetzt irgendwie fremd anhörte. Aber egal, wer da vor dem Wohnwagen war – derjenige war gekommen, um ihn zu holen, so viel war klar. Warum hatte er sich bloß so sehr in die Suche nach dem Gift gestürzt und dabei seine eigene Sicherheit völlig außer Acht gelassen. Böser, böser Fehler.

Mit einem Mal schepperte es. Ein Teil von Luzies Plunder geriet ins Rutschen und verursachte dabei eine riesige Staubwolke. Während Tom ein ängstliches Tröten ausstieß, vermischte sich das Poltern mit lautem Fluchen.

»So ein Pinguinmist. Der Klumpatsch verdirbt mir noch die ganze Aktion!«, krächzte die Stimme, die sich nun so gar nicht mehr nach Luzie anhörte. Dann herrschte einen Moment Stille.

»Riffler? Bist du das?«, fragte Tom in die unheimliche Ruhe hinein. Er hatte das Krächzen trotz des drohenden Nervenzusammenbruchs erkannt.

»Na klar, wer denn sonst?«, sagte der Riffler und trat hinter dem Gerümpel hervor.

»Sag mal spinnst du, oder was soll der Quatsch?! Wegen dir ist mir fast das Herz stehen geblieben.«

»Sorry – ich konnte einfach nicht widerstehen. Ich habe dich schon eine ganze Weile beobachtet. Und da hat es mich einfach in den Federspitzen gejuckt.«

»Aber du hast dich wie Luzie angehört. Ich habe gedacht, mein letztes Stündchen hätte geschlagen.«

»Wir Rabenvögel sind nicht nur ein lustiges, sondern auch ein cleveres Völkchen. Wir können Stimmen imitieren, nicht nur die von Artgenossen. So einen Spaß kann ich mir doch nicht entgehen lassen – und du hast auch so wunderbar mitgespielt.« Der Riffler amüsierte sich köstlich.

»Ich bin auf der Suche nach Neptunus' Mörder, bringe mich in Gefahr – und du machst Späße mit mir. Hast du sie eigentlich noch alle??«

»Ist ja schon gut, war doch nur ein Streich. Was kann ich denn dafür, dass du keinen Spaß verträgst?« Der Riffler schaute Tom etwas beleidigt an. Während er sein Gefieder von Staub befreite, meinte er versöhnlich: »Kann ich es wiedergutmachen? Kann ich dir bei irgendwas helfen?«

Tom überlegte einen Moment und nickte dann. »Ja, ich könnte Hilfe gebrauchen. Mein Matula ist zurzeit an der Frittenbude – ähm, ich meine beim fischen.«

»Dein Matula?«

»Vergiss es. War ein Insiderwitz.«

Ohne weiter auf seinen Matula einzugehen, erklärte Tom seinem neuen Assistenten, wonach er suchen sollte: irgendetwas, das so roch, wie der tote Neptunus schmeckte.

»Und diese Luzie soll das hier versteckt haben?«, vergewisserte sich der Riffler. »Ich frage nur, weil ich sie vor ein paar Tagen mal unter dem leeren Nachbarwohnwagen habe hervorkriechen sehen. Vielleicht ist das Zeug ja da drüben?«

»Wie bitte? Und das sagst du erst jetzt?!«

»Erstens konnte ich nicht ahnen, dass du das wissen wolltest, und zweitens interessiert mich das Getue der Flügellosen nicht«, schmollte der Riffler.

»Ist ja gut. Komm, wir haben keine Zeit zu verlieren. Lass uns rübergehen.«

Tom kam unter dem Caravan hervor und watschelte rüber auf das Nachbargrundstück. Der Riffler schritt neben ihm her. Da der Wohnwagen schon lange leer stand, drohte von plötzlich auftauchenden Flügellosen keine Gefahr.

»Dort habe ich Luzie beobachtet«, sagte der Riffler und zeigte mit seinem kräftigen Schnabel auf die entsprechende Stelle unterhalb des Wagens.

Tom trat näher, schnüffelte aufgeregt Luft durch seine Nase und filterte sie mehrfach. Da war etwas in der Luft, das ihn innerlich jubeln ließ. »Also, wenn ich es nicht besser wüsste, würde ich sagen, hier riecht es verdammt nach Bittermandeln. Das Gift muss hier versteckt sein. Darauf verwette ich meine Schwanzfedern.« Er kroch unter den Wagen und streckte den Hals vor. Aus einer offenen Verstrebung dünstete der stärkste Bittermandelgeruch aus, den er je gerochen hatte. Ein kurzer Blick in die Öffnung. Treffer! Es handelte sich um eine durchsichtige Plastiktüte, die ein braunes Glasfläschchen enthielt.

Hierhin hatte Luzie das Beweisstück also gebracht, bevor es die SpuSi bei ihr finden konnte. Obwohl Tom wusste, wie gefährlich seine Entdeckung war, versuchte er, die Tüte aus dem Versteck zu ziehen. Ohne das Fläschchen würde man Luzie nie den Mord an Neptunus, Tiger und Alex nachweisen können. Doch Toms Schnabel war zu breit für die schmale Vierkantöffnung. Er versuchte es mehrfach, gab sich dann aber geschlagen.

»Ich krieg es nicht raus, Riffler. Kannst du es mal versuchen?«

Der Rabe ging unter den Wohnwagen und begann mit seinem Schnabel in der offenen Verstrebung herumzustochern. Doch auch er hatte trotz seiner Geschicklichkeit große Mühe, an das Corpus Delicti heranzukommen. Während Tom ihm bei seinen Bemühungen zusah, hörte er Stimmen von Flügellosen. Es waren Luzie und die beiden Kommissare, die langsam näher kamen. Instinktiv hielt er die Luft an, duckte sich wie ein Küken im Nest und spitzte die Ohren. Der Riffler stocherte unterdessen weiter.

»Wie oft soll ich es Ihnen denn noch sagen: Ich bin unschuldig. Sie können mir nichts nachweisen, weil ich einfach nichts getan habe. So einfach ist das.«

»Die neuen Indizien sprechen für sich, Frau Breetz. Uns fehlt nur noch das Beweisstück. Und das werden wir schon noch finden. Fühlen Sie sich also nicht zu sicher. Es entspricht nicht unserer Arbeitsauffassung, Mörder frei herumlaufen zu lassen«, sagte Reiners, der den Missmut in seiner Stimme nicht ganz unterdrücken konnte.

Aha, die Kommissare hatten also ebenfalls Charlies Info über Alex' Pläne ausgewertet und die gleichen Schlüsse gezogen wie Tom. Mit Genugtuung nahm er zur Kenntnis, dass er einen Tick schneller gewesen war und seinen ganz privaten Ermittlungswettbewerb mit den beiden Flügellosen gewonnen hatte.

»Wir haben Sie im Auge, Frau Breetz«, drohte Hump. »Auch wenn wir jetzt ohne Sie gehen müssen, wir kommen wieder. Irgendwann stehen wir wieder vor Ihrer Tür, denn Mord verjährt nicht.«

»Denken Sie, meine Herren. Mir werden Sie nichts anhängen können. Da können Sie bis zum Sankt Nimmerleinstag warten.«

Nicht, wenn ich es verhindern kann, dachte Tom und hoffte, der Riffler würde bald das Beweisstück präsentieren. Mit ein bisschen Glück würden genug Spuren darauf sein, um Luzie zu überführen. Während der Rabe weiterhin mit dem Schnabel im Vierkantrohr stocherte und sich die Kommissare vor Luzies Wohnwagen von ihr verabschiedeten, hörte Tom Balu kläffen. Sein freudiges Bellen verriet, dass er Siggi abgehängt haben musste.

»Und? Hast du es, Riffler? Hier wird es langsam ungemütlich. Ich glaube, Balu hat sich losgerissen. Wir müssen weg hier. Dringend.«

»Es ist ziemlich weit reingeschoben und steckt fest. Ich bekomme es nicht richtig zu fassen.«

Die Aussicht, noch länger bei dem Wohnwagen ausharren zu müssen, gefiel Tom gar nicht. Wenn Balu sie entdeckte, würde sich der Jagdhund eine kleine Hatz nicht entgehen lassen.

»Nun mach schon«, raunte Tom dem Riffler zu. Er rechnete jeden Moment mit Balus Auftauchen.

Und tatsächlich: Auf kurzen Beinchen, die rote Leine im Schlepp, bog Balu um die Ecke und stand sofort bellend vor dem Wohnwagen. Tom hatte seine letzte Flucht vor Balu noch in schlechter Erinnerung, diesmal würde er alles dafür tun, um den Köter zu vertreiben. Unter dem Wohnwagen wedelte er mit ausgebreiteten Flügeln, plusterte sich bis zum Äußersten auf und zischte und trötete so laut er konnte. Balu kläffte wild und blieb eine gute Flügellänge vor Tom stehen. Er hob den Kopf, stampfte mit den Vorderpfoten auf und ging dazu über, zwischen Knurren und Bellen hin und her zu wechseln. Anscheinend war er sich nicht ganz schlüssig, welche Angriffstaktik er wählen sollte. Glasklar dagegen war, dass ein Rückzieher für ihn nicht in Betracht kam.

»Ich hab's, Tom!« Der Riffler hatte sich trotz des Hundeangriffs nicht beirren lassen, einen Zipfel des Tütchens zu fassen bekommen und herausgezogen. Sofort ließ er es neben Tom auf den Boden fallen, zu sehr erinnerte er sich an den toten Reiher und seine damit verbundene Übelkeit.

Tom war dadurch kurz abgelenkt und sofort kam Balu einen Schritt näher. Mit einem Mal jedoch veränderte sich sein Gesichtsausdruck, und sein Kläffen verkam zu einem jämmerlichen Jaulen. Dann drehte er sich blitzschnell um die eigene Achse und schnappte nach irgendetwas hinter ihm. Wilde Kampfgeräusche waren zu hören.

»Lauf weg, Tom, ich halte ihn in Schach!«, kam es keuchend aus der Rauferei. Es war Rios Stimme. Nach erfolgreicher Fischjagd hatte der Kormoran den Campingplatz auf der Suche nach einem schönen Trockenplatz überquert und war dabei durch Toms Getröte auf dessen Not aufmerksam geworden. Ohne groß nachzudenken hatte er eingegriffen, mit dem starken Hakenschnabel nach dem Dackel geschnappt und seine Rute erwischt.

»Los, nun mach schon«, ächzte Rio.

Tom zögerte keine Sekunde länger und schnappte sich das stinkende und bitter schmeckende Tütchen mit dem Schnabel. Reiners und Hump mussten das Giftfläschchen unbedingt in die Hände bekommen, sonst war es vorbei mit den Träumen von einer Laboruntersuchung. Sie hatten Luzie zwar im Blick, würden aber trotzdem bald ihre Zelte auf dem Campingplatz abbrechen und in die Stadt zurückkehren. Die Hoffnung auf einen belastbaren Beweis für die Staatsanwaltschaft würden sie womöglich ohne ihn begraben müssen. Und dann hätte Luzie tatsächlich den perfekten Mord begangen.

Rasch watschelte er an der wilden Kampfszene vorbei. Balu setzte Rio mit seinen Zähnen mächtig zu, inzwischen wirbelten schon schwarze Federn, aber auch ein paar braune Fellflusen durch den Wind. Verdammt, wo war eigentlich Siggi? Jetzt kam der Riffler Rio zu Hilfe und attackierte den Vierbeiner mit dem Schnabel. Doch der ließ nicht von seinem Gegner ab. Also wandte Rio eine List an, zu der ein Kormoran nur griff, wenn es keinen anderen Ausweg gab. Er würgte heftig und spuckte dem Dackel seine wertvolle Ladung vor die Pfoten. Zwei dicke Fische. Er war nun leichter, eine Flucht wäre einfacher – vorausgesetzt, er konnte nach der ganzen Balgerei überhaupt noch fliegen. Balu guckte verwirrt, schüttelte sich und sah, dass Tom eilig den Weg entlangwatschelte. Eine neue Beute. Sofort nahm er die Verfolgung auf.

In der Entfernung konnte Tom die beiden Kommissare sehen, die in Richtung Hafenmeistergebäude gingen und von dem Kampf offenbar nichts mitbekommen hatten. Hinfliegen war illusorisch, das zusätzliche Gewicht seines ungewöhnlichen Gepäcks hielt ihn davon ab. Er musste es einfach schaffen, sie mussten auf ihn aufmerksam werden, doch nun hörte er das wütende Bellen von Balu hinter sich. Mit schwungvollen Watschelschritten und unter Zuhilfenahme seiner Flügel hastete er hinter den Kommissaren her. Schon wieder Balus Bellen, jetzt dicht hinter ihm. Tom rannte um sein Leben, seine Kehle brannte mittlerweile wie Feuer. Aber das Fläschchen fallen zu lassen und sich selbst in Sicherheit zu bringen kam für ihn nicht in Frage.

Balu kam jedoch immer näher, Tom konnte seinen Atem schon spüren. Mit einem Satz war der Dackel plötzlich über ihm und drückte ihn nieder. Vor Schreck ließ Tom seine Beute aus dem Schnabel fallen. Das Tütchen gab seinen Inhalt frei, das braune Fläschchen rollte auf den Rasen.

Tom fühlte Balus feuchte Schnauze und die spitzen Zähne überall auf seinem Körper. Er spürte, wie seine Kräfte schwanden, Gegenwehr brachte er kaum zustande. Mit letzter Kraft nahm er das Fläschchen in den Schnabel. Das Beweismittel, das um keinen Preis verlorengehen durfte. Sein Hals brannte, er bekam fast keine Luft mehr.

Ihm wurde übel, sein Blick trübte sich, und seine Schmerzen verschwanden.

Das Letzte, was Tom hörte, war Lottes energische Stimme die Balu zur Ordnung rief. Das Letzte, was er sah, waren vier lange Hosenbeine, die auf ihn zueilten.

27

Zufrieden überflog Tom in einer weiten Schleife den tiefblauen See. Unter sich sanfte Ufer, grüne Lichtungen, unzählige Wohnwagen und Boote. Sein Zuhause. Nichts hatte sich geändert und doch, etwas war anders. Wenige Tage waren erst vergangen, seit Tom in die kalten, starren Augen von Neptunus geblickt hatte. Ein kurzer Zeitraum nur, der es aber in sich gehabt hatte und sich anfühlte, als sei eine kleine Ewigkeit vergangen. Eine Ewigkeit, in der er sich verändert hatte, reifer und auch erwachsener geworden war.

Nach und nach drosselte Tom sein Tempo, steuerte einen ruhigen Platz in der Nähe des Ufers an und machte sich zur Landung bereit. Dazu flog er eine kleine Schleife und verringerte die Höhe. Schließlich fuhr er sein Fahrwerk aus, spreizte die Zehen und setzte sanft auf dem Wasser auf. Wohlig wackelte er mit seinem Hinterteil einige Wasserperlen aus dem Gefieder und faltete seine Flügel auf dem Rücken zusammen.

Wieder hier auf dem See zu sein war großes Glück, denn hätten Lotte und die Kommissare nicht so beherzt eingegriffen, wäre er sicher nicht mehr zu retten gewesen. Rio hatte ihm die ganze Geschichte nach seiner Genesung erzählt. Lotte war herbeigerannt, hatte

Balu zur Ordnung gerufen und Siggi mit ihm nach Hause geschickt. Vorher hatte Siggi sie aber anscheinend noch auf den verletzten Kormoran aufmerksam gemacht, der wie ein zerfleddertes Häufchen Elend vor dem unbewohnten Wohnwagen lag. Sie hatte Jupp, dem eine Untersuchungshaft erspart geblieben war, und Kommissar Reiners dazu eingeteilt, sich um den Kormoran zu kümmern. Rio hatte sich zwar erst noch mit ein paar Schnabelhieben zur Wehr gesetzt, aber dann hatten ihn die Kräfte verlassen und er hatte aufgeben müssen.

Während Reiners und Jupp mit Rio beschäftigt waren, kümmerten sich Lotte und Hump um Tom – und entdeckten dabei das Giftfläschchen in seinem Schnabel. Hump wusste sofort, um was es sich bei dem Fläschchen handelte, schließlich sprach der aufgedruckte Totenkopf für sich.

»Die beiden Vögel müssen in eine Tierklinik«, hatte Lotte festgestellt, als Reiners und Jupp mit Rio auf dem Arm zu ihnen herüberkamen.

»Das übernehmen wir«, hatte Hump sofort gesagt. »Wir müssen sowieso in die Stadt fahren.«

In der Klinik wurden die beiden Freunde einige Tage lang versorgt und wieder aufgepäppelt. Winzige Spuren des Zyankalis am Schraubverschluss des Fläschchens waren über Toms Schnabel in seinen Körper gelangt und hatten ihn vergiftet. Glücklicherweise nicht lebensgefährlich, da die Flügellosen so beherzt eingegriffen hatten. Ihm wurde in der Klinik sofort ein Gegenmittel injiziert, wodurch ein Teil des roten Blutfarbstoffs Hämoglobin so umgewandelt wurde, dass er das Zyanid chemisch binden und damit unschädlich machen konnte. Und so wurde Tom gerettet.

Rios Flügel war angebrochen und war deshalb mit einer Schiene ruhiggestellt und verstärkt worden. Die leichten Schürfwunden hatte man desinfiziert und mit Heilsalbe bestrichen. Den Rest würde die bald einsetzende Mauser besorgen, die sein löchriges Federkleid binnen weniger Wochen wieder in Ordnung bringen würde. Nichts würde dann mehr auf das tollkühne Abenteuer hinweisen, das er erlebt hatte.

Erstaunt war Tom über den Besuch der Kommissare, die jeden Tag bei ihnen vorbeischauten. Noch mehr wunderte er sich aber, als sich Hump dabei einmal zu ihm hinunterkniete, mit einer Hand über sein Federkleid strich und tatsächlich sagte: »Auch wenn du uns nicht verstehst, möchten wir uns trotzdem bei dir bedanken. Nur durch deinen Fund haben wir einen Mord auf dem Campingplatz lösen können.«

Schade, dass selbst flügellose Kriminalisten partout nicht begreifen wollten, dass die Gefiederten ihre Sprache sehr wohl verstanden.

»Wir haben Fingerabdrücke von Luzie, der Mörderin, und von ihrem toten Geliebten an dem Fläschchen gefunden«, hatte Hump noch hinzugefügt und dann zu Reiners rübergeraunt: »Jetzt bedanke ich mich schon bei einer Gans. Hättest du dir so was jemals vorstellen können, Konny?« Seine Besorgnis um den eigenen Geisteszustand war deutlich an seiner Stimme zu erkennen. »Aber auch wenn es uns seltsam vorkommt, ich bin fast davon überzeugt, dass sie mehr versteht, als wir beide ahnen. Mein Gott, wenn Neuner wüsste, dass wir das entscheidende Beweisstück von ihr haben …« Hump hatte abrupt abgebrochen und sich mit eingezogenem Hals umgeschaut, als befürchtete er, dass der Staatsanwalt plötzlich hinter ihm stehen könnte.

»Was er nicht weiß, macht ihn nicht heiß«, antwortete Reiners ganz gelassen. Auch ihm schien die Gans, die ihn so manches Mal auf Schritt und Tritt verfolgt hatte, nicht ganz geheuer zu sein.

Tom dagegen freute sich zu hören, dass er Bernd und Luzie richtig eingeschätzt hatte. Wären sie Profis oder weniger überheblich gewesen, hätten sie einen solch groben Fehler, wie ihre Fingerabdrücke auf dem Mordwerkzeug zu hinterlassen, nicht begangen. Trotzdem wunderte er sich noch einmal, dass sowohl er als auch die mordgewohnten Kommissare so lange gebraucht hatten, um Luzie als Gattenmörderin auszumachen. Gil Grissom hatte mit seiner Schlussfolgerung, dass immer der der Mörder ist, der das Opfer als Letztes gesehen hat, richtig gelegen. Und nach Auswertung aller Aussagen war das Luzie gewesen. Es war so offensichtlich gewesen, so nah, dass sie eigentlich darüber hätten stolpern müssen, und doch hatten sie es nicht getan.

Eines Nachmittags waren die Kommissare dann gekommen, um Rio und Tom aus der Klinik abzuholen und in der Nähe des Campingplatzes wieder freizulassen. Zum Abschied knisterte ausgerechnet Reiners mit einer Tüte und holte ein paar Scheiben Toastbrot hervor. Da gab es für Tom kein Halten mehr. Seit er in Behandlung war, stand er auf Entzug, war schon fast auf »turkey«. Toastbrotentzug. Rio dagegen ergriff sogleich die Flucht. Toastbrot! Igitt! Nach der Klinikkost träumte er nur noch von frischem Fisch. Selbst gefangen.

Nachdem die letzte Krume Brot zwischen Toms Schnabelhälften verschwunden war, verabschiedeten sich die Kommissare und machten sich auf den Weg zurück in die Stadt. Ihr Job auf dem Campingplatz war erledigt. Gleich darauf war Tom gestartet und hatte sich sein ruhiges Plätzchen auf dem See gesucht. In der Abgeschiedenheit wollte er die letzten Tage noch einmal Revue passieren lassen. Er hatte über vieles nachzudenken, viel war geschehen …

»Tom! Endlich habe ich dich gefunden. Ich suche dich schon seit Tagen. Klick-Klick. Du hast dich doch nicht etwa vor mir versteckt?« Heftig flügelschlagend, kam Barkas auf ihn zugehetzt, wirbelte dabei Wasser auf und hinterließ eine lange Laufspur. »Freunde! Freunde! Ich habe ihn gefunden. Tom ist hier!«, schrie er geradezu enthusiastisch über den halben See hinweg, damit auch ja keinem Gefiederten die Neuigkeit entging. Schließlich wartete man schon lange gespannt darauf, Tom endlich zu Gesicht zu bekommen.

Aus und vorbei mit Ruhe und Abgeschiedenheit, denn bald drängten sich unzählige Enten, Blässhühner, Gänse und Haubentaucher um Tom herum. Reiher schwebten lautlos ein, Schwäne kamen engelsgleich angeflogen und landeten platschend auf dem Wasser. Wie aus dem Nichts erschienen Rabenvögel und verteilten sich ohne Aufsehen in den umliegenden Baumkronen. Vielstimmig wurde geschnattert, geklickt und trompetet. Amulet war deutlich aus der Menge herauszuhören, als sie sagte: »Ja, *ich* habe ihm geholfen. Ich habe eine wichtige Aussage gemacht.«

Tom schüttelte den Kopf. Nun wollte das gefiederte Volk also Einzelheiten von ihm hören.

»Wir haben gehört, dass du den Fall abgeschlossen hast. Klick-Klick. Was hast du herausgefunden, Tom?« Wieder einmal hatte Barkas rasch gehandelt und die Position des Sprechers an sich gerissen. Wichtigtuerisch schwamm er vor Tom hin und her und nickte bei jeder Bewegung bedeutungsvoll.

»Ach, da gibt's nicht viel zu erzählen«, druckste Tom herum. Ihm gefiel dieses große Interesse ganz und gar nicht. Viel lieber hätte er sich in Ruhe gebadet und gebürzelt – und dann in derselben Ruhe den Reihern von seinen Ermittlungsergebnissen berichtet.

»Nun hab dich doch nicht so. Kannst uns ruhig was erzählen.« Barkas ließ nicht locker.

Tom atmete tief ein und schaute in die Runde. Fragende Augen, wohin er auch blickte. Er gab sich geschlagen. »Es ist uns gelungen, Neptunus' Mörderin ausfindig zu machen. Es handelt sich um die Flügellose Luzie, oben vom Campingplatz. Vielleicht kennt sie der eine oder andere von euch.«

Ein Raunen huschte über den See und Barkas hakte gleich nach: »Kannst du vielleicht noch mehr erzählen?«

»Diese Luzie hatte ein neues Männchen. Und sie wollte Alex, ihr altes Männchen, loswerden, obwohl er noch bei ihr bleiben wollte. Ihr wisst, so etwas wie eine Partnerschaft nur für eine Brutsaison kennen die Flügellosen ja nicht. Und weil die Männchen nicht – wie das bei uns üblich ist – miteinander gekämpft haben, hat das Weibchen die Initiative ergriffen und ihm Gift unters Futter gemischt. Doch das Männchen war nicht dumm, hat etwas geahnt und es nicht angerührt. Also hat die Flügellose das Futter weggeworfen und leider hat Neptunus es gefunden und davon gefressen, genauso wie Tiger, der Kater. Beide haben sich an dem Futter, das für das Männchen gedacht war, vergiftet.«

Tom ging absichtlich nicht zu sehr ins Detail, Worte wie Observation, Vernehmung und Fingerabdruckpulver ließ er bewusst fort. Das hätte bloß mehr Fragen aufgeworfen, als er hätte beantworten wollen.

»Aber damit nicht genug«, setzte er seinen Bericht fort. »Da der erste Mordanschlag auf ihr Männchen nicht zum Erfolg geführt hatte, lockte sie ihn in eine zweite Falle, die ihn dann tatsächlich das Leben gekostet hat. Anders als bei uns, wo es in erster Linie um Revierstreitigkeiten oder Weibchen geht, haben es die Flügellosen noch auf Dinge wie Macht, Geld und Drogen abgesehen. So auch in ihrem Fall. Ihr neues Männchen wollte die Drogengeschäfte von ihrem alten Männchen übernehmen und damit viel Geld verdienen, weshalb er auch das Gift beschafft hat. Und als es dann so weit war, und er die tödliche Dosis intus hatte, hat sie ihn einfach an den Beinen gepackt und über den niedrigen Rand in den Container geschubst – obwohl er da noch gelebt hat.«

Als Tom seinen Bericht beendet hatte, war es auf dem See mucksmäuschenstill. Nicht ein Schnabel bewegte sich. Für das geschwätzige Volk der Gefiederten mehr als bemerkenswert.

»Das hast du alles alleine herausgefunden? Das ist ja phänomenal!« Eine hübsche Graugans fasste sich als Erste, klimperte Tom gleich ein bisschen mit ihren Augen an und ruderte sich dabei in eine gute Position. Von diesem tollen Ganter wollte sie nicht übersehen werden.

»Nein, nicht alleine, ich hatte Hilfe. Mein Assis…, ich meine, mein Freund Rio hat mir unter Einsatz seines Lebens geholfen und mir den Rücken freigehalten, als ich nach dem Gift gesucht habe.«

»Rio? Dieser seltsame Kormoran, der hat dir geholfen?« Nicht nur die Graugans war erstaunt. Tom bemerkte, wie gleich mehrere junge Kormoranhennen ihre Körper strafften, die langen schwarzen Hälse reckten und neugierig nach Rio Ausschau hielten.

»Ja, das hat er. Zusammen mit einem weiteren Vogel, der nicht genannt werden möchte, bei dem ich mich aber umso mehr bedanken möchte – ganz besonders für seinen ausdauernden und beharrlichen Einsatz.« Tom hielt für einen Moment inne. Er hatte den Riffler in einer Baumkrone entdeckt und nickte ihm dankend zu. Niemand der Anwesenden bemerkte es, doch der Riffler nahm es wohlwollend zur Kenntnis und antwortete mit einer leichten Verbeugung. Dann fuhr Tom fort: »Es ist uns gelungen, das Versteck des Giftes ausfindig zu machen, es an uns zu nehmen und der Polizei der Flügellosen zu übergeben. So konnten sie die Flügellose überführen und verhaften. Sie wird bestraft für das, was sie gemacht hat.« Tom wusste, für den Tod von Neptunus und Tiger würde Luzie nicht zur Rechenschaft gezogen werden. So weit waren die Flügellosen noch nicht. Einzig für Alex' Tod würde ihr der Prozess gemacht werden. Aber mit solchen Details wollte er seine Verwandtschaft nicht langweilen.

»Wir möchten uns im Namen unserer Familie bei dir bedanken, Tom«, ergriff Veha, der alte Reiher, das Wort und sah Tom dankbar an. »Neptunus' Mörderin ist entlarvt. Das ist nur deiner Hartnäckigkeit und deinem vorbildlichen Mut zu verdanken.« Dann warf Veha einen Seitenblick auf Vri Jon. Das war dessen Einsatz.

»Stimmt. Auch wenn ich es ihm nicht zugetraut hätte, er war der Einzige, den es letztendlich interessiert hat, wie Neptunus zu Tode kam. Solltest du einmal Hilfe benötigen, kannst du auf uns zählen.« Das war ja schon fast eine Rede, die Vri Jon da gehalten hatte. Eine Rede, in der er nicht ein einziges Mal mit einem Wort oder mit seinem Schnabel gedroht hatte.

Tom war ergriffen. Ein Dank aus den Schnäbeln der Reiher, verbunden mit dem Angebot der Hilfe, das war schon fast ein Ritterschlag. Und sein Ansehen unter den Gefiederten stieg damit enorm, insbesondere die jungen Damen – Graugänse wie Nilgänse – hatten es zur Kenntnis genommen. Neugieriger als ohnehin schon beäugten sie ihn. Anscheinend hatten sie ihn gefunden, den Vater ihrer zukünftigen Gössel. Sofort flogen die Zeitungsenten auf und verbreiteten im Reihenflug ihre Top-Meldung: »Neptunus' Mörder gefasst: Die Flügellose Luzie war es!«

Immer wieder musste Tom nun erzählen, wie sie es geschafft hatten, Luzies Machenschaften aufzudecken. Gutaussehende Nilgansdamen bedrängten ihn unterdessen, doch einmal zusammen mit ihnen, mit jeder einzeln natürlich, ein paar Gänseblümchen zu zupfen.

Als schließlich auch der letzte Schnabel stillstand, zog sich Tom an eine andere Stelle etwas weiter entlang des Ufers zurück.

»Na, bist du die Meute endlich losgeworden?«, kam es von oben. Rio hockte etwas abseits auf einem Baum.

Er hatte das Geschehen auf dem See von dort aus belauscht und beobachtet. Der in der Klinik behandelte Flügel hing noch etwas herab, war aber fast schon wieder voll einsatzfähig, kurze Flugstrecken und Tauchgänge waren schon wieder möglich. Die Ärzte hatten die Schiene abgenommen, kurz bevor die Kommissare sie abgeholt hatten. »Finde ich übrigens nett von dir, dass du mich auch erwähnt hast.«

»Ohne dich hätte ich keine Chance gehabt, Rio. Wir waren ein tolles Team.«

»Ja, das waren wir. Und, was machst du nun, Tom? Hast du die Nase voll von Mördersuche, Flügellosen und Gift? Suchst du dir jetzt eine schöne Gans und kümmerst dich bald um Küken? Auswahl hast du inzwischen ja reichlich, wie ich sehe.« Rio deutete mit dem Schnabel auf den See, wo schon wieder ein Pulk sich unablässig bürzelnder und putzender Nilgänse langsam Richtung Tom schwamm. Der Fanclub von Robbie Williams war nichts dagegen.

Tom antwortete lieber mit einer Gegenfrage: »Und was machst du, Rio? Nicht mehr lange, dann bist du wieder fit. Du wirst sehen.«

»Na ja, seit sich rumgesprochen hat, dass wir beide an diesem Fall gearbeitet haben, fliegen hier auffällig häufig Kormoranhennen vorbei. Bildhübsche junge Dinger. Die scheinen auf verwegene Kormorane mit lädiertem Flügel und löchriger Steuerung zu stehen. Ich glaube, mit denen kann ich zu unserer Arterhaltung beitragen, wenn du verstehst, was ich meine. Nestbau und so.« Rio freute sich schon darauf, seine theoretischen Kenntnisse endlich in die Praxis umsetzen zu können. Sein sehnlichster Wunsch nach etwas Anerkennung, besonders seitens der Kormoranhennen, war dabei, in Erfüllung zu gehen.

»Nestbau ...« Wehmütig erinnerte Tom dieses Wort an die schöne Optima. »Nestbau ...«

»Warte es ab, Tom. Irgendwann steht sie vor dir, die Richtige.«

»Mal sehen. Vielleicht. Aber weißt du, gerade auf dem See hat mich eine Entenmutter angesprochen und uns um Hilfe gebeten. Sie sucht ihren Sohn, der verschwunden ist. Die ganze Sache hört sich nicht gut an.«

»Sie braucht unsere Unterstützung, das ist doch klar.« Rios Augen blitzten auf. Er hatte eindeutig Spaß an den Ermittlungsarbeiten gehabt, die sich so sehr von seinem normalen Leben unterschieden. Das war aufregender als nur jagen und trocknen.

»Du bist also dabei?« Tom wunderte sich ein bisschen. Nach den Blessuren aus seinem letzten Einsatz hätte Rio auch den Schnabel voll haben können.

»Natürlich – aber nur, wenn kein Dackel mehr dazwischenfunkt. Wann soll es losgehen?«

Schnellstens, wollte Tom antworten, doch leises Glockengeläut hielt ihn davon ab. Stattdessen sagte er: »Eigentlich sofort. Aber vorher habe ich noch einen wichtigen Termin.«

28

»Ich weiß genau, was Sie jetzt denken, und Sie haben recht! Aber …«

Gerade noch hatte *Magnum* diesen für ihn typischen Satz gesagt und schon war sein Fall gelöst. Weitaus schneller als es Tom gelungen war – und trotzdem: *Nur das Ergebnis zählt*, war Grissoms Devise, und Toms Ergebnis konnte sich sehen lassen. Seit er heute seine Artgenossen über die Umstände von Neptunus' Tod aufgeklärt hatte, betrachteten sie ihn mit anderen Augen. War er Tage zuvor noch ein Niemand, war er nun schon fast so berühmt wie der Riffler. Doch trotz seiner unverhofften Prominenz wollte Tom an seinen alten Gewohnheiten festhalten: Fernsehen gucken und Toastbrot futtern. Gerade lief der Abspann von *Magnum* und Ede sammelte die letzten Brotkrumen vom Tisch, so wie er es immer tat, bevor er sich ans abendliche Aufräumen machte.

»Du warst ja ein paar Tage nicht hier, Nili. Ich habe dich vermisst«, meinte Ede und drehte sich zu Tom. »Ich habe schon gedacht, dir ist was zugestoßen.«

Tom war bereits von seinem Stuhl gehüpft und fischte ein kleines Stückchen Toast vom Rasen auf, das bei seiner Fütterung während der Sendung heruntergefallen war. Es war schon spät und Zeit zu gehen.

»Da hast du richtig gedacht«, stimmte er seinem Freund zu und schüttelte sich unbehaglich. »Balu, der Kampfdackel, ist mir zugestoßen.«

»Luzie ist verhaftet worden«, redete Ede weiter. »Auf dem Campingplatz erzählt man sich, eine Gans hätte den Kommissaren das entscheidende Beweisstück gebracht. Die meisten halten das für Unsinn, aber ich könnte wetten, du bist das gewesen.«

»Na klar war ich das. Wer denn sonst?!«, quakte Tom mit einer Spur Stolz in der Stimme. »Wenn du wüsstest, was ich alles erlebt habe. Besser als jeder Krimi. Ich könnte dir alles ganz genau erzählen …« Zu gerne hätte er Ede über sein aufregendes Abenteuer aufgeklärt, obwohl sein Hinterteil schon allein bei dem Gedanken an Balu und das Zyankali heftig zu wackeln begann. Doch bei Edes mangelhaften Fremdsprachenkenntnissen hätte er ihm sogar die kommenden Lottozahlen mit Superzahl verraten können, ohne dass der Flügellose etwas damit hätte anfangen können. Tom verstand nicht, wie man sich einer Weltsprache wie *Gänsisch* so verschließen konnte. Allerdings wunderte es ihn kein bisschen, dass sich sein Einsatz sogar bis zu Ede herumgesprochen hatte. Schließlich war ein Campingplatz auch nichts anderes als eine große Gänsekolonie.

Da es sinnlos war, Ede etwas von seinen gefährlichen Erlebnissen vorzuschnattern, machte sich Tom auf den Weg und verabschiedete sich mit einem kurzen: »Ich bin dann mal weg.« Dass Luzie verhaftet worden war, das wusste er schließlich. In dieser Angelegenheit konnte ihm Ede nun wirklich nichts Neues erzählen.

Mit gemächlichen Schritten steuerte er auf das Ufer zu. Ein Schlückchen Gänsewein vor dem Schlafengehen würde den schönen Abend abrunden. Am dunkelblauen Abendhimmel funkelten bereits die ersten Sterne. Frösche riefen um die Wette nach Prinzessinnen, Blässhühner stritten noch immer um Reviergrenzen, während verschlafene Enten schimpfend um Ruhe baten. Ein erster lauer Frühlingsabend. Tom hatte das Ufer noch nicht erreicht, als er Schritte hinter sich hörte. Neugierig drehte er sich um und erkannte zu seiner Überraschung Ede.

»Ich begleite dich noch ein bisschen, Nili, wenn du nichts dagegen hast. Es ist so ein schöner Abend heute, nicht wahr?«

Nanu, Ede begleitet mich? Tom war erstaunt. So etwas hatte Ede noch nie gemacht. In letzter Zeit hatte er seine Parzelle kaum noch verlassen, und wenn er sie verließ, dann nur, um Geld zu verdienen. Und nun dieser nächtliche Spaziergang – das war eigenartig.

Schweigend näherten sie sich dem Hafenmeistergebäude und folgten dem Weg dann in Richtung Leuchtturm. Sein Licht und der blasse Vollmond erhellten den geteerten Weg und die nähere Umgebung.

Tom kam aus seiner Verwunderung nicht mehr heraus. Er wunderte sich nicht nur darüber, dass Ede ihn auf einmal begleitete, sondern auch darüber, dass er schweigend neben ihm her ging. Normalerweise schwadronierte Ede für sein Leben gern, doch nun stand sein Mundwerk still wie ein Radio bei Stromausfall. Das hatte er bei Ede noch nie erlebt. Es sah ganz so aus, als bedrücke ihn etwas.

Am Leuchtturm angekommen, setzte sich Ede auf eine Bank, von der aus man bei Tageslicht nicht nur eine wunderbare Sicht auf das Hafenbecken, sondern auch auf den weitläufigen See hatte. Nun aber glitzerte sein Wasser im goldgelben Mondlicht, Bootssilhouetten dümpelten schemenhaft im Hafen vor sich hin. Doch all das schien Ede nicht zu sehen. Er griff in seine Hosentasche, fischte ein paar Krumen Brot heraus und warf sie Tom vor seine Paddel.

»Weißt du, Nili«, begann er mit einem Mal zögerlich, »ich habe nachgedacht. Es liegt mir schon eine ganze Weile auf der Seele. Ich habe es dir schon lange erzählen wollen, aber nie hat sich der richtige Zeitpunkt dafür ergeben. Trotzdem muss es einmal raus. Es bedrückt mich schon so lange.«

»Nur zu«, antwortete Tom, froh darüber, dass Ede seine Stimme wiedergefunden hatte. Er hatte genügend Zeit zuzuhören, denn sein Fall war schließlich abgeschlossen. Aufmerksam beobachtete er den Rentner, ob in seinen Spendierhosen nicht vielleicht doch noch mehr Brotkrumen versteckt waren.

»Es ist jetzt gut fünfzehn Jahre her«, fing Ede stockend an und vergewisserte sich mit einem misstrauischen Blick nach allen Seiten, dass er und Tom alleine waren. Ungebetene Zuhörer wollte er anscheinend nicht. »Mein Leben war noch in Ordnung. Ich war Familienvater mit Leib und Seele und hatte mit Kriminalität nichts am Hut. Aber dann ist Franzi, meine Frau, schwer an Krebs erkrankt, und niemand konnte ihr helfen. Wir alle haben unter dieser Situation gelitten, am meisten aber meine Tochter Linda. Sie ist in der Schule abgesackt und hat sich Nacht für Nacht in den Schlaf geweint.«

Nanu, was war das denn jetzt? Ede erzählte aus seiner Vergangenheit? Und sogar das Wort »Kriminalität« war gefallen. Tom fragte sich, ob sein Freund nun auf seine Zeit als Knasti in Santa Fu zu sprechen kommen würde.

»Um mich um Franzi und Linda kümmern zu können, habe ich mich auf halbe Tage setzen lassen«, fuhr Ede fort. »Aber von da an wurde das Geld knapp. Trotzdem habe ich mich nach Behandlungen und neuen Medikamenten umgehört, schließlich wollte ich meiner Frau helfen. Irgendwann habe ich von einer neuen Methode in Amerika gehört und mich um einen Therapieplatz für Franzi bemüht. Obwohl ich einen der wenigen begehrten Plätze bekommen habe, hat die Krankenkasse knallhart abgelehnt – weil die Methode bei uns noch nicht anerkannt war. Eigene Mittel hatte ich aber nicht. Mein Traum vom Familienglück ist zerplatzt wie eine Seifenblase. Aus Frust bin ich ab und zu in meine Kneipe und habe mich volllaufen lassen, um wenigstens für ein paar Stunden das ganze Elend zu Hause vergessen zu können.«

Ede unterbrach seine Erzählung, saß stumm und zusammengesunken auf der Bank und stierte in die Dunkelheit. Immer noch quakten die Frösche, von Enten und Blässhühnern war dagegen nichts mehr zu hören. Ede reiste anscheinend in Gedanken in die Vergangenheit zurück, denn er schwieg lange Zeit. Mit einem kleinen Schnabelstüber munterte Tom ihn auf, weiterzusprechen. Obwohl sie so manche Stunde gemeinsam vor dem Fernseher verbracht hatten, wusste Tom nicht wirklich viel über den Flügellosen und war neugierig auf seine Geschichte.

»Eines Abends hat sich in der Kneipe ein junger Mann zu mir gesetzt. Er heiße Mario und wolle mir ein Angebot machen, mit dem ich all meine Probleme auf einen Schlag los wäre – denn dass ich Probleme hätte, das sehe er sofort. Sein Vorschlag: ein Banküberfall. Sein Kumpel war bei einer Verkehrskontrolle geschnappt worden, und aus dem Grund war er auf der Suche nach einem neuen Partner. Der Coup sollte schon am nächsten Tag stattfinden und war bereits bis ins Detail geplant. Deshalb wollte er die Aktion auch auf jeden Fall durchziehen. Ich müsste mich sofort entscheiden, hat er gesagt, denn wenn ich kein Interesse hätte, müsste er sich nach einem anderen Partner umsehen. Zuerst wollte ich nicht, doch die Aussicht, Franzi endlich helfen zu können, war einfach zu verlockend. Das war unsere Chance. Aus purer Verzweiflung habe ich dann ja gesagt.«

Banküberfall?! Ede hatte bei einem Banküberfall mitgemacht? Da war er ja schon der Zweite hier auf dem Campingplatz! Tom traute seinen Ohren nicht. Hatte Ede etwa wegen eines Banküberfalls »gesessen«?

Ede seufzte unendlich schwer, kramte in seiner Hosentasche nach einem Taschentuch und schnäuzte sich die Nase. Verschämt fuhr er mit dem Tuch über seine glasigen Augen.

»Kaum aber standen wir maskiert und bewaffnet in der Bank, ist mir bewusst geworden, wie verkehrt das alles war. Ich wollte wieder raus, doch es gab kein Zurück. Mario hatte eiskalt, und ohne mit der Wimper zu zucken, auf den Filialleiter geschossen, als der versucht hat, uns zum Aufgeben zu bewegen.«

Das war ja realer als jeder Tatort. Ede hatte an einem Überfall mit Schusswaffengebrauch mitgemacht und war ein richtig schwerer Junge. Obwohl, wenn Tom den Rentner so betrachtete, sah er nicht gerade wie ein Jesse James aus.

»Die Geiseln waren voller Panik«, fuhr Ede mit gebrochener Stimme fort, »sie haben gar nicht mitbekommen, wer letztendlich von uns geschossen hatte. So war es für Mario ganz einfach, mir die Sache in die

Schuhe zu schieben. Immer wieder hat er geschrien, dass ich geschossen hätte. Alle konnten es hören. Um nicht doch noch jemanden zu verletzen, habe ich meine Pistole schließlich fallen lassen. Das war jedoch der größte Fehler, den ich machen konnte. Mario hat meine Waffe an sich genommen und damit den Beweis, dass ich nicht geschossen hatte.«

Ede schüttelte den Kopf, als könne er immer noch nicht verstehen, wie er sich auf so eine Sache hatte einlassen können. Tränen glänzten auf seinen Wangen. Er schniefte leise.

»Kurzum, wir sind trotz des Schusses ohne weitere Probleme und mit reichlich Schotter aus der Bank raus. Niemand hat sich uns in den Weg gestellt. Ich war geschockt und gleichzeitig unendlich erleichtert. Ich wähnte mich schon fast am Ziel meiner Träume. Abends haben wir uns wie verabredet in einer Absteige getroffen, um die Beute zu teilen. Mario war schon da und hatte zwei große Stapel Geld vor sich auf dem Tisch aufgebaut. Ich war mir sicher, einer dieser Stapel würde meiner Franzi das Lachen wiedergeben. Mario hat mir ein Bier angeboten, ist aufgestanden – und hat mir von hinten eine über die Rübe gezogen. Eine Stunde später hat mich die Polizei aus meiner Bewusstlosigkeit geweckt und verhaftet. Durch einen anonymen Hinweis hatten sie mich, einen kleinen Teil der Beute und die Tatwaffe gefunden. Für Polizei und Staatsanwaltschaft war der Fall klar, ich bin verknackt worden. Mario hatte mich reingelegt – und ich, ich konnte nichts machen.«

»So eine Sauerei!«, schnatterte Tom empört dazwischen. »Wenn ich den in die Flügel kriege!«

»Alles ist an mir hängengeblieben«, erzählte Ede weiter, ohne sich um Toms Entrüstung zu kümmern. »Ich kannte weder Marios vollständigen Namen, noch wusste ich irgendetwas über ihn. Was hätte ich auch erzählen sollen, ich kannte ihn ja nur ein paar Stunden.« Er streckte seinen Arm aus und hielt Tom die Hand hin. »Schau, diese drei Punkte hier, die habe ich aus dem Knast. Die stehen für: Nichts hören, nichts sehen, nichts sagen. Das bekommen nur standhafte Knackis, die ihre Mittäter nicht verraten. Dass ich Mario gar nicht verraten konnte, habe ich natürlich niemandem auf die Nase gebunden. Sonst hätte ich ja zugeben müssen, dass er mich wie einen Frischling über den Tisch gezogen hat. So einen Fehler gibt man im Knast besser nicht zu. Wer hätte da noch Respekt vor mir gehabt?«

Jetzt wusste Tom, was es mit der Tätowierung auf sich hatte. »Das wäre ein Fall für Matula gewesen«, schnatterte er aufgebracht. »Der hätte diesen Mario ausfindig gemacht – und Dr. Lessing hätte dann auf mildernde Umstände plädieren können.«

»Einem überlasteten Grünschnabel von Anwalt habe ich dreizehneinhalb Jahre zu verdanken. Ich bin knapp an lebenslänglich vorbeigeschrammt, weil der Filialleiter mit Müh und Not überlebt hat. Er war der

Einzige, der meine Unschuld hätte beweisen können, doch er konnte sich nicht mehr an den Überfall erinnern.«

Tom kaute nun still auf dem letzten Stückchen Brot herum, so nahe ging ihm Edes Geschichte. Gespannt hörte er den weiteren Schilderungen seines Freundes zu.

»Nach meiner Haftentlassung bin ich ein wenig herumgetingelt und schließlich auf diesem Campingplatz hier gelandet. Hier, habe ich gedacht, könnte ich neu anfangen und alles vergessen. Vergessen, dass mich meine Tochter hasst, weil ich sie und ihre Mutter im Stich gelassen habe. Vergessen, dass ich meine Frau nicht wiedergesehen habe, weil sie noch während meiner Untersuchungshaft in einem Hospiz gestorben ist.« Beschämt wischte Ede sich mit dem feuchten Tuch wieder die Augenwinkel. »Und ausgerechnet hier, wo ich endlich heimisch werden und meine Vergangenheit begraben wollte, habe ich ihn wiedergetroffen – den Typ, der mir das alles eingebrockt hat, nur dass er sich hier nicht Mario nannte, sondern Bernd Stegner.«

Luzies Bernie?! Tom war fassungslos. Dann war also Bernds Banküberfall derselbe wie Edes. Und Ede war der Komplize gewesen, den Bernd eiskalt im Gefängnis hatte verrotten lassen. Toms Hinterteil wackelte vor Aufregung. Bernd hatte Ede reingelegt! Dieser miese Aasgeier!

»Als Mario, äh, Bernd plötzlich wegen seiner Gasdruckabnahme bei mir aufgetaucht ist, habe ich ihn das erste Mal von nahem gesehen und gleich erkannt. Ich war wie vom Donner gerührt. Er selbst schien mich nicht erkannt zu haben, immerhin sind fünfzehn Jahre 'ne lange Zeit und ich hatte früher auch keine grauen Haare und keinen Bart. Ede haben sie mich auch erst im Knast genannt, eigentlich heiße ich ja Eduard, wie du weißt.« Ede räusperte sich und blickte zunächst wieder ein paarmal nach links und rechts, bevor er fortfuhr: »Ich wollte den Job natürlich nicht machen, aber Bernd hat nicht lockergelassen und ich wollte kein großes Gespräch anfangen, also habe ich zugesagt. Doch am nächsten Tag habe ich es schnell bereut, denn ich hatte mehr Angst, von ihm erkannt zu werden, als ich geglaubt hatte. Vielleicht habe ich es mir auch nur eingebildet, aber manchmal schien es, als sehe er mich ganz seltsam an. Hätte er mich erkannt, wäre mein Leben keinen Pfifferling mehr wert gewesen, das war mir schnell klar. Schließlich hätte ich ihn auch nach so langer Zeit immer noch wegen Banküberfalls und Mordversuchs in den Knast bringen können. Abhauen konnte ich nicht, ohne Auto wäre ich nicht weit gekommen – und wohin auch? Also hieß es nur noch: er oder ich. Ich hatte nur eine Chance, und das hieß, ihm zuvorzukommen.«

Zum Kuckuck nochmal! Was kam denn jetzt bitte – hatte Ede etwa bei Bernds Tod nachgeholfen? Das waren ja unglaubliche Neuigkeiten. Tom kam nicht dazu, sich weitere Gedanken zu machen, denn schon sprach Ede weiter.

»Ich gebe zu, obwohl ich mit dem Rücken zur Wand stand, wollte ich doch auch Gerechtigkeit. Meine Gerechtigkeit – Rache. Und die Gelegenheit zur Abrechnung war bei der Gasdruckabnahme optimal, ich wusste genau, was zu tun war. Dass die Polizei gerade in einer anderen Sache auf dem Campingplatz ermittelt hat, kam mir dabei gar nicht ungelegen. Denn das hat die nur verwirrt. Also habe ich Bernd nach Beendigung der Arbeiten alles gezeigt, und Karl-Heinz war mein Zeuge und konnte später meine vorschriftsmäßige Arbeit bestätigen. Abends bin ich aber wieder zu Bernds Wohnwagen, ich wusste, er hatte einen Termin. Ich habe die Schlauchverbindung am Gasherd gelöst und den kleinen Absperrhahn unter der Spüle wieder umgelegt, so dass das Gas nun bei geöffneter Flasche ungehindert zum Herd und von dort aus der gelösten Verschraubung austreten konnte. Ohne Spuren zu hinterlassen, bin ich wieder raus. Nach Mitternacht bin ich nochmals hin, um zu sehen, ob Bernd schon schlief. Sein Schnarchen war das Startsignal. Mit einem Handgriff habe ich die Gasflasche auf der Deichsel aufgedreht.«

Nervös spielte Ede mit seinen Händen und dem feuchten Taschentuch, das kaum noch zu benutzen war. Erneut schüttelte er den Kopf. Die Wellen des Sees plätscherten dazu leise ans Ufer.

»Der Tod war im Anflug, und Bernd hat nichts davon gemerkt. Alles lag nun in des Teufels Hand. Während ich auf den nächsten Tag gewartet habe, war ich total durch den Wind. Erst durch die Kommissare, die mich vernommen haben, habe ich von Bernds Tod erfahren. Seitdem warte ich täglich auf meine Verhaftung. Ich bin mir sicher, die werden alles wieder aufrollen. Auf mich wartet lebenslänglich, Nili, wegen hinterhältigen Mordes aus niedrigen Beweggründen. Trotzdem, es musste sein, ich konnte nicht anders.«

Ede hatte sich alles von der Seele geredet, und Tom hatte ihm aufmerksam zugehört. Ausgerechnet Ede, bei dem er sich so wohl fühlte, hatte einen anderen Flügellosen eiskalt aus Rache umgebracht. Nie hätte er so etwas von ihm gedacht. Ede hatte rot gesehen, genau wie Charles Bronson.

»Die werden mich drankriegen«, stammelte Ede, »und vielleicht geschieht es mir ganz recht. Nur dich, Nili, dich werde ich vermissen.«

Obwohl es in der Welt der Gefiederten so gut wie keine Rachegelüste gab, konnte Tom Edes Beweggründe gut verstehen. Schließlich waren ihm flügellose Abgründe aus zahlreichen Krimis hinlänglich bekannt.

Trotzdem war dies kein Fall mehr für die Kommissare. Sie hatten ihre Zelte auf dem Campingplatz abgebrochen und waren nur noch einmal dorthin zurückgekehrt, um Tom und Rio wieder freizulassen. Aus der Unterhaltung, die Reiners und Hump während der Fahrt geführt hatten, wusste Tom, dass der Fall Bernd Stegner endgültig zu den Akten gelegt worden war. Sachverständigengutachten hatten seinen Unfalltod bescheinigt. Edes geschickte Manipulation war also noch nicht einmal Experten aufgefallen.

Obwohl Luzie fest davon überzeugt gewesen war, den perfekten Mord begangen zu haben, hatte sie einen Fehler gemacht. Der perfekte Mord war nicht ihr, sondern Ede gelungen, der nun auf seine Verhaftung wartete. Aber Tom war sich sicher, Ede würde bald von der Einstellung des Verfahrens im Fall Stegner erfahren. Irgendjemand auf dem Campingplatz würde es herausfinden und brühwarm weitererzählen. Denn auch die Flügellosen konnten ihre Schnäbel nicht halten. Wusste einer etwas, wussten es bald alle.

Darin unterschieden sich Gefiederte und Flügellose kein bisschen.

Ende

Lesen Sie mehr vom neuen Ermittlerduo Tom und Rio:

In ihrem nächsten Fall begeben sich die beiden auf die Suche nach dem jungen Erpel Klipper, der von seiner Mutter vermisst wird. Dabei stößt Tom an einem anderen See im Riedgras auf rotweißes Absperrband, die Spurensicherung – und die Kommissare Reiners und Hump. Er weiß sofort, das kann nur eines bedeuten: Mord. Und rasch ist noch etwas klar: Wenn Tom den Kommissaren nicht mächtig unter ihre unterentwickelten Flügelfortsätze greift, lösen sie auch diesen Fall nicht.

Schneller als gedacht gerät Tom in einen neuen aufregenden Mordfall unter Flügellosen. Bei seinen Ermittlungen stößt er nicht nur auf Intrige und Habgier, sondern auch auf so manchen schrägen Vogel. Kann er Klipper finden und auch diesen Mordfall für die Kommissare lösen?

Danksagung

Ganz ohne die unauffällige Hilfe aus dem Hintergrund konnte ich meinen Fall natürlich nicht lösen.

Deshalb möchte ich mich ganz herzlich bei Kai Gathemann, dem Literaturagenten meiner Autorin bedanken. Ich weiß, ohne ihn wäre unser Abenteuer auf einem Stapel abgelehnter Träume gelandet. Er war nicht nur der Eizahn an unseren Schnäbeln, mehr noch, er hat Rio und mir sogar das Fliegen beigebracht und hat dabei die Verwandlung vom Flügellosen zum Fast-Gefiederten mit Bravour gemeistert. Hierfür vielen Dank.

Ein besonders lieber Dank geht an das Team vom S. Fischer Verlag, ganz speziell an Andrea Diederichs, Dr. Julia Schade und Indra Heinz, für die tolle Betreuung meiner Autorin und die geradezu begeisterte Aufnahme meiner Person in ihren Reihen. Sie haben mir ein wunderbares, ein tolles Zuhause gegeben.

Tom

Toms Ausführungen und seinem Dank möchte ich mich aus vollstem Herzen anschließen. Des Weiteren gilt mein Dank meinen allerersten Probeleserinnen Marianne »Jenny« Jansen (†), Sabine Schuck und Helga Reinartz. Ebenso meiner Schwester – einfach für alles. Nicht zuletzt möchte ich mich bei meinem Mann ganz herzlich für seine fabelhafte Unterstützung bedanken, die darin gipfelte, dass er trotz stressiger Arbeit immer und immer wieder dieselben Kapitel gelesen hat, auch wenn ich nur unwesentliche Änderungen vorgenommen hatte.

Karin Bergrath